루카와 생명의 불

루카와 생명의 불

살만 루슈디 장편소설

김석희 옮김

문학동네

차 례

아들 밀란에게

마법의 나라는 어디에나 있단다.

안에도, 밖에도, 지하에도.

거울 나라는 아직도 많아.

그들의 이야기는 모두 이 진실을 드러내지.

오직 사랑만이 마법을 현실로 만든단다.

1
별이 빛나는 아름다운 밤에 일어난 무서운 일

언젠가 알리프바이* 나라의 카하니라는 도시에 루카라는 소년이 살고 있었습니다. 루카는 '멍멍이'라는 이름의 곰과 '곰돌이'라는 이름의 개를 애완동물로 키우고 있었습니다. 그래서 루카가 "멍멍아!" 하고 부르면 곰이 뒷발로 일어나 얌전하게 엉금엉금 다가오고, "곰돌아!" 하고 외치면 개가 꼬리를 흔들면서 뛰어오곤 했지요. 갈색 곰 멍멍이는 이따금 곰답게 거칠게 굴 수 있었지만, 노련한 춤꾼이어서 뒷발로 일어나 왈츠와 폴카, 룸바, 트위스트를 멋지게 출 수 있을 뿐만 아니라, 고향과 가까운 지역

---

*알리프바이: 힌두스탄어로 '문자'라는 뜻.

의 춤인 탕탕 두드리는 방그라, 빙글빙글 도는 구마르(이 춤을 추기 위해 멍멍이는 전통 문양이 수놓아진 낙낙한 치마를 입었습니다), 스포와 생타라고 불리는 전사 춤, 남부 지방의 공작 춤도 출 수 있었습니다. 곰돌이는 진갈색 래브라도인데, 이따금 흥분해서 신경질적인 태도를 보이기도 하지만 대체로 온순하고 상냥한 개였습니다. 곰돌이는 춤을 전혀 추지 못했고, 흔히 말하듯 네 발이 모두 왼발이라고 할 만큼 춤에 서툴렀지만, 뛰어난 리듬감을 타고난 것이 그 결점을 벌충해 주었습니다. 그래서 곰돌이는 당시 가장 인기 있는 노래의 선율을 컹컹 짖어 대며 폭풍보다 더 큰 소리로 노래를 부를 수 있었고, 가락이 안 맞는 경우는 한 번도 없었습니다. 개 곰돌이와 곰 멍멍이는 당장 루카에게 애완동물 이상의 존재가 되었습니다. 곰돌이와 멍멍이는 루카와 가장 가까운 동맹자이자 가장 충직한 보호자가 되어, 루카를 지키기 위해서라면 얼마든지 사나워졌기 때문에, 그들이 가까이 있으면 아무도 루카를 괴롭힐 엄두조차 내지 못했습니다. 루카와 같은 반 친구인 랫시트*는 지독한 망나니여서 평소에는 아무도 그의 행동을 말릴 수 없었지만, 그런 랫시트조차도 루카를 못살게 굴 생각은 꿈에도 하지 못했습니다.

루카가 이 유별난 친구들을 갖게 된 사연은 이렇습니다. 루카

---

*랫시트: 영어로는 'Ratshit'인데, '쥐똥'이라는 뜻.

가 열두 살 때인 어느 화창한 날, 서커스단이 마을에 왔습니다. 그냥 평범한 서커스단이 아니라 '유명하고 믿을 수 없는 불의 환상' 곡예로 인기를 얻어 알리프바이 전역에서 유명해진 '거대한 불고리'라는 서커스단이었습니다. 그래서 루카는, 이야기꾼으로 이름난 아버지 라시드 칼리파가 서커스를 보러 가지 않겠다고 말했을 때 처음에는 크게 실망했습니다. 라시드는 그 이유를 이렇게 설명했습니다.

"동물들에게 못 할 짓이야. 한때는 영광을 누렸지만, '거대한 불고리'는 요즘 너무 타락해서 인기를 잃었어."

암사자는 충치가 생겼고 암호랑이는 눈이 멀었고 코끼리들은 굶주렸고, 다른 동물들도 지독하게 비참한 상태라고 덧붙였습니다. '거대한 불고리' 서커스단 단장은 덩치가 크고 무서워서 '불꽃 단장'이라는 별명을 얻은 아아그였습니다. 동물들은 그의 채찍 소리를 하도 두려워해서, 충치를 앓는 암사자와 눈먼 암호랑이도 녹초가 될 때까지 불고리를 뛰어넘는 묘기를 보였고, 비쩍 말라서 뼈와 가죽만 남은 코끼리들은 그를 화나게 할까 두려워 여전히 코끼리 피라미드를 만들었습니다. 아아그는 성미가 급해서 화를 잘 내는 데다 좀처럼 웃지 않는 사람이었기 때문입니다. 그가 시가 연기를 내뿜으며 딱 벌린 암사자의 입 속에 머리를 집어넣어도, 암사자는 너무 두려워서 그 머리를 깨물지 못했습니다. 그의 머리를 삼켰다가는 그 머리가 배 속에서 자기를 죽이려 들지나 않을까 겁이 났기 때문입니다.

 라시드는 여느 때처럼 화려한 색깔의 부시 셔츠(그날 입은 셔츠는 주홍색이었습니다)를 입고 평소 좋아하는 낡아 빠진 파나마 모자를 쓰고 학교에서 집까지 루카와 함께 걸어오면서 그날 있었던 일에 대한 루카의 이야기를 듣고 있었습니다. 루카는 지리 시험을 볼 때, 남아메리카 남단의 지명이 생각나지 않아서 답안지에 '하와이'라고 적었습니다. 하지만 역사 시험을 볼 때는 초대 대통령의 이름을 기억해 내고 제대로 적었습니다. 하키 경기를 할 때는 랫시트가 휘두른 스틱에 머리 한쪽을 얻어맞았지만, 시합에서는 두 골을 넣어 상대 팀을 이겼습니다. 그는 또한 손가락으로 딱 소리를 내는 요령을 마침내 터득해서 제대로 소리를 낼 수 있게 되었습니다. 따라서 그날은 좋은 일도 있었고 나쁜 일도 있었던 셈이지요. 전체적으로 보면 그렇게 나쁜 날이 아니었지만, 사실은 아주 중요한 날이 되려는 참이었습니다. 이날이 바로 거대한 실실라 강둑 근처에 천막을 치러 가는 서커스단 행렬을 본 날이었기 때문입니다. 폭이 넓고 흐름이 느리고 물이 황톳빛이라 별로 아름답지 않은 실실라 강은 도시를 가로지르고 있었는데, 그의 집에서 그리 멀지 않았습니다. 새장에 갇혀 풀이 죽어 있는 앵무새들과 등을 구부리고 슬픈 표정으로 천천히 걸어가는 낙타의 모습은 인정 많은 루카의 어린 마음을 움직였습니다. 하지만 루카가 보기에 가장 안쓰러운 것은 슬픔에 잠긴 개와 침울한 곰이 우리에 갇힌 채 비참한 눈길로 사방을 두리번거리는 모습이었습니다. 행렬의 후위를 맡고 있는 것은 해적처럼 험상궂은 검은 눈에 오랑캐처럼 거친 턱수염을 기른 아아그 단장이었습니다. 루카는 갑자기 화가 났습니다(루카는 좀처럼 화를 내지 않는, 아니 화를 내기는커녕 잘 웃는 소년이었습니다). '불꽃 단장'이 바로 앞에 왔을 때 루카는 목청껏 소리를 질렀습니다.

"동물들이 당신의 명령에 따르지 않고, 불고리가 당신의 천막을 활활 태워 없애기를."

그런데 성난 루카가 외친 순간은 공교롭게도 뭐라고 설명할 수 없는 우연으로 우주의 모든 소리가 동시에 잠잠해지는 그 드문 순간이었습니다. 차들은 경적 소리를 멈추었고, 스쿠터들은 엔진 소리를 멈추었고, 새들은 나무 위에서 깍깍 우는 것을 멈추었고, 모든 사람이 동시에 말을 멈추었습니다. 이 마술적인 침묵 속에서 루카의 목소리는 총성처럼 분명히 울려 퍼졌고, 그의 말은 널리 퍼져서 하늘을 가득 채웠고, 아마 눈에 보이지 않는 운명의 여신들의 집에까지 도달했을 것입니다. 어떤 사람들은 이 운명의 여신들이 세계를 다스린다고 믿고 있지요. 아아그 단장은 누군가에게 뺨을 얻어맞기라도 한 것처럼 움찔했지만, 곧 루카의 눈을 똑바로 노려보면서 증오심으로 이글거리는 눈길을 보냈기 때문에, 소년은 너무 겁이 나서 하마터면 그 자리에 쓰러질 뻔했습니다. 바로 그때 세상이 다시 소리를 내기 시작했고, 서커스단 행렬도 계속 움직였고, 루카와 라시드는 저녁을 먹으러 집으로 갔습니다. 하지만 루카의 입에서 나온 말은 아직도 공중에 남아서 은밀한 작업을 계속하고 있었습니다.

그날 저녁 텔레비전 뉴스에서 '거대한 불고리' 서커스단의 동물들이 일제히 공연을 거부했다는 놀라운 사건이 보도되었습니다. 사람들로 가득 찬 서커스단 천막에서 동물들은 전례 없는 반항 행위로 조련사에게 맞서서, 광대 옷을 입은 어릿광대들과 평상복을 입은 관객들을 똑같이 놀라게 했습니다. 아아그 단장은 세 개의 커다란 불고리 모양의 무대 가운데 중앙 무대에 서서 큰 소리로 명령을 내리고 채찍을 휘둘러 딱딱 소리를 냈지만, 모든 동물이 사방에서 마치 군대처럼 보조를 맞추며 침착하게 천천히 그를 향해 다가와 그의 주위에 분노의 고리를 형성한 것을 보고는 기가 죽어서 털썩 무릎을 꿇고 눈물을 흘리며 애처로운 소리로 목숨을 구걸했습니다. 관중은 야유와 함께 과일과 방석을 내던지기 시작했지만, 곧이어 더 단단한 물건을 던지게 되었습니다. 예를 들면 돌멩이나 호두, 전화번호부까지 던졌지요. 아아그는 몸을 돌려 달아났습니다. 동물들은 그가 지나갈 수 있도록 길을 터 주었고, 그는 어린애처럼 엉엉 울면서 달아났습니다. 이것이 최초의 놀라운 사건이었습니다.

두 번째 놀라운 사건도 그날 밤에 일어났습니다. 자정 무렵에 시끄러운 소리가 나기 시작했습니다. 수십억 장, 아니 어쩌면 수천억 장의 낙엽이 바스락거리는 듯한 소리가 실실라 강둑 옆에 있는 서커스단 천막에서 루카의 침실까지 뻗어 와 그를 깨웠습니다. 루카가 창문으로 밖을 내다보니, 거대한 천막이 활활 타고 있었습니다. 강가 들판에서 밝은 빛을 내며 타고 있었습니다. '거대한 불고리'가 불길에 휩싸여 있었습니다. 그것은 결코 환상이 아니었습니다.

루카의 저주가 효력을 발휘한 것입니다.

세 번째 놀라운 사건은 이튿날 아침에 일어났습니다. 목걸이에 '곰돌이'라는 이름표가 달린 개 한 마리와 목걸이에 '멍멍이'라는 이름표가 달린 곰 한 마리가 루카의 집 현관문 앞에 나타난 것입니다. 그 개와 곰이 어떻게 집을 찾아왔는지 루카는 궁금했습니다. 곰 멍멍이는 열정적으로 빙글빙글 돌며 춤을 추었고, 개 곰돌이는 발을 굴러 박자를 맞추며 길고 구슬픈 소리로 노래를 불렀습니다. 루카와 아버지 라시드 칼리파와 어머니 소라야, 그리고 형 하룬은 현관문 앞에 모여서 그들을 지켜보았고, 이웃에 사는 오니타 양은 베란다에서 소리를 질렀습니다.

"조심하세요! 동물들이 노래하고 춤추기 시작하면 뭔가 마법적인 일이 일어나고 있는 거예요!"

하지만 소라야는 소리 내어 웃었습니다.

"이 동물들은 단지 자유를 얻은 것을 축하하고 있을 뿐이예요."

그러자 라시드가 엄숙한 표정을 지으며 루카의 저주에 대해 아내에게 말했습니다.

"마법적인 일이 일어났다면, 그 마법을 부린 것은 우리 아들 루카야. 그리고 이 착한 동물들은 루카한테 감사 인사를 하러 온 거야."

서커스단의 다른 동물들은 숲이나 황야로 달아나 모습을 감추었지만, 개와 곰은 이곳에 살려고 온 게 분명했습니다. 그들은 자기가 먹을 간식까지 가져왔습니다. 곰은 물고기가 가득 든 양동이를 가져왔고, 개는 주머니에 뼈다귀가 잔뜩 들어 있는 코트를 입고 있었습니다.

"안 될 것도 없잖아?" 라시드 칼리파가 유쾌하게 외쳤습니다. "내가 공연에서 이야기를 들려줄 때 조수가 있으면 좋을 거야. 춤추고 노래하는 개와 곰처럼 관중의 관심을 사로잡는 건 없지."

그래서 결정이 내려졌는데, 그날 오후에 결정적인 발언을 한 것은 루카의 형인 하룬이었습니다.

"이런 일이 일어날 줄 알고 있었어. 너도 우리 집안 사람들이 경계를 넘어 마법 세계로 들어가는 나이가 됐어. 이젠 네가 모험을 떠날 차례야. 그래. 드디어 때가 왔어! 확실히 넌 뭔가를 벌써 시작한 것 같아. 하지만 조심해. 저주는 위험한 힘이야. 나는 그렇게 음험한 일은 할 수 없었어."

'나의 모험이라고?' 루카는 놀라서 속으로 말했습니다.

하룬은 루카의 은밀한 질투를 잘 알고 있었기 때문에 빙그레 웃었습니다. 루카가 하룬을 질투하고 있다는 것은 사실 조금도 비밀이 아니었습니다. 하룬은 지금 루카의 나이였을 때 지구의 두 번째 달에 가서 운문으로 말하는 물고기들과 연뿌리로 만들어진 정원사와 친구가 되었고, '이야기 바다'를 파괴하려는 사악한 마왕 카탐슈드를 타도하는 것을 도왔습니다. 반면에 루카가 이제까지 한 모험 중에서 가장 큰 모험은 학교 운동장에서 벌인 '운동장 대전'이었습니다. 이 대전에서 루카는 '은하계 펭귄' 팀을 이끌고 그가 미워하는 경쟁자이자 별명이 빨간 엉덩이인 아디 랫시트가 이끄는 '황제 군대'와 싸워서 유명한 승리를 거두었습니다. 루카는 가려움 가루를 실은 종이비행기를 날리는 등 대담한 공중 폭격으로 그날의 전투에서 승리했습니다. 온몸에 퍼진 가려움을 가라앉히려고 운동장 연못에 뛰어든 랫시트를 구경하는 것은 참으로 흐뭇한 일이었습니다. 하지만 루카는 형의 위업에 비하면 자신의 위업은 사실 아무것도 아니라는 것을 잘 알고 있었습니다. 하룬은 진정한 모험을 하고 싶다는 동생의 소망, 가능하면 세상에 있을 법하지 않은 생물이 등장하고 다른 행성(또는 적어도 다른 위성)으로 여행하고 '너복설과'(너무 복잡해서 설명할 수 없는 과정)가 수반되는 모험을 하고 싶다는 소망을 알고 있었습니다. 하지만 지금까지는 동생의 열망을 식히려고 애썼습니다. 하루는 동생에게 "네가 원하는 걸 조심해." 하고 말하자, 루카는 이렇게 대답했습니다.

"솔직히 말하면, 그건 형이 지금까지 한 말 가운데 가장 짜증나는 말이야."

하지만 대체로 하룬과 루카 형제는 말다툼을 거의 하지 않았고, 사실은 보기 드물게 사이가 좋았습니다. 사실 사소한 노여움 때문에 형은 우발적으로 동생의 머리를 벽에 부딪뜨리거나, 자고 있는 동생의 얼굴 위에 실수로 베개를 올려놓기도 하고, 동생에게 이런저런 못된 장난을 하도록—예컨대, 덩치 큰 친구의 신발에 끈적거리는 망고 피클을 가득 채우게 하거나, 덩치 큰 친구의 새 여자 친구를 옛 여자 친구 이름으로 부르고는 혀가 꼬여서 잘못 말했을 뿐인 척하게 하도록—꼬이기도 하지만, 열여덟 살의 나이 차이는 형제간에 이따금 일어날 수 있는 이런 문제를 대부분 내버리기에 좋은 쓰레기장이었습니다. 그래서 하룬과 루카 사이에는 그런 일이 전혀 일어나지 않았습니다. 그 대신 하룬은 갖가지 유용한 것들, 예를 들면 킥복싱과 크리켓 규칙, 감흥을 불러일으키는 음악과 그렇지 않은 음악은 어떤 것인지를 동생에게 가르쳐 주었습니다. 루카는 단순하게 형을 숭배했고, 형이 거대한 곰처럼—사실은 곰 멍멍이처럼—보인다고 생각했고, 아니 어쩌면 꼭대기 부근이 활짝 웃고 있는 것처럼 보이는, 나무 그루터기처럼 편안한 산과 비슷하다고 생각했습니다.

루카는 태어날 때부터 사람들을 놀라게 했습니다. 어머니 소라야가 마흔한 살 나이에 둘째 아들 루카를 낳았을 때 루카의 형 하룬은 벌써 열여덟 살이었기 때문입니다. 소라야의 남편 라시드는 말에 열중해 있어서, 여느 때처럼 너무 많은 말을 찾아냈습니다. 소라야가 아기를 낳은 병실에서 그는 갓 태어난 아들을 품에 안고 부드럽게 흔들면서 터무니없는 질문들을 퍼부었습니다.

"누가 그걸 생각했지? 어디서 왔니, 얘야? 여긴 어떻게 왔지? 너는 무엇과 관계가 있니? 네 이름은 뭐니? 너는 자라서 뭐가 될래? 원하는 게 뭐지?"

그는 벗어지기 시작한 머리를 흔들면서, 소라야에게도 경탄의 질문을 던졌습니다.

"우리 나이에…… 이 경이로운 일의 의미가 뭘까?"

루카가 태어났을 때 라시드는 쉰 살이었습니다. 하지만 그 순간 그는, 책임져야 할 자식이 새로 태어났기 때문에 당황한 나머지 쩔쩔매면서 조금 겁을 먹기까지 한 젊은 풋내기 아빠 같았습니다.

소라야는 아기를 되받아 들고 남편을 진정시켰습니다.

"아기 이름은 루카예요. 우리는 시간 자체를 되돌릴 수 있는 아이, 시간을 반대 방향으로 흐르게 해서 우리를 다시 젊게 해줄 수 있는 아이를 세상에 데려온 것 같아요. 바로 그것이 이 경이로운 일의 의미예요."

소라야는 자기가 무슨 말을 하고 있는지 알았습니다. 루카가 자랄수록 부모는 점점 젊어지는 것 같았습니다. 예를 들면 루카가 처음으로 일어나 앉았을 때, 부모는 가만히 앉아 있을 수 없게 되었습니다. 루카가 기어 다니기 시작했을 때, 부모는 흥분한 토끼처럼 깡충깡충 뛰었습니다. 루카가 걷기 시작했을 때, 부모는 기뻐서 펄쩍펄쩍 뛰었습니다. 루카가 처음으로 말을 했을 때는 어떻게 되었을까요? 여러분이 생각한 대로, 전설적인 '말의 급류'가 라시드의 입에서 마구 쏟아져 나오기 시작했습니다. 그리고 그는 아들의 위업에 대해 도도히 말하는 것을 결코 멈추려 하지 않았습니다.

그런데 말의 급류는 '이야기 바다'에서 '지혜의 호수'로 요란한 소리를 내며 쏟아져 내립니다. 그 호수의 물은 '시대의 새벽빛'을 받고 '시간의 강'으로 흘러 나갑니다. 잘 알려져 있듯이 지혜의 호수는 '지식의 산' 그늘에 있고, 그 산꼭대기에서는 '생명의 불'이 타오르고 있습니다. 마법 세계의 배치—사실은 그 세계의 존재 자체—에 대한 이 중요한 정보는 수천 년 동안 감추어져 있었고, '아알림'(박식한 사람)을 자칭하는 신비로운 자들이 그 정보를 지켰습니다. 외투를 입은 아알림들은 남의 즐거움을 방해하는 불쾌한 자들이었습니다. 하지만 이제 비밀이 드러났습니다. 라시드 칼리파가 유명한 이야기들을 통해 일반 대중도 그 정보를 이용할 수 있게 해 준 것입니다. 그래서 카하니에서는 마법 세계가 우리들이 살고 있는 비마법 세계와 나란히 존재하고 있으며, 선의의 백마술과 악의의 흑마술, 꿈과 악몽, 이야기와 거짓말, 용과 요정, 푸른 수염의 마귀, 사람의 마음을 읽는 기계 새들, 땅속에 묻힌 보물, 음악, 소설, 희망, 두려움, 영생의 선물, 죽음의 천사, 사랑의 천사, 방해, 농담, 좋은 착상, 시시한 생각, 행복한 결말 등, 조금이라도 흥미가 있는 것은 사실상 거의 다 그 현실로부터 유래했다는 것을 모르는 사람이 없었습니다. 아알림은 지식이 자기네 소유이고 다른 사람과 나누어 갖기에는 너무 귀중하다고 생각했기 때문에, 무심코 고양이를 자루에서 꺼낸(다시 말해서 비밀을 누설한) 라시드 칼리파를 미워했을 것입니다.

우리는 결국에는 '고양이'에 대해 말해야겠지만, 아직은 그럴 때가 아닙니다. 무엇보다 먼저 별이 빛나는 아름다운 밤에 일어난 무서운 일에 대해 이야기할 필요가 있습니다.

루카는 왼손잡이로 성장했고, 반대 방향으로 움직이는 것은 자기가 아니라 자기를 제외한 나머지 세계라고 생각할 때가 많았습니다. 문손잡이는 반대 방향으로 돌아갔고, 나사는 시계 방향으로 돌려지기를 고집했고, 기타 줄은 거꾸로 꿰어져 있었고, 대부분의 언어는 문자가 왼쪽에서 오른쪽으로 어색하게 쓰였습니다. 예외적으로 오른쪽에서 왼쪽으로 쓰는 문자가 딱 하나 있었지만, 이상하게도 루카는 이 문자에 숙달하지 못했습니다. 도공의 물레는 반대 방향으로 돌아갔고, 이슬람교 금욕파의 수도사들은 반대 방향으로 빙글빙글 돌았다면 더 잘 돌 수 있었을 것입니다. 해가 서쪽에서 떠서 동쪽으로 진다면 전 세계가 훨씬 세련되고 합리적인 세상이 될 거라고 루카는 생각했습니다. 왼손잡이 위주인 그 '거꾸로 행성'에서는 왼손잡이인 그가 예외가 아니라 정상일 것입니다. 그 '역방향 차원'에서의 생활을 상상하면 루카는 이따금 슬퍼졌습니다. 그의 형 하룬은 다른 사람들처럼 오른손잡이였고, 따라서 만사가 형에게는 더 쉬워 보였습니다. 그것은 공정하지 않다는 느낌이 들었습니다. 소라야는 우울해하지 말라고 루카에게 말했습니다.

"너는 많은 재능을 타고난 아이야. 왼쪽으로 도는 게 옳고 우리가 틀렸다는 네 생각이 어쩌면 옳을지도 몰라. 네 손이 원하는 곳으로 너를 데려가게 내버려 두렴. 손을 계속 바쁘게 움직여. 그것뿐이야. 반드시 왼쪽으로 가되, 빈둥거리지는 마라. 뒤에 처지면 안 돼."

'거대한 불고리'에 내린 루카의 저주가 보기 좋게 효력을 발휘한 뒤, 하룬은 루카가 왼손잡이인 것이 그의 내면에서 부글부글 끓고 있는 사악한 힘의 징후일지도 모른다고 겁먹은 목소리로 동생에게 자주 경고하곤 했습니다. "왼쪽 길로 내려가지 않도록 조심해." 하룬이 말했습니다. 왼쪽 길은 분명 흑마술로 이어지는 길이었지만, 루카는 설령 그 길로 가고 싶다 해도 어떻게 하면 그 길을 택할 수 있는지 몰랐기 때문에 형의 경고를 귀담아 듣지 않았습니다. 하룬은 동생이 놀림당하는 것을 싫어하는 줄도 모르고 이따금 놀려 대곤 했기 때문에, 루카는 형이 또 자기를 놀리는 줄 알았던 것입니다.

루카가 자라면서 다른 현실에 강한 흥미를 갖게 되고 다른 현실에 어울리는 적성을 갖게 된 것은 어쩌면 그가 '왼손잡이 차원'으로 이주할 꿈을 꾸었기 때문인지도 모릅니다. 아니면 아버지가 전문 이야기꾼이었기 때문일 수도 있고, 형 하룬의 대단한 모험 때문일 수도 있고, 그것이 그의 방식이라는 것 말고는 다른 이유가 전혀 없었을지도 모릅니다. 학교에서 그는 괜찮은 배우가 되었고, 그가 꼽추나 황제, 여자나 신의 역할을 맡으면 그의 연기를 본 사람들은 그 아이가 일시적으로 꼽추가 되었거나 정말로 왕위에 올랐거나 여자로 바뀌었거나 신이 된 게 분명하다고 생각할 정도였습니다. 그가 그림을 그리면, 머리가 코끼리처럼 생기고 이제까지 일어난 일을 모조리 기억하는 '기억 새'나 시간의 강에서 헤엄치는 '시크피시'(병든 물고기)나 '잃어버린 어린 시절의 나라'나 '아무도 살지 않는 나라'에 대한 아버지의 이야기가 주마등처럼 화려하게 채색되어 생생하게 살아났습니다. 루카는 불행히도 수학과 화학에서는 그렇게 잘 해내지 못했습니다. 어머니는 그게 못마땅했지요. 어머니 소라야는 천사처럼 노래를 불렀지만, 항상 분별 있고 실리적인 타입이었으니까요. 하지만 아버지는 몰래 기뻐했습니다. 라시드 칼리파에게 수학은 중국어만큼 신비롭고 중국어보다 두 배는 더 재미가 없었으니까요. 라시드는 소년 시절에 화학 실기 시험을 볼 때 농축 황산액을 답안지에 쏟아서 구멍투성이가 된 답안지를 그대로 제출했기 때문에 낙제를 했답니다.

루카에게는 다행한 일이지만, 그는 거의 무한한 수의 평행 현실이 장난감처럼 팔리기 시작한 시대에 살고 있었습니다. 그가 아는 사람들이 모두 그랬듯이, 루카도 침입하는 로켓 함대를 파괴하면서 성장했고, 괴물의 성에서 까다로운 공주를 구출하기 위해 모험 여행에 나서서 불타고 뒤틀리고 부글부글 끓어오르는 많은 단계를 거치는 꼬마 배관공이 되기도 했고, 갑자기 커지거나 작아지는 고슴도치와 거리의 투사와 로큰롤 스타로 변신하기도 했고, 붉고 검은 얼굴에 짧은 뿔이 돋아난 악마가 가벼운 양날 칼로 그의 머리를 난도질하면서 펄쩍펄쩍 뛰어다니는데도 전혀 기가 꺾이지 않은 채 두건 달린 망토를 입고 꿋꿋이서 있기도 했습니다. 그가 아는 사람들이 모두 그랬듯이, 루카도 사이버 공간의 가상 공동체에 들어가 전자 클럽에서 '은하계 펭귄'의 신분을 채택했습니다. 여기서 그의 이름은 처음에는 비틀스* 멤버의 이름을 딴 것이었지만, 나중에는 공중을 날아다니는 생물을 창조하여 키와 머리털 색깔과 성별까지도 자기 마음대로 선택하고 마음대로 바꾸었습니다. 그가 아는 사람들이 모두 그랬듯이, 루카도 주머니에 들어갈 만큼 작은 크기의 대체 현실 상자를 다양하게 가지고 있어서, 틈만 나면 현실 세계를 떠나 화려하고 다채롭고 음악적이고 도발적인 그 상자 속 우주에 들어가서 많은 시간을 보냈습니다. 그 우주에서는 (너무 많은 실수를 저질러 영원히 죽을 때까지는) 죽음도 일시적이었고, 생명은 우연히 올바른 벽돌을 박치기하거나 올바른 버섯을 먹거나 올바른 마법의 폭포를 통과하면 획득할 수도 있고 저축할 수도 있고 부여받을 수도 있는 것이었습니다. 기술이 좋고 행운이 따르면 많은 생명을 비축할 수도 있었습니다. 루카의 방에 있는 소형 텔레비전 옆에는 그가 많은 상자들 중에서 가장 아끼는 상자가 놓여 있었는데, 그가 새로 얻은 '무우'라는 이름의 그 상자는 다른 공간과 다른 시간으로, 생명은 많고 죽음은 일시적인 시공간으로 가장 흥미롭고 가장 복잡한 여행을 떠날 수 있게 해주는 가장 마술적인 상자였습니다. 학교 운동장에서 루카가 황제 군대를 무찌른 위대한 승리자인 루카 장군, 가려움 가루 폭탄을 실은 종이비행기들로 이루어진 루카 공군의 사령관으로 변신했듯이, 수학과 화학의 세계를 떠나 '무우 지대'로 들어오면

---

*비틀스: 1960년대에 세계적으로 인기를 얻었던 4인조 대중음악 그룹.

루카는 집에 있는 것처럼 편안한 기분을 느꼈습니다. 실제로 집에서 편안한 기분을 느끼는 것과는 전혀 달랐지만, 그래도 역시 집에 있는 것처럼 마음이 편했습니다. 그곳에서 그는 적어도 마음속에서는 게임의 달인인 슈퍼 루카가 되었습니다.

그런 루카를 부추기고 우스꽝스러울 만큼 형편없는 기술로 루카의 모험에 동행하려 한 사람은 이번에도 역시 아버지 라시드였습니다. 어머니 소라야는 콧방귀만 뀔 뿐 조금도 관심을 보이지 않았고, 과학 기술을 불신하는 상식적인 여자였기 때문에 다양한 마법 상자에서 눈에 보이지 않는 전파와 광선이 방출되어 사랑하는 아들의 정신을 망쳐 놓지나 않을까 걱정했습니다. 라시드는 이런 걱정을 무시했고, 그래서 소라야는 더욱 걱정이 되었습니다.

"광선 따위는 없어! 전파 따위는 없어!" 라시드가 외쳤습니다. "루카를 봐. 손과 눈의 협응성이 얼마나 좋아. 문제를 해결하고, 수수께끼를 풀고, 장애를 극복하고, 점점 난이도가 높은 단계로 올라가면서 놀라운 기술을 습득하는 걸 보라고."

"그건 아무 짝에도 쓸모없는 기술이에요." 소라야가 반박했습니다. "현실 세계에는 어려움이 있을 뿐, 난이도 따위는 없어요. 게임에서는 가벼운 실수를 저질러도 다음 기회가 있죠. 화학 시험에서는 부주의한 실수를 저지르면 점수가 깎여요. 인생은 비디오 게임보다 가혹하다고요. 루카는 그걸 알아야 하고,

당신도 마찬가지예요."

라시드도 물러서지 않았습니다.

"루카의 손이 제어반 위에서 어떻게 움직이는지 봐. 저 세계에서는 왼손잡이라는 게 방해가 안 돼. 놀랍게도 루카는 거의 양손잡이야."

소라야도 화가 나서 씨근거리며 대꾸했습니다.

"루카가 손으로 쓴 글씨를 본 적이 있어요? 루카의 고슴도치와 배관공이 글씨를 잘 쓰게 도와줄까요? 루카가 학교를 무사히 졸업하는 데 루카의 '피스프(pisp)'와 '위(wee)'가 도움이 될까요? '피스프'니 '위'니 무슨 이름들이 그래요! 내 귀엔 화장실에 가서 똥이나 오줌을 누는 소리처럼 들려요."

라시드는 아내를 달래듯 미소를 짓기 시작했습니다.

"그 용어는 '콘솔'*이라고 해서……." 라시드가 설명하기 시작했지만, 소라야는 홱 돌아서서 한 손을 머리 위로 쳐들고 멀어져 갔습니다.

"그런 얘기는 나한테 하지 말아요." 소라야가 자신의 어깨 너머로 말했습니다. "나는 '콘솔'할 수 없어요. 위로할 길이 없다고요."*

---

*콘솔: 컴퓨터나 게임기 따위의 각종 스위치를 한곳에 모아 제어할 수 있도록 한 조정용 장치.
*콘솔에는 '위로하다'라는 뜻도 있다. 그래서 라시드가 '콘솔……' 운운하자 소라야는 '위로하다'는 뜻으로 받아 대꾸한 것이다.

라시드가 '무우'에서 서툴렀던 것은 놀라운 일이 아니었습니다. 그는 거의 평생 동안 유창한 말솜씨로 명성을 얻었지만, 손은 솔직히 말해서 언제나 그의 약점이었습니다. 그의 손은 어색하고 서투르고 부주의해서 물건을 잘 떨어뜨렸지요. 사람들 말마따나 열 손가락이 모두 엄지손가락이라 해도 좋을 만큼 손재주가 없었습니다. 62년 동안 살아오면서 그의 손은 수많은 물건을 떨어뜨리고 수없이 많은 물건을 고장 내고, 용케 물건을 떨어뜨리거나 고장 내지는 않더라도 물건을 다루는 솜씨는 항상 서툴렀고, 그가 쓴 글씨는 알아보기가 어려웠습니다. 요컨대 그는 손재주가 전혀 없었습니다. 라시드가 벽에 못을 박으려 하면, 그의 손가락 가운데 하나는 반드시 망치질에 방해가 되었고, 망치에 맞으면 그는 어린애처럼 엄살을 부렸습니다. 그래서 라시드가 일을 도와주겠다고 나설 때마다 소라야는 제발 아무것에도 손대지 말라고—약간 매정하게—부탁하곤 했습니다.

하지만 루카는 아버지의 손이 실제로 활기를 띠었던 때를 기억할 수 있었습니다.

그것은 사실이었습니다. 루카가 두세 살밖에 안 되었을 때, 아버지의 손은 활력을 얻었고 독자적인 마음까지 얻었습니다. 게다가 그 손은 이름까지 갖고 있었습니다. 오른손은 '아무도'였고, 왼손은 '엉터리'였습니다. 아무도와 엉터리는 대개 고분고분해서 라시드가 원하는 대로 움직였습니다. 예를 들어 라시드가 말을 강조하고 싶어 하면 (라시드는 말하기를 무척 좋아했기 때문에) 그의 손은 공중에서 흔들렸고, (라시드는 먹는 것도 무척 좋아했기 때문에) 일정한 간격을 두고 음식을 그의 입에 넣어 주기도 했습니다. 그의 손은 라시드가 '똥꼬'라고 부르는 부위를 기꺼이 씻어 주기까지 했습니다. 그것은 정말 친절하고 고마운 일이었지요. 하지만 두 손은 변덕스럽고 독자적인 의지도 갖고 있다는 것을 루카는 곧 알아차렸습니다. 특히 루카가 아버지의 두 손이 미치는 범위 안에 있을 때는 그런 경향이 더욱 강해졌습니다. 이따금 아버지의 오른손이 루카를 간질이기 시작하면 루카는 "그만요, 제발 그만요." 하고 애원했습니다. 그러면 아버지는 "내가 그러는 게 아니야. 실은 아무도가 너를 간질이고 있어." 하고 대답했습니다. 거기에 왼손이 합세하면 루카는 눈물이 나도록 웃으면서 항변했습니다. "아버지, 아버지가 저를 간질이고 있잖아요." 그러면 아버지는 대답했습니다. "아니야. 그건 엉터리야."

하지만 요즈음 라시드의 손은 느려졌고, 그냥 보통 손으로 돌아간 듯했습니다. 사실은 라시드의 나머지 부분도 느려지고 있었습니다. 걸음도 전보다 느려졌고(그는 빨리 걸은 적이 한 번도 없었지만), 전보다 천천히 먹었고(먹는 속도는 그렇게 많이 느려지지 않았지만), 무엇보다도 걱정스러운 것은 전보다 천천히 말한다는 것이었습니다(그런데 그가 말하는 속도는 언제나 아주 빨랐습니다). 그는 전보다 더 느리게 미소를 지었고, 루카는 아버지의 머릿속에서 생각이 진행되는 속도가 실제로 떨어지고 있는 것 같다고 상상할 때도 있었습니다. 아버지가 하는 이야기조차도 전보다 느리게 진행되는 것 같았고, 그것은 아버지의 일에 좋지 않은 영향을 주었습니다. 루카는 놀라서 혼잣말을 했습니다. '아버지가 이런 속도로 계속 느려지면 이제 곧 완전히 멈춰 버릴 거야.' 완전히 멈추어 버린 아버지, 말을 하다 말고, 몸짓을 하다 말고, 걸음을 떼어 놓다 말고, 영원히 그 자리에 얼어붙어 버린 아버지의 모습은 상상만 해도 끔찍했습니다. 하지만 아버지의 속도를 다시 높여 줄 조치를 취하지 못하는 한, 사태는 그 방향으로 나아가고 있는 것 같았습니다. 그래서 루카는 아버지의 속도를 높일 수 있는 방법을 궁리하기 시작했습니다. 어디에 있는 페달을 밟으면 쇠퇴하고 있는 아버지의 줌 기능을 회복시킬 수 있을까? 하지만 루카가 문제를 해결하기 전에 별이 빛나는 아름다운 밤에 무서운 일이 일어났습니다.

곰 멍멍이와 개 곰돌이가 루카네 집에 온 지 한 달하고도 하루가 지났을 때, 카하니 시 위에 있는 하늘과 실실라 강과 그 너머에 있는 바다가 놀랍게도 별들로 가득 찼습니다. 별들이 너무 찬란하게 빛나서 심해에 사는 뚱한 표정의 '글룸피시'(우울한 물고기)조차도 놀란 표정을 지으려고 수면으로 올라왔다가 본의 아니게 미소를 지을 정도였습니다(놀란 표정으로 미소를 짓고 있는 글룸피시를 본 적이 있다면, 그게 별로 귀여운 모습은 아니라는 것을 알 겁니다). 굵은 띠 모양의 은하수가 맑은 밤하늘에서 어떤 마법으로 환한 빛을 내어, 인류가 공기를 더럽히고 하늘을 시야에서 가리기 전인 옛날에는 이 세상이 어떠했는지를 모든 사람에게 일깨우고 있는 것 같았습니다. 스모그 때문에 도시에서 은하수를 보는 것은 아주 드문 일이 되어 버렸습니다. 그래서 사람들은 거리로 나와서 은하수를 보라고 저마다 이웃 사람에게 소리쳤습니다. 다들 집에서 쏟아져 나와 턱을 하늘로 쳐들고 서 있었습니다. 마치 온 동네 사람들이 간지럼 태워 주기를 바라고 있는 것 같았습니다. 루카는 간질이기 대장이 되어 사람들을 간질이고 다닐까 하고 생각했지만, 다시 생각해 보고 그 생각을 접었습니다.

별들은 하늘에서 춤을 추고 있는 것 같았습니다. 결혼식 때 화려한 옷을 차려입은 여자들처럼, 다이아몬드와 에메랄드와 루비로 하얗게 파랗게 빨갛게 빛나는 여자들처럼, 번쩍이는 보석을 뚝뚝 떨어뜨리며 하늘에서 춤추는 화려한 여자들처럼, 별들은 웅장하고 복잡한 무늬를 그리며 빙글빙글 돌고 있는 것 같았습니다. 그리고 별들의 춤은 도시의 거리에 그대로 반영되었습니다. 사람들은 탬버린과 북을 들고 거리로 나와서, 누군가의 생일이라도 되는 것처럼 그날을 축하했습니다. 곰돌이와 멍멍이도 소리를 지르고 팔짝팔짝 뛰면서 축하를 했습니다. 하룬과 루카와 소라야, 그들의 이웃인 오니타 양도 모두 춤을 추었습니다. 라시드만 파티에 참석하지 않았습니다. 그는 현관 앞에 앉아서 구경만 했고, 아무도 그를 끌어내지 못했습니다. 루카조차도 아버지를 일으켜 세우지 못했습니다.

"몸이 무겁게 느껴져." 그가 말했습니다. "다리는 석탄 자루 같고, 팔은 통나무 같은 느낌이야. 내 근처에서 중력이 늘어난 게 분명해. 내 몸이 땅 쪽으로 끌려 내려가고 있으니까."

소라야는 그가 게으른 감자일 뿐이라고 말했고, 얼마 후에는 루카도 별들의 축제가 벌어지는 밤하늘 아래에서 이리저리 뛰어다니는 동안 아버지가 행상인에게 산 바나나를 먹으며 현관 앞에 앉아 있는 것을 그냥 내버려 두었습니다.

밤하늘의 웅장한 쇼는 밤늦게까지 계속되었고, 쇼가 계속되는 동안은 뭔가 좋은 일이 일어날 것처럼 보였습니다. 뜻밖에 좋은 시절이 시작될 조짐인 것 같았습니다. 하지만 전혀 그렇지 않다는 것을 루카는 곧 깨달았습니다. 어쩌면 그것은 사실상 일종의 작별 인사나 마지막 만세였을지도 모릅니다. 그것은 카하니의 전설적인 이야기꾼 라시드 칼리파가 얼굴에는 미소를 띠고 손에는 바나나를 쥐고 이마에는 반짝이는 별빛을 받은 채 잠이 든 밤이었기 때문입니다. 이튿날 아침에도 그는 깨어나지 않고, 입술에 감미로운 미소를 띤 채 조용히 코를 골며 계속 잠을 잤습니다. 그는 오전 내내 잠을 잤고, 오후 내내 잠을 잤고, 다시

밤새 내내 잠을 잤습니다. 이런 상태는 오전마다, 오후마다, 밤마다 계속되었습니다.

아무도 그를 깨울 수 없었습니다.

처음에 소라야는 남편이 과로했나 보다고 생각했기 때문에, 주위를 돌아다니며 조용히 하라고 주의를 주고 라시드의 잠을 방해하지 말라고 말했습니다. 하지만 소라야도 곧 걱정이 되기 시작했고, 그래서 남편을 깨우려고 애썼습니다. 처음에는 조용히 남편에게 말을 걸고 사랑의 말을 속삭였습니다. 그러다가 남편의 이마를 어루만지고 남편의 볼에 입을 맞추고 짧은 노래를 불렀습니다. 마침내 초조해진 소라야는 남편의 발바닥을 간질이고, 남편의 어깨를 거칠게 흔들고, 그래도 깨어나지 않자 최후의 수단으로 남편의 귀에다 입을 대고 목청껏 소리를 질렀습니다. 그는 기분이 좋은 듯 "으음!" 하는 소리를 냈고 미소가 더 넓게 번졌지만, 잠에서 깨어나지는 않았습니다.

소라야는 그의 침대 옆 바닥에 주저앉아 두 손에 얼굴을 묻었습니다. 그러고는 구슬픈 소리로 울부짖었습니다.

"난 이제 어떡해? 남편은 언제나 몽상가였지만, 이제는 나보다 꿈이 더 좋다고 판단하고 꿈나라로 가 버렸어."

곧 라시드의 상태를 소문으로 전해 들은 기자들이 몰려와 동네를 돌아다니며 기삿거리를 얻으려고 애썼습니다. 소라야는 사진기자들을 쫓아냈지만, 그래도 기자들은 기사를 썼습니다.

'허풍 대왕* 말문을 닫다'는 제목 아래, '그는 이제 잠자는 미녀가 됐지만, 그리 아름답지 않을 뿐이다.'라고 잔인하게 외쳐 댔습니다.

어머니가 울고 아버지가 '영원한 잠'에 붙잡혀 있는 것을 보았을 때, 루카는 세상이 끝나 가고 있는 듯한 기분을 느꼈습니다. 지금까지 루카는 아침 일찍 부모의 침실에 몰래 들어가 부모가 깨기 전에 깜짝 놀래 주려고 애썼지만, 그때마다 부모는 루카가 침대 옆에 다다르기 전에 깨어 버리곤 했습니다. 하지만 지금 라시드는 잠에서 깨어날 줄 모르고, 소라야는 위로할 길 없는 슬픔에 잠겨 있었습니다. 지금 이 상황이 컴퓨터 게임과 아무 관계도 없다는 것은 루카도 잘 알고 있었지만, 지금 이 순간 그는 어떤 가상현실 속에 들어가 있는 거라면 좋겠다고 생각했습니다. 그래서 '나가기' 버튼을 누르기만 하면 현실 세계로 돌아올 수 있다면 얼마나 좋을까. 하지만 '나가기' 버튼은 없었습니다. 그에게는 집이 갑자기 낯설고 무서운 곳으로 느껴졌지만, 어쨌든 그는 지금 집에 있었습니다. 이제 집에는 웃음도 없고, 무엇보다 가장 무서운 것은 아버지가 없다는 것이었습니다. 불가능했던 일이 가능해지고, 생각할 수도 없었던 일이 얼마든지 있을 수 있는 일이 된 것 같았습니다. 루카는 그 무서운 일에 이름을

---

*허풍 대왕: 『하룬과 이야기 바다』에서 라시드 칼리파의 별명.

붙이고 싶지 않았습니다.

의사들이 왔고, 소라야는 의사들을 남편이 잠들어 있는 방으로 데리고 들어가 문을 닫았습니다. 하룬은 안에 들어갈 수 있었지만, 루카는 오니타 양과 함께 밖에 남아 있어야 했습니다. 루카는 그게 싫었습니다. 오니타 양은 루카에게 사탕을 너무 많이 주었고, 루카의 얼굴을 품에 너무 바싹 끌어안았기 때문입니다. 그래서 루카는 싸구려 향수 냄새가 나는 미지의 골짜기에 들어간 여행자처럼 오니타 양의 젖가슴 사이에서 길을 잃었습니다. 잠시 후 하룬이 루카를 보러 왔습니다.

"뭐가 잘못됐는지, 의사들도 모르겠대." 하룬이 루카에게 말했습니다. "아버지는 그냥 주무시고 계실 뿐이고, 의사들은 그 이유를 몰라. 아버지는 오랫동안 먹지도 마시지도 않아서 영양분이 필요하기 때문에 의사들이 아버지 팔에 링거를 주사했어. 하지만 아버지가 깨어나지 않으면⋯⋯."

"깨어나실 거야." 루카가 외쳤습니다. "지금 당장이라도 깨어나실 거야!"

"깨어나지 않으면⋯⋯" 하룬이 다시 말했습니다. 루카는 하룬이 두 주먹을 움켜쥐고 하룬의 목소리에도 주먹처럼 단단히 조여진 긴장감이 어려 있음을 알아차렸습니다. "아버지의 근육이 퇴화하고, 그러면 몸 전체가 약해지고, 그러면⋯⋯."

"아니야." 루카가 격렬하게 형의 말을 가로막았습니다. "아버지는 그냥 쉬고 계실 뿐이야. 아버지는 속도가 점점 느려지고 있었고, 몸이 무겁게 느껴졌고, 쉴 필요가 있었어. 정직하게 말하면 아버지는 평생 우리를 돌보셨으니까 이젠 한동안 쉴 자격이 있어. 안 그래요, 오니타 아줌마?"

"그래, 루카." 오니타 양이 말했습니다. "네 말이 맞아. 나는 전적으로 확신해."

눈물 한 방울이 그녀의 뺨을 타고 또르르 굴러 떨어졌습니다.

그 후 상황은 더욱 나빠졌습니다.

루카는 그날 밤 뜬눈으로 침대에 누워 있었습니다. 너무 놀라고 불안해서 잠을 이룰 수 없었습니다. 곰돌이도 침대에 있었지만, 개꿈 속에서 꼬리를 살랑거리고 뭐라고 웅얼거리며 꿈에 빠져 있었습니다. 멍멍이는 마룻바닥에 깔린 멍석 위에 꼼짝도 않고 누워 있었습니다. 하지만 루카는 완전히 깨어 있었습니다. 창밖의 밤하늘은 이제 맑지 않았고, 잔뜩 찌푸린 것처럼 구름이 낮게 드리워져 있었습니다. 멀리서 천둥이 성난 거인의 목소리처럼 우르릉 울렸습니다. 그때 루카는 가까이에서 날개 치는 소리를 들었습니다. 그래서 루카는 침대에서 뛰쳐나와 창문으로 달려가서 창밖으로 머리를 내밀고 하늘을 올려다보았습니다.

독수리 일곱 마리가 루카를 향해 하늘에서 내려오고 있었습니다. 독수리들은 옛날 그림에 나오는 유럽 귀족이나 서커스 광대처럼 목 주위에 주름 장식을 두르고 있었습니다. 독수리들은 추하고 냄새나고 너절했습니다. 그중에서도 가장 몸집이 크고 가장 추하고 가장 냄새나고 가장 너절한 독수리가 루카의 방 창턱에 내려앉았습니다. 루카와 오랜 친구라도 되는 것처럼 루카 바로 옆에 내려앉은 것입니다. 나머지 여섯 마리는 손이 닿는 범위를 살짝 벗어난 거리에서 공중을 맴돌고 있었습니다. 곰돌이가 잠에서 깨어나 창문으로 달려오더니 이빨을 드러내고 으르렁거렸습니다. 멍멍이는 잠시 후 펄쩍 뛰어올랐습니다. 루카의 머리 위로 높이 솟아오른 멍멍이의 모습은 독수리들을 그 자리에서 당장 찢어발기고 싶어 하는 것처럼 보였습니다.

"가만있어." 루카가 곰돌이와 멍멍이에게 말했습니다. 조사할 필요가 있는 무언가를 보았기 때문입니다. 우두머리 독수리의 목 주위에 난 고리 모양의 깃털에 작은 주머니 하나가 매달려 있었습니다. 루카는 주머니로 손을 뻗었습니다. 독수리는 꼼짝도 하지 않았습니다. 주머니 안에는 둘둘 말린 종이가 들어 있고, 그 종이에는 아아그 단장의 편지가 쓰여 있었습니다.

불길한 말을 하는 무섭고 구역질 나는 꼬마 마법사야, 네가 나한테 한 짓을 내가 그냥 넘길 줄 알았냐? 네가 나한테 입힌 손해보다 훨씬 심각한 손해를 내가 너한테 입히지 못할 줄 알았냐? 너는 네 자신이 시내에서 유일한 마법사라고 생각할 만큼 자만하고 어리석고 약하고 하찮은 저주꾼이었냐? 무능하기 짝이 없는 꼬마 마법사야, 통제도 못 하면서 저주를 내던 지면, 저주는 되돌아와서 네 따귀를 갈길 거야. 아니면 이번 기회에 네가 사랑하는 누군가를 저주가 도끼로 찍어 죽이면 훨씬 만족스러운 앙갚음이 되겠지.

    밤공기가 따뜻한데도 루카는 부들부들 떨기 시작했습니다. 이게 사실일까? 내가 서커스단 단장을 저주한 보복으로 아버지가 잠자는 저주를 받게 된 것일까? 그렇다면 아버지가 '영원한 잠'에 사로잡힌 것은 자기 탓이라고 생각하자, 루카는 너무 두려워서 몸이 덜덜 떨렸습니다. 멍멍이와 곰돌이가 그의 삶에 들어온 것조차 아버지를 잃은 것을 별충해 주지는 못했습니다. 하지만 또 한편으로는 밤에 별들이 춤을 추기 오래전에 이미 루카는 아버지의 말과 행동이 느려진 것을 알아차렸기 때문에, 아아그 단장의 편지는 가증스러운 거짓말일 수도 있었습니다. 어쨌든 루카는 우두머리 독수리가 그의 마음이 흔들린 것을 알아차리지 못하게 할 속셈으로, 학교에서 연극을 할 때처럼 크고 단호한 목소리로 말했습니다.

    "솔직히 말하면 나는 독수리가 싫어. 그 무서운 아아그 단장에게 여전히 충성을 바치는 동물이 너희 독수리들뿐이라 해도 나는 놀라지 않아. 어쨌든 서커스에서 독수리 묘기를 보여 줄 생각을 하다니! 그것만 보아도 아아그 단장이 어떤 사람인지 알 수 있을 거야. 이것도……" 루카는 독수리의 냉소적인 부리 밑에서 단장의 편지를 갈기갈기 찢으면서 덧붙여 말했습니다. "자기가 우리 아버지를 병들게 할 수 있었다고 우겨 대는 비열한 놈의 편지야. 단장은 아무도 병들게 할 수 없어. 하지만 모든 사람을 구역질 나게 할 수는 있지."

그러고는 있는 용기를 모두 끌어내어 그 커다란 새를 창턱에서 쫓아내고 창문을 닫았습니다.

독수리들은 뿔뿔이 달아났습니다. 루카는 침대에 쓰러져 몸을 떨었습니다. 곰돌이와 멍멍이가 다가와 코를 비볐지만, 그것도 그를 위로해 주지는 못했습니다. 라시드는 여전히 잠자고 있었고, 루카는 이 저주를 가족에게 내린 것이 그 자신이라는 생각을 떨쳐 버릴 수가 없었습니다.

잠 못 이루는 하룻밤이 지난 뒤, 루카는 동이 트기 전에 일어나, 행복했던 시절에 자주 그랬던 것처럼 부모의 침실로 살그머니 들어갔습니다. 아버지는 영양 공급을 위한 튜브를 팔에 꽂은 채 침대에 잠들어 있었고, 아버지의 심장 박동을 보여 주는 모니터에는 톱니처럼 들쭉날쭉한 초록빛 선이 나타나 있었습니다. 사실대로 말하면, 라시드는 저주받은 것처럼도 보이지 않았고 슬퍼 보이지도 않았습니다. 라시드는 오히려 행복해 보였습니다. 별을 꿈꾸고, 자면서 별들과 함께 춤을 추고, 하늘에서 별들과 함께 살고, 미소를 짓고 있는 것처럼 보였습니다. 하지만 보이는 것이 전부는 아니었습니다. 루카도 그 정도는 알고 있었습니다. 세상이 항상 겉보기와 같지는 않았습니다. 소라야는 바닥에서 벽에 기대고 앉은 채 자고 있었습니다. 부모가 전에는 루카가 아무리 살금살금 다가가도 잠에서 깨어나곤 했는데, 이제는 아버지도 어머니도 깨어나지 않았습니다. 그것이 루카를 우울하게 했습니다. 루카는 발을 질질 끌면서 제 방으로 돌아갔습니다. 그는 창문을 통해 하늘이 환해지기 시작한 것을 볼 수 있었습니다. 새벽은 사람들의 마음을 밝게 해 준다지만, 루카는 기분 좋은 일이 아무것도 생각나지 않았습니다. 그는 커튼을 치려고 창문으로 다가갔습니다. 커튼을 치면 적어도 어둠 속에 누워서 잠시 쉴 수 있을 테니까요. 그가 놀라운 광경을 본 것은 바로 그때였습니다.

칼리파 가족이 사는 집 바로 밖에 한 남자가 서 있었습니다. 눈에 익은 주홍색 부시 셔츠를 입고 알아볼 수 있을 만큼 낡아빠진 파나마 모자를 쓴 그 남자는 골목에 서서 분명 루카네 집을 바라보고 있었습니다. 루카가 소리를 지르고 곰돌이와 멍멍이를 보내 막 쫓아내려 할 때, 낯선 사내가 고개를 뒤로 젖혀 루카의 눈을 똑바로 쳐다보았습니다.

그것은 라시드 칼리파였습니다! 아버지가 서 있었습니다. 아버지는 아무 말도 하지 않았지만, 완전히 깨어 있는 것처럼 보였습니다!

하지만 라시드가 바깥 골목에 나가 있다면, 침대에서 자고 있는 것은 누구란 말인가? 라시드가 침대에서 자고 있다면, 어떻게 밖에 있을 수 있단 말인가? 루카는 머리가 핑핑 돌았고, 어떻게 생각해야 좋을지 알 수가 없었습니다. 하지만 그의 발은 어느새 뛰기 시작했습니다. 곰과 개도 그 뒤를 따랐습니다. 루카는 아버지가 기다리고 있는 곳으로 최대한 빨리 달려갔습니다. 그는 맨발로 계단을 달려 내려가다, 발을 헛딛는 바람에 약간 비틀거리면서 오른쪽으로 한 걸음을 내디뎠습니다. 잠시 야릇한 현기증을 느꼈지만, 다시 균형을 되찾고 현관문에서 밖으로 뛰쳐나갔습니다. '이거 놀라운데.' 하고 루카는 생각했습니다. 아버지가 드디어 잠에서 깨어나 산책을 하러 밖으로 살짝 빠져나간 것입니다. 일이 잘 풀린 것 같았습니다.

2
아무버지

멍멍이, 곰돌이와 함께 현관에서 달려 나왔을 때, 루카는 야
릇하기 이를 데 없는 느낌을 받았습니다. 눈에 보이지 않는 경계
선을 넘은 듯한 느낌, 비밀의 차원이 잠긴 문을 열었고 그들은
그 안으로 들어가 탐험하는 것을 허락받은 듯한 느낌이었습니
다. 추운 새벽이 아닌데도 루카는 몸이 떨렸고, 곰과 개도 몸을
떨었습니다. 세상의 색깔이 이상했습니다. 하늘은 너무 파랗고,
흙은 너무 누렇고, 집은 정상보다 더 빨간색이거나 더 초록색이
었습니다. 그리고 아버지는 그의 아버지가 아니었습니다. 라시
드 칼리파가 부분적으로 투명해진 게 아니라면, 이 사람은 절대
로 라시드 칼리파가 아니었습니다. 그래도 이 라시드 칼리파는

유명한 '허풍 대왕'과 똑같아 보였습니다. 그는 즐겨 쓰는 파나마 모자에 주홍빛 부시 셔츠를 입고 있었습니다. 그가 걷거나 말을 하면, 목소리도 걸음걸이도 라시드와 똑같았습니다. 하지만 이 라시드 칼리파는 반은 현실이고 반은 빛의 장난이라도 되는 것처럼 흐릿하게 몸을 꿰뚫어 볼 수 있었습니다. 하늘에서 새벽의 첫 속삭임이 들려오자 그 형상의 투명성이 더욱 분명해졌습니다. 루카의 머리가 돌아가기 시작했습니다. 아버지한테 무슨 일이 일어난 것일까? 이 '투명한' 아버지는 어떤 부류의…… 어떤 부류의…….

"당신은 어떤 부류의 유령인가요?" 루카가 힘없는 목소리로 물었습니다. "줄잡아 말해도 당신은 확실히 독특하고 놀라운 존재예요."

"내가 하얀 도포를 입고 있냐? 내가 쇠사슬을 쩔렁거리고 있냐? 너한테는 내가 유령처럼 보이냐?" 유령이 경멸하는 말투로 물었습니다. "내가 무섭냐? 좋다. 이 질문에는 대답하지 마라. 사실 유령이나 망령 따위는 세상에 존재하지 않아. 따라서 나는 유령이 아니야. 지금 나도 너 못지않게 놀라고 있다는 사실을 지적해도 될까?"

곰돌이의 털이 곤두섰고, 멍멍이는 무언가를 이제 막 기억해 낸 것처럼 어리둥절한 표정으로 고개를 흔들고 있었습니다.

"왜 그렇게 놀라세요?" 루카는 대담하게 말하려고 애쓰면서 물었습니다. "어쨌든 투명한 건 내가 아니라 아저씨잖아요."

투명한 라시드 칼리파가 더 가까이 다가왔습니다. 루카는 달아나지 않으려고 애썼습니다.

"나는 너 때문에 여기 있는 게 아니야." 라시드 칼리파가 말했습니다. "그러니까 네가 완전히 건강할 때 경계선을 넘은 것은, 뭐랄까, 아주 진기한 일이야. 네가 키우는 곰과 개가 경계를 넘은 것도 이상하고. 모든 게 너무 이례적이야. 경계를 그렇게 쉽게 무시하면 안 돼."

"그게 무슨 뜻이에요?" 루카가 물었습니다. "무슨 경계요? 아저씨는 누구 때문에 여기 있는 거죠?" 루카는 이 두 번째 질문을 한 순간, 그 대답을 알았습니다. 두 번째 질문에 대한 대답은 그의 마음속에서 첫 번째 질문을 몰아냈습니다. "아, 그러면 우리 아버지가⋯⋯?"

"아직은 아니야. 하지만 나는 참을성이 많은 타입이야."

"가세요. 여기서는 아무도 아저씨를 원하지 않아요. 그런데 어쨌든 이름이 뭐죠?"

투명한 라시드는 우호적인 미소를 지었지만, 어쩐지 그 미소가 전적으로 우호적인 것은 아니었습니다.

"나는⋯⋯" 그가 친절한 목소리로 말하기 시작했지만, 어쩐지 그 목소리는 완전히 친절하게 느껴지지 않았습니다. "나는 네 아버지의 죽⋯⋯."

"그 말은 입 밖에 내지 마세요!" 루카가 외쳤습니다.

"내가 말을 계속해도 좋다면, 내가 말하고자 하는 건 모든 사람의 죽……." 유령은 고집스럽게 말했습니다.

"그 말은 하지 말라니까요!" 루카가 고함을 질렀습니다.

"저마다 다르다는 거야. 똑같은 건 하나도 없어. 모든 생물은 다른 모든 것과 다른 개체야. 그들의 삶에는 자기만의 독특하고 개인적인 시작이 있고, 개인적이고 독특한 중간이 있고, 따라서 마지막에는 당연히 자신만의 독특하고 개인적인 죽……."

"안 돼요!" 루카가 비명을 질렀습니다.

"그리고 나는 네 아버지의 죽……이야. 아니, 이제 곧 그렇게 될 거야. 그때는 내가 실체가 될 것이고, 이런 말을 하기는 미안하지만 네 아버지는 더 이상 실체가 아닐 테니까."

"아무도 우리 아버지를 데려가지 못할 거예요. 무서운 이야기를 하는 아저씨조차도. 이름이 뭔지는 모르지만."

"아무도." 투명한 라시드가 말했습니다. "그래. 나를 '아무도'라고 불러도 돼. 그게 바로 나야. 아무도가 네 아버지를 데려갈 거야. 맞아. 내가 바로 그 문제의 아무도야. 그러니까 나는 너의 '아무버지'라고 말할 수 있지."

"그건 엉터리예요." 루카가 말했습니다.

"천만에." 투명한 라시드가 루카의 말을 바로잡았습니다. "엉터리와는 상관없어. 너도 알게 될 거야. 내가 안-엉터리 사람이라는 걸."

루카는 현관 앞 계단에 앉아서 두 손에 얼굴을 묻었습니다. 그는 투명한 라시드가 무슨 말을 하고 있는지 알아차렸습니다. 아버지가 쇠약해질수록 유령 라시드는 점점 강해질 테고, 결국에는 이 '아무버지'만 남고 아버지는 존재하지 않게 될 것입니다. 하지만 한 가지만은 확실했습니다. 루카는 아버지 없이 살아 갈 준비가 되어 있지 않았습니다. 앞으로도 절대 그럴 준비는 안 될 것입니다. 이런 생각이 마음속에서 커지면서 그에게 힘을 주었습니다. 아버지를 잃지 않을 방법은 한 가지뿐이라고 생각했습니다. 이 아무버지를 막아야 합니다. 루카는 아무버지를 막을 방법을 생각해 내야 했습니다.

"공정을 기하기 위해……" 아무버지가 말했습니다. "그리고 모든 것을 숨김없이 털어놓는다는 정신으로 되풀이해 말하면, 너는 이미 놀라운 일을 해냈어. 선을 넘은 것 말이다. 그러니까 더욱 놀라운 일들도 할 수 있을 거야. 어쩌면 너는 지금 꿈꾸고 있는 일도 해낼 수 있을 거야. 하하하! 너는 나를 파멸시키는 데 성공할 거야. 너는 나의 적이야! 정말 유쾌하군! 정말로 귀여운 것, 나는 너무 흥분했어."

루카가 고개를 들고 물었습니다.

"'선을 넘는다'는 게 무슨 뜻이죠?"

"지금 네가 있는 여기는 아까 네가 있었던 거기가 아니야." 아무버지는 루카가 이해하는 데 도움이 되도록 설명했습니다. "지금 네가 보고 있는 이것은 아까 네가 본 그것이 아니야. 이 골목은 그 골목이 아니고, 이 집은 그 집이 아니고, 이 아빠는 그 아빠가 아니야. 너의 세계가 오른쪽으로 반 발짝 움직이면 이 세계와 마주치게 될 거야. 왼쪽으로 반 발짝 움직이면……. 지금은 거기에 대해 자세히 언급하지 말자. 여기서는 모든 게 전보다 얼마나 더 선명한 색깔을 띠고 있는지 모르겠냐? 이건 보다시피…… 사실은 너한테도 말하면 안 되지만…… 이건 마법 세계야."

루카는 문간에서 비틀거린 것을 기억해 냈고, 잠깐이지만 강한 현기증을 느낀 것도 기억해 냈습니다. 그게 내가 선을 넘은 순간이었을까? 그때 나는 오른쪽으로 비틀거렸나? 아니면 왼쪽으로 비틀거렸나? 오른쪽이지 않았나? 그러니까 이것은 '오른쪽 길'이어야 하지 않을까? 하지만 이것이 나한테 가장 좋은 길일까? 나는 왼손잡이니까 마땅히 왼쪽으로 비틀거렸어야 하지 않을까?…… 그는 자기가 하는 말이 무슨 뜻인지 전혀 모른다는 것을 깨달았습니다. 도대체 나는 왜 애당초 우리 집 밖 골목길이 아니라 길에 서 있는 걸까? 이 길은 어디로 통해 있는 걸까? 이 길을 따라갈 생각을 해야 하나? 아니면 이 놀라운 아무버지한테서 도망쳐 안전한 내 방으로 돌아갈 길을 찾아야 하나? 그에게는 이 '마법' 이야기가 너무 벅찼습니다.

물론 루카는 마법 세계를 다 알고 있었습니다. 그는 날마다 아버지한테 그 이야기를 들으면서 자랐고, 그런 세계가 실제로 존재한다고 믿었고, 그 세계의 지도를 그리고 그림을 그리기까지 했습니다. 지혜의 호수로 흘러드는 억수 같은 말, 지식의 산과 생명의 불, 이 모든 것을 그렸습니다. 하지만 식탁이나 거리나 복통의 존재를 믿은 것처럼 그 세계의 존재를 믿은 것은 아니었습니다. 이야기는 여러분이 이야기를 읽고 있는 동안은 현실이고, 신기루는 여러분이 거기에 너무 가까이 가기 전에는 현실이고, 꿈은 여러분이 꿈꾸고 있는 동안은 현실이듯이, 마법 세계도 오직 그런 식으로만 그 존재가 현실이었습니다. '그럼 이건 꿈일까?' 하고 루카는 생각했습니다. 자신을 아무버지라고 부른 투명한 라시드는 생각에 잠긴 얼굴로 천천히 고개를 끄덕이면서 상냥하게 대답했습니다.

"그렇다면 확실히 이 상황이 설명될 거야. 한번 시험해 보는 게 어떠냐? 이게 정말로 꿈이라면 너의 곰과 개는 말 못하는 짐승이 아닐 거야. 나는 너의 은밀한 공상을 알고 있어. 너는 너의 곰과 개가 말을 할 수 있기를 바라지? 네 언어로 너에게 말하고, 자기네 이야기를 너한테 들려줄 수 있으면 좋겠다고 생각하지? 너의 곰과 개는 아주 재미난 이야기를 해 줄 게 분명해."

"그걸 어떻게 아세요?" 루카가 놀라서 물었습니다. 그런데 이번에도 질문하기가 무섭게 그 대답이 머릿속에 들어왔습니다.

"아아, 우리 아버지가 아시니까 아저씨도 아시는군요. 언젠가 아버지한테 그 이야기를 한 적이 있어요. 그때 아버지는 말하는 곰과 개에 대한 이야기를 만들겠다고 하셨죠."

"그래." 아무버지가 침착하게 말했습니다. "네 아버지가 지금 까지 알았던 것, 말하고 행동했던 모든 것이 서서히 나한테 건 너오고 있어. 하지만 내가 대화를 독차지하면 안 돼. 네 친구들 이 네 관심을 끌려고 애쓰는 것 같은데?"

루카는 주위를 둘러보고 깜짝 놀랐습니다. 개 곰돌이가 뒷발 로 일어나 오페라 가수처럼 헛기침을 하더니, 노래를 부르기 시 작한 것입니다. 이번에는 멍멍 짖거나 컹컹 울어 대는 것이 아니 라, 충분히 알아들을 수 있는 명백한 가사로, 게다가 외국인 방 문객처럼 약간 외국 말투로 노래를 부르는 것이었습니다. 그래 도 가사는 분명했지만, 가사 내용은 그를 어리둥절하게 만들었 습니다.

오, 나는 옛날 옛적에
마법의 매가 낳은 알에서 태어난
불멸의 개인간, 바라크야.
우리는 노래할 수도 있고
싸울 수도 사랑할 수도 말할 수도 있었지만
절대로, 절대로 살해될 수는 없었어.

그래, 나는 바라크야.

천 년도 더 전에

나는 검은 진주를 먹었고,

인간 여자와 결혼했고,

고수머리 백작처럼 세계를 다스렸지.

그리고 천사처럼 오만하게 노래를 불렀어.

이것이 바라크의 노래야.

천 년 전, 정말이야,

중국인의 저주가 우리를 격하시키는 바람에

뚱개와 들개와 잡종개가 되어 버렸어.

그리고 우리 왕국은 사막과 늪이 되어 버렸지.

우리도 더는 노래를 못 부르고 짖기만 할 수 있었어.

그리고 우리는 두 발이 아니라 네 발로 걷게 되었지.

그래서 우리는 이제 두 발이 아니라 네 발로 걸어 다녀.

　다음에는 곰 멍멍이의 차례였습니다. 멍멍이도 뒷발로 일어서
서 웅변대회에 나간 초등학생처럼 앞발을 앞에서 모아 잡았습
니다. 그러고는 분명한 인간의 언어로 이야기했고, 그의 목소리
는 꼭 하룬의 목소리처럼 들렸습니다. 그 목소리를 들었을 때

루카는 하마터면 벌렁 나자빠질 뻔했습니다. 그때 아무버지가 아버지 라시드라도 되는 것처럼 팔을 내밀어 루카를 구해 주었습니다.

"오, 힘센 꼬마 해방자여." 곰은 호기롭게 웅변을 시작했지만, 루카에게는 좀 자신 없게 들리기도 했습니다. "오, 비할 데 없이 강력한 저주 능력을 가진 아이여, 내가 원래부터 지금과 같은 모습은 아니었다는 것을 알아 달라. 나는 깊은 숲과 빛나는 눈으로 덮인 북쪽 나라, 둥근 산맥 너머에 숨어 있는 나라의 군주였다. 그때 내 이름은 멍멍이가 아니라, 으음, 오아프의 왕자 아르타-샤스트라였다. 그 춥고 아름다운 곳에서 우리는 체온을 유지하기 위해 춤을 추었고, 우리의 춤은 전설의 소재가 되었다. 우리가 발을 구르고 펄쩍펄쩍 뛰면, 우리 회전의 빛이 우리 주위의 공기를 돌려서 금실과 은실을 자아냈고, 그것이 우리의 보물과 영화가 되었기 때문이다. 그렇다! 빙글빙글 돌고 선회하는 것만이 우리의 기쁨이었고, 빙글빙글 돌고 선회함으로써 우리는 제자리에 돌아왔고, 우리의 황금 나라는 경이로운 곳이 되었고, 우리의 옷은 태양처럼 빛났다."

그는 자신의 이야기에 더욱 확신을 갖게 된 것처럼 목소리가 강해졌다.

"그래서 우리는 번영했지만, 이웃 나라의 질투를 불러일으켰지. 그중에서도 우리를 가장 질투한 것은 새 머리를 가진 덩치 큰 요정 왕자……" 여기서 멍멍이는 말을 더듬었습니다. "그 왕자의 이름은 으음…… 어어…… 아, 그래, 동방의 괴물 왕 불불 데브였다. 그는 나이팅게일 새처럼 노래를 불렀지만, 못생긴 바보처럼 춤을 추었다. 그는 몸에 반점이 있고 힘센 부리를 가진 거대한 괴물 새 서른 마리로 이루어진 군단을 이끌고 우리를 공격해 왔다. 춤추는 황금족인 우리는 너무 순진하고 상냥해서 저항할 수가 없었다. 하지만 우리는 불굴의 족속이기도 했다. 우리는 춤의 비밀을 포기하지 않았다. 그렇다!" 그는 흥분하여 소리를 지르더니 성마르게 이야기의 결말로 돌진했습니다. "괴물 새들은 우리가 공기를 회전시켜 황금을 만들어 내는 비법을 가르쳐 주지 않으리라는 것, 우리가 목숨을 걸고 그 비밀을 지키리라는 것을 알아차리자, 날개를 세차게 퍼덕거리고 날카롭게 소리를 지르고 무시무시한 소리로 까악까악 울어 대기 시작했고, 그래서 우리는 흑마술이 진행되고 있다는 것을 알았다. 놈들의 날카로운 소리에 압도된 오아프 사람들은 오래지 않아 무너지기 시작했고, 인간의 형상을 잃고 말 못하는 동물로 변하기 시작했다. 우리가 당나귀, 원숭이, 개미핥기, 곰으로 변하는 동안, 불불 데브는 이렇게 외쳤다. '지금 당장 황금 춤을 추어라, 바보들아. 지그춤으로 은을 만들어 봐! 너희가 가르쳐 주려 하지 않은 그 비밀을 너희는 인간성과 함께 영원히 잃어버렸어. 하하하! 너희가 생명의 불을 훔쳐서 자신을 해방시키지 않으면, 너희는 영원히 천한 하등동물로 남게 될 것이다!' 물론 그 말은 우리가 영원히 함정에 빠져 있을 거라는 뜻이었다. 생명의 불은 단지 이야기일 뿐이고, 이야기 속에서도 그것을 훔치기는 불가능하니까. 그래서 나는 곰이 되었다. 그래, 나는 춤추는 곰이지만 황금춤을 추지는 못한다! 곰으로서 나는 세상을 헤매 다니다가 아아그 단장에게 붙잡혀 서커스단에서 일했고, 그러다가 어린 주인인 너를 찾아낸 것이다."

이것은 하룬이 해 주었을 법한 이야기, 드넓은 이야기 바다에서 건져 낸 터무니없는 이야기라고 루카는 생각했습니다. 하지만 마침내 이야기가 끝나자 루카는 강한 실망감에 사로잡혔습니다.

"그러니까 너희 둘 다 사람이라고?" 루카가 안됐다는 표정으로 물었습니다. "너희가 실은 곰과 개가 아니라 마법에 걸려 곰과 개로 둔갑한 왕자님이라고? 너희를 '멍멍이'와 '곰돌이'가 아니라 '아르타-뭐'와 '바라크'라고 불러야 한다고? 나는 아버지를 걱정하면서 여기 앉아 있는데, 너희를 원래 모습으로 돌려놓을 방법까지 걱정해야 한다는 거야? 내가 열두 살밖에 안 됐다는 건 너희도 알고 있겠지?"

곰이 앞발을 내려 다시 네 발로 섰습니다.

"좋아. 내가 곰의 모습으로 있는 동안은 멍멍이라고 불러도 돼."

그러자 이번에는 개가 말했습니다.

"나도 개의 모습으로 있는 동안은 곰돌이라고 불러도 돼. 하지만 우리가 마법 세계에 있는 한, 우리를 사로잡고 있는 마법을 깰 방법을 탐색하고 싶은 건 사실이야."

아무버지가 박수를 쳤습니다.

"좋아. 탐색! 나는 탐색을 좋아해. 그리고 너희는 셋이 한 팀이야. 너도 탐색에 나설 테니까. 안 그래, 꼬마야? 당연히 그래야겠지." 그는 루카가 대꾸하기 전에 말을 이었습니다. "너는 아버지를 구하기 싫겠지? 당연히 그럴 거야. 너는 싫어하는 이 아무버지가 쇠약해지고, 네 아버지가 다시 원래 모습으로 돌아가기를 바라겠지? 너는 나를 소멸시키고 싶지? 안 그래, 꼬마야? 너는 나를 죽이고 싶은데 그 방법을 몰라. 하지만 사실은 그 방법을 알고 있어. 너는 현실 세계에서든 마법 세계에서든 네가 원하는 일을 해 줄 수 있는 유일한 것의 이름을 알고 있어. 그게 뭔지 잊어버렸다 해도, 네 친구인 곰이 방금 그걸 너한테 일깨워 줬어."

"생명의 불 말이군요." 루카가 말했습니다. "그걸 말하는 거죠? 지식의 산 꼭대기에서 타고 있는 생명의 불."

"그래, 맞아!" 아무버지가 외쳤습니다. "높이 솟은 지옥, 3도 화상, 자연발화, 불꽃 중의 불꽃. 오, 그래." 그는 기뻐서 펄쩍펄쩍 돌아다니고, 발을 질질 끄는 듯한 동작으로 춤을 추고, 파나마 모자를 던져 저글링을 했습니다. 루카는 이 춤이 아버지가 기분이 좋을 때 추는 춤과 똑같다는 것을 인정할 수밖에 없었습니다. 하지만 아무버지는 속이 다 들여다보였기 때문에, 그 동작이 아버지보다 더 우스꽝스러웠습니다.

"하지만 그건 그저 이야기일 뿐이에요." 루카가 힘없이 말했습니다.

"이야기일 뿐이라고?" 아무버지는 정말로 기겁한 듯한 목소리로 루카의 말을 되풀이했습니다. "이야기일 뿐이라고? 내 귀가 나를 속이고 있는 게 분명해. 건방진 애송이. 네가 그런 어리석은 말을 했을 리가 없어. 어쨌든 너 자신도 공상의 바다에서 떨어진 작은 물방울 하나, 허풍 대왕의 입에서 무심결에 튀어나온 짤막한 말일 뿐이야. 다른 아이들은 다 몰라도 너는 인간이 이야기하는 동물이라는 것, 이야기 속에 인간의 정체성과 인간의 의미, 그리고 인간의 삶에 꼭 필요한 활력의 근원이 존재한다는 것을 알아야 해. 쥐들이 이야기를 하냐? 돌고래들 가운데 이야기를 하는 돌고래가 있냐? 코끼리가 공상에 빠지냐? 그렇지 않다는 건 너도 나만큼 잘 알고 있어. 오직 인간만이 책에 열중하는 법이야."

"하지만 그래도 생명의 불…… 그건 단지 요정 이야기일 뿐이에요." 멍멍이와 곰돌이도 함께 주장했습니다.

이 말에 아무버지가 화를 내며 꼿꼿이 섰습니다.

"그럼 너희에게는 내가 요정처럼 보이냐? 내가 난쟁이 요정과 닮았어? 내 어깨에서 날개가 튀어나왔냐? 꼬마 요정의 티끌만 한 흔적이라도 보여? 이제 분명히 말하지만, 생명의 불은 내가 존재하는 것처럼 실제로 존재하고, 그 불길만이 너희가 원하는 일을 해 줄 거야. 그 불길은 곰을 인간으로 바꾸어 줄 것이고, 개를 개인간으로 바꾸어 줄 것이고, 나도 끝장내 줄 거야. 루카! 꼬마 살인자! 그 생각만 해도 네 눈이 환하게 빛나는구나. 정말 스릴 만점이군! 나는 암살자들에게 둘러싸여 있어! 그럼 우리가 뭘 기다리지? 자, 출발할까? 어서 떠나자! 똑딱, 똑딱! 낭비할 시간이 없어!"

바로 그때 루카는 누군가가 그의 발바닥을 살며시 간질이는 듯한 감각을 느끼기 시작했습니다. 그 순간 지평선 위로 은빛 태양이 떠오르고, 전례 없는 일이 동네에 일어나기 시작했습니다. 그 동네는 루카의 진짜 동네가 아니었습니다. 예를 들면 왜 태양이 은빛일까요? 그리고 왜 모든 것이 지나치게 선명한 빛깔을 띠고, 냄새가 진동하고, 지나치게 시끄러울까요? 노점상이 길모퉁이 손수레에 펼쳐 놓은 사탕 과자들도 이상한 맛이 날 것처럼 보였습니다. 루카가 노점상의 손수레를 볼 수 있다는 사실 자체도 이상한 일이었습니다. 손수레는 언제나 그의 집에서 보이지 않는 네거리에 세워져 있었으니까요. 하지만 여기서는 바로 눈앞에 손수레가 있었고, 이상한 맛이 나는 이상한 색깔의 사탕 과자가 손수레에 가득 있었고, 이상하게 윙윙거리는 이상한 색 깔의 파리들이 손수레 주위에서 이상하게 소란을 떨고 있었습니다. 어떻게 이럴 수가 있지? 루카는 의아한 생각이 들었습니다. 어쨌든 그는 한 발짝도 움직이지 않았고 노점상은 손수레 밑에서 자고 있으니까 손수레도 전혀 움직이지 않은 게 분명합니다. 그런데 어떻게 그가 네거리에 간 것처럼 네거리가 그에게 온 것일까요?

그는 생각할 필요가 있었습니다. 학교에서 과학을 가르치는 셜록 선생님은 파이프와 돋보기를 가지고 다니고, 언제나 날씨에 비해 따뜻하게 옷을 입었습니다. 이제 루카는 그 셜록 선생님이 가르쳐 준 황금률을 생각해 냈습니다. '불가능한 것을 배제하고 남는 것은 아무리 있을 법하지 않은 일이라도 진리다.' 그래서 루카는 생각했습니다. '하지만 그것을 배제하고 남는 것도 불가능한 일일 때는 어떡하지? 도저히 있을 수 없는 일이 사건을 설명해 주는 유일한 진상이면, 그땐 어떡하지?' 그는 셜록 선생님이 가르쳐 준 황금률에 따라 자신의 질문에 대답했습니다. '그렇다면 그 있을 수 없는 일이 진리일 게 분명해.' 이 경우, 그 있을 수 없는 설명은 '내가 세계 속을 이동하고 있는 게 아니라면, 세계가 나를 지나 이동하고 있는 게 분명하다.'는 것이었습니다. 그는 간지러운 발을 내려다보았습니다. 그건 사실이었습니다! 땅이 그의 맨발 밑에서 미끄러져 가고 있었습니다. 미끄러져 가면서 살며시 그를 간질이고 있었습니다. 노점상은 벌써 저만큼 뒤에 남아 있었습니다.

그는 멍멍이와 곰돌이를 바라보았습니다. 곰과 개는 스케이트도 신지 않았는데 스케이트장에 들어온 것처럼 행동하기 시작했습니다. 움직이고 있는 길 위에서 미끄러지고 곱드러지며, 놀라서 항의하는 태도로 요란하게 짖어 대기 시작한 것입니다. 루카는 아무버지를 돌아보았습니다.

"이건 아저씨가 하는 짓이죠?" 루카가 비난했지만, 아무버지는 눈을 부릅뜨고 두 팔을 벌리면서 천진하게 대답했습니다.

"뭐라고? 다시 한 번 말해 줄래? 무슨 문제라도 있냐? 나는 우리가 서둘러야 하는 줄 알았어."

아무버지의 가장 나쁜 점, 아니 어쩌면 가장 좋은 점은 그가 항상 라시드 칼리파처럼 행동한다는 것이었습니다. 그의 얼굴 표정과 손짓과 웃음소리는 라시드와 똑같았습니다. 그리고 그는 자신이 결백하지 않다는 것을 잘 알고 있을 때에도 시치미를 뚝 떼고 결백한 체 행동했습니다. 어색할 때나 잘못했을 때나 특별히 놀라운 일을 계획하고 있을 때의 라시드와 똑같았습니다. 그의 목소리도 라시드의 목소리였고, 출렁거리는 뱃살도 라시드와 똑같았고, 루카를 살갑게 대하는 것도 루카를 너무 귀여워해서 버릇없게 만들고 있는 라시드와 똑같았습니다. 태어나서 지금까지 루카에게 명령조로 말하고 야단을 치는 사람은 언제나 어머니였고, 루카가 조심해서 상대해야 할 사람도 어머니였습니다. 반면에 아버지인 라시드는 솔직히 말해서 좀 물렀기 때문에, 루카로서는 대하기가 한결 쉬웠습니다. 라시드의 성격이 그의 '강적'을 자처하는 아무버지에게 몰래 들어간 것이 과연 가능한 일일까요? 이 무서운 거짓 라시드가 루카를 도와주려 애쓰는 것처럼 보이는 것은 그 때문일까요?

"좋아요. 세상을 멈춰요." 루카가 아무버지에게 말했습니다. "아저씨와 함께 어딘가로 가기 전에 분명히 해 둬야 할 게 몇 가지 있어요."

그러자 높고 먼 곳에서 희미하게 끽끽거리는 소리와 함께 시끄러운 기계 소음이 멈추는 것 같았습니다. 발도 이제는 간지럽지 않았고, 멍멍이와 곰돌이도 이리저리 미끄러지지 않았습니다. 그들은 벌써 집에서 상당히 멀어져, 우연히도(또는 우연찮게도) 루카가 우리에 갇힌 서커스단 동물들의 슬픈 행렬을 바라보다가 아아그 단장에게 소리를 지른 그날 라시드와 함께 있었던 바로 그 자리에 서 있었습니다. 도시는 잠에서 깨어나고 있었습니다. 진하고 달콤한 밀크티를 끓이는 길가 매점에서 연기가 피어오르고 있었습니다. 아침 일찍 일어난 점원 몇 명이 덧문을 열고, 옷감과 식료품과 약품으로 가득 찬 길고 좁은 동굴을 드러내고 있었습니다. 긴 지팡이를 든 경찰관 한 명이 감색 반바지 차림으로 지나가면서 하품을 했습니다. 암소들은 아직도 길가에 잠들어 있고, 사람들도 마찬가지였지만, 자전거와 스쿠터들은 벌써 거리를 부지런히 오가고 있었습니다. 사람들을 공업 지대로 실어 가는 만원 버스가 지나갔습니다. 공업 지대에는 전에는 슬픔을 만들어 내는 공장들이 서 있었지만, 이제 카하니의 상황은 완전히 달라졌습니다. 루카의 형 하룬이 어렸을 때는 슬픔이 카하니의 주요 수출품이었지만, 지금은 그렇지 않습니다. 글룸피시에 대한 수요가 감소했고, 사람들은 이제 더 멀리서 가져온 맛있는 음식을 먹었습니다. 사람들은 남쪽에서 나는 웃는 뱀장어와 북쪽에서 나는 희망 사슴 고기도 좋아했지만, 눈을 돌리면 어디에나 문을 열고 있는 유쾌한 과수원 상점에서 구할 수 있는 채식주의자와 비채식주의자를 위한 식품을 점점 더 좋아하게 되었습니다. 사람들은 기분 좋은 일이 별로 없을 때에도 좋은 기분을 느끼고 싶어 했고, 그래서 슬픔을 만들어 내는 공장들은 문을 닫고 '오블리비움'이 되었습니다. 오블리비움은 모든 사람이 춤추고 쇼핑하고 젠체하고 잊어버리는 거대한 쇼핑몰이었습니다. 하지만 루카는 자신을 속일 기분이 아니었습니다. 그는 해답을 원했습니다.

"나를 더 이상 어리둥절하게 만들지 마세요." 루카가 단호하게 말했습니다. "솔직한 질문에는 솔직하게 대답해 주세요." 그는 목소리를 다스리기 위해 애써야 했지만, 그의 온몸을 가득 채우고 있던 두려움을 억누르는 데 성공했습니다. "첫째, 누가 아저씨를 보냈죠? 아저씨는 어디서 왔나요? 어디로……." 여기서 루카는 잠시 망설였습니다. 그 질문이 너무 두려웠기 때문입니다. "일이 끝나면…… 다시 말해서 목적이 이루어지면…… 아마 그 목적은 이루어지지 않겠지만…… 어쨌든 목적이 이루어지면…… 어디로 갈 계획인가요?"

"그건 정확히 말하면 숫자 일, 이, 삼이야." 아무버지가 말했습니다. 그 순간, 어슬렁거리고 있던 암소 한 마리가 그의 몸을 뚫고 지나가 일을 계속하는 것을 보고, 이를 지켜보던 루카는 깜짝 놀랐습니다. "하지만 아리송한 말은 그만두자." 아무버지는 한참 동안 입을 다물고 깊은 생각에 잠겨 있다가 마침내 입을 열었습니다. "너는 '뱅'을 잘 아냐?"

"큰 뱅 말인가요?" 루카가 물었습니다. "아니면 내가 모르는 다른 뱅인가요?"*

"뱅은 한 번뿐이었어." 아무버지가 말했습니다. "그러니까 '큰'이라는 수식어는 필요도 없고 의미도 없어. 적어도 한 번은 작은 뱅이나 중간 뱅이 있었거나, 아니면 그것에 비해 더 큰 뱅이 있었다면, 그것을 구별하기 위해 '큰'이라는 수식어를 붙일 수는 있겠지."

루카는 논쟁을 벌이느라 시간을 낭비하고 싶지 않았습니다.

---

*여기서 '뱅'은 우주의 폭발을 말한다. 그러니 '큰 뱅'은 '빅뱅'을 뜻한다.

"그 이야기는 나도 들었어요."

"그럼 말해 봐. 뱅 이전에는 뭐가 있었지?"

이것은 루카가 해답을 찾으려고 애썼지만 아직 성공하지 못한 '거대 질문' 가운데 하나였습니다.

'어쨌든 뱅은 펑 하고 터진다는 뜻이니까, 펑 하고 터진 게 뭐였지?' 루카는 스스로 물었습니다. '처음에 아무것도 존재하지 않았다면, 어떻게 뱅으로 모든 게 폭발할 수 있었지?'

뱅을 생각하기만 하면 머리가 아팠습니다. 그래서 당연히 뱅에 대해서는 별로 생각하지 않았습니다.

"어떻게 대답해야 할지는 나도 알아요." 루카가 말했습니다. "대답은 '무(無)'겠죠. 하지만 솔직히 말하면 나는 그게 이해가 안 돼요. 그리고……" 루카는 최대한 단호하게 덧붙였습니다. "어쨌든 그건 지금 토론하고 있는 주제와는 아무 관계도 없어요."

아무버지는 코밑에서 손가락 하나를 흔들었습니다.

"장차 암살자가 되려고 하는 꼬마야, 아무 관계도 없기는커녕, 그건 아주 밀접한 관계가 있단다. 우주 전체가 '무'에서 폭발하여 '유'가 될 수 있다면, 반대로 '유'에서 폭발하여 '무'가 될 수도 있으니까 말이다. 그걸 모르겠냐? '밖으로' 폭발하여 '유'가 될 수 있다면, '안으로' 폭발하여 '무'가 될 수도 있다는 걸 모르겠어? 모든 인간, 예를 들면 나폴레옹이나 악바르 황제, 안젤리나 졸리나 네 아버지도 일종의 작은, 그러니까 개인적인 안-뱅이 일어나서 끝나면 '무'로 돌아갈 수 있다는 걸 모르겠어?"

"안-뱅이라고요?" 루카는 조금 당황하여 되물었습니다.

"그래. 밖으로 퍼지는 게 아니라 안으로 응축된다는 뜻이야."

"우리 아버지가 이제 곧 안쪽으로 파열하여 '무'로 돌아갈 거라는 뜻인가요? 아저씨가 말하려고 하는 게 그건가요?" 루카는 속에서 분노가 치미는 것을 느끼면서 말했습니다.

아무버지는 대답하지 않았습니다.

"그러면 내세는 어떻게 되죠? 죽은 뒤⋯⋯" 루카는 말을 하다 말고 머리를 찰싹 때린 다음, 질문을 바꾸었습니다. "천국은 어떻게 되죠?"

아무버지는 아무 말도 하지 않았습니다.

"천국은 존재하지 않는다고 말하려는 건가요? 아저씨가 말하려는 게 그거라면, 나는 거기에 열렬히 반대할 사람을 많이 알고 있거든요."

아무버지는 한마디도 하지 않았습니다.

"갑자기 조용해졌군요." 루카가 부루퉁하게 말했습니다. "아저씨는 많은 대답을 알고 있는 척하지만, 아마 그렇게 많이 알지는 못할 거예요. 아마 아저씨는 스스로 생각하는 것만큼 대단한 인물도 아닐 거예요."

"저 사람을 무시해." 곰 멍멍이가 큰형님 같은 태도로 말했습니다. "이제 너는 정말로 집에 가야 해."

"어머니가 걱정하고 계실 거야." 개 곰돌이도 말했습니다.

루카는 아직도 그들이 말하는 능력을 얻은 사실이 어색하게만 느껴졌습니다.

"가기 전에 대답을 듣고 싶어." 그가 고집스럽게 말했습니다.

아무버지는 눈에 보이지 않는 누군가와 나누고 있던 대화가 방금 끝나기라도 한 것처럼 천천히 고개를 끄덕였습니다.

"내가 말할 수 있는 건 이거야. 내 일이 끝나면, 내가 네 아버지의 뭔가를 흡수하면, 그게 뭔지는 신경 쓰지 마라." 루카의 얼굴에 떠오른 표정을 보고는 그가 서둘러 덧붙였습니다. "그러면 나는…… 그래, 나 자신이 안쪽으로 파열할 거야. 나 자신 속으로 무너져서, 존재하기를 그만둘 거야."

루카는 깜짝 놀랐습니다.

"아저씨가? 그럼 죽게 되는 건 아저씨인가요?"

"비존재." 아무버지가 루카의 말을 바로잡았습니다. "그게 전문 용어야. 나는 너의 세 번째 질문에 맨 먼저 대답했으니까, 이제 첫 번째 질문과 두 번째 질문에 대답하마. 첫째, 아무도 나를 보내지 않았지만, 누군가가 나를 불러오라고 심부름꾼을 보냈어. 둘째, 나는 정확히 말하면 어디에서 온 게 아니라 누군가한테서 왔어. 잠깐만 생각해 보면 첫 번째 누군가와 두 번째 누군가가 누군지 알 수 있을 거야. 특히 그 둘은 동일하고, 나는 오직 하나뿐인 그 두 존재를 쏙 빼닮았으니까."

은빛 태양이 동쪽에서 빛났습니다. 멍멍이와 곰돌이는 초조한 것 같았습니다. 루카가 집에 가서 학교에 갈 준비를 해야 할 시간이었습니다. 소라야는 걱정이 되어 미칠 지경일 테지요. 어쩌면 동네에서 루카를 찾아보라고 하룬을 보냈을지도 모릅니다. 루카가 아침을 먹으러 집에 돌아가면 열아홉 가지 걱정에 사로잡히게 될 테지만, 루카는 아침밥이나 학교를 생각하고 있지 않았습니다. 지금은 그런 걸 생각할 때가 아니었습니다. 그는 평생 동안 생각해 본 적이 없는 것들을 생각하고 있었습니다. 삶과 죽……, 아니 비존재에 대해 생각하고 있었습니다. 그는 중간에 끊어 버린 그 낱말을 아직도 참을 수가 없었습니다.

"그러면 생명의 불은 우리 아버지를 구할 수 있겠군요." 루카가 말했습니다.

"네가 아버지를 위해 그걸 훔칠 수 있다면…… 그래, 아버지를 구할 수 있어."

"그 생명의 불은 멍멍이와 곰돌이한테도 진짜 삶을 돌려주겠죠?"

"그래."

"그럼 아저씨는 어떻게 돼요? 우리가 성공하면?"

아무버지는 대답하지 않았습니다.

"안쪽으로 파열해야 하는 건 아니겠죠? 비존재가 되는 건 아닐 거예요."

"그래. 내가 그때 끝나지는 않을 거야."

"그러니까 아저씨는 그냥 떠나겠군요."

"그래."

"떠나서 다시는 절대로 돌아오지 않을 거죠?"

"'절대로'는 위험한 낱말이야."

"좋아요. 그럼 아저씨는 오랫동안 돌아오지 않을 거죠?"

아무버지는 동의하는 뜻으로 고개를 숙였습니다.

"아주 아주 오랫동안." 루카는 고집스럽게 말했습니다.

아무버지는 입술을 오므리고 항복했다는 듯이 두 팔을 벌렸습니다.

"아주, 아주, 아주 오랫동안……."

"지나치게 요행을 바라지 마." 아무버지가 날카롭게 말했습니다.

"아저씨가 우리를 도와주려고 애쓰는 건 그 때문이죠? 아저씨는 안쪽으로 파열하고 싶지 않은 거예요. 위험을 면하려 애쓰고 있어요."

"나는 위험하지 않아." 아무버지가 말했습니다.

"나는 저 사람을 믿지 않아." 곰돌이가 말했습니다.

"나는 저 사람이 마음에 안 들어." 멍멍이가 말했습니다.

"나는 저 사람 말을 한 마디도 믿지 않아." 곰돌이가 말했습니다.

"나는 저 사람이 그냥 곱게 떠날 거라고는 한순간도 생각지 않아." 멍멍이가 말했습니다.

"그건 속임수야." 곰돌이가 말했습니다.

"그건 덫이야." 멍멍이가 말했습니다.

"함정이 있어." 곰돌이가 말했습니다.

"함정이 있는 게 분명해." 멍멍이가 말했습니다.

"저 사람한테 물어봐." 곰돌이가 말했습니다.

아무버지는 파나마 모자를 벗고 대머리를 긁은 다음, 눈을 내리깔고 한숨을 쉬었습니다.

"그래. 함정이 있어." 그가 말했습니다.

실제로 두 가지 함정이 있었습니다. 아무버지에 따르면, 첫째는 마법 세계 역사상 생명의 불을 훔치는 데 성공한 사람은 지금까지 아무도 없다는 것이었습니다. 생명의 불은 너무나 많은 방법으로 지켜지고 있어서, 아무버지에 따르면 그 방어 수단의 10분의 1을 열거할 시간도 충분치 않을 정도라는 것입니다. 위험은 거의 무한하고, 현기증이 날 정도였습니다. 무모하기 이를 데 없는 모험가가 아니면, 그런 위험한 일은 시도할 생각조차 하지 않을 것이라는 거죠.

"아무도 성공한 적이 없다고요?" 루카가 물었습니다.

"한 번도 없어." 아무버지가 대답했습니다.

"그걸 훔치려고 한 사람들은 어떻게 됐어요?" 루카가 물었습니다.

아무버지는 엄격한 표정을 지었습니다.

"너는 알고 싶지 않을 거야."

"좋아요. 그러면 두 번째 함정은 뭐죠?"

어둠이 내렸습니다. 어디에나 다 내린 것이 아니라 루카와 멍멍이와 곰돌이와 낯선 길동무 주위에만 어둠이 내렸습니다. 구름이 해를 가렸지만 동녘 하늘에서는 여전히 태양이 빛나고 있는 것을 볼 수 있는 것과 같았습니다. 아무버지도 어두워진 것 같았습니다. 기온이 뚝 떨어졌습니다. 낮의 소음은 서서히 사라져 갔습니다. 마침내 아무버지가 낮고 무거운 목소리로 말했습니다.

"누군가가 죽어야 해."

루카는 분노와 혼란과 놀라움에 한꺼번에 사로잡혔습니다.

"그게 무슨 뜻이에요? 그건 어떤 종류의 함정이죠?"

"일단 나 같은 존재가 소환되면 살아 있는 누군가가 목숨으로 그 대가를 치러야 해. 안됐지만 그게 규칙이야."

"솔직히 말하면 그건 어리석은 규칙이에요." 루카는 속이 울렁거렸지만, 최대한 강력하게 말했습니다. "누가 그런 바보 같은 규칙을 만들었죠?"

"중력 법칙, 운동 법칙, 열역학 법칙을 누가 만들었지?" 아무버지가 물었습니다. "그걸 누가 발견했는지는 네가 알지도 모르지만, 만든 것과 발견한 것은 같지 않아. 안 그래? 시간이나 사랑이나 음악을 누가 발명했지? 어떤 것들은 그 자체의 원칙에 따라 그냥 존재하고, 너는 거기에 대해 아무것도 할 수 없어. 그건 나도 마찬가지야."

그들을 둘러싸고 있던 어둠이 서서히 사라지고, 은빛 햇빛이 그들의 얼굴에 닿았습니다. 루카는 아무버지가 전처럼 투명하지 않은 것을 알아차리고 깜짝 놀랐습니다. 그것은 잠들어 있는 라시드 칼리파가 더 쇠약해졌다는 것을 의미할 수밖에 없었습니다. 그것이 일을 결정지었습니다. 그들은 잡담에 낭비할 시간이 없었습니다.

"산으로 가는 길을 안내해 주실래요?" 루카가 아무버지에게 물었습니다.

아무버지는 조금도 유쾌하지 않은 웃음을 지은 다음, 고개를 끄덕였습니다.

3

시간의 강 왼쪽 연안

실실라 강은 루카가 보기에 아름다운 강은 아니었습니다. 산 속 어딘가에서 매끄러운 돌멩이를 헤치며 나아가는 반짝이는 시냇물로 처음 출발했을 때는 아마 충분히 아름다웠겠지만, 여기 해안 평야에서는 수량이 늘어나 흐름은 게을러지고 빛깔은 더러워졌습니다. 강은 넓고 구불구불한 굽이를 이루며 이쪽저쪽으로 넘쳐흐르고, 강물은 대개 황톳빛이었지만 초록빛 끈적 끈적한 점액질처럼 보이는 곳도 많았고, 여기저기 수면에는 자줏빛 유막이 떠 있고, 이따금 죽은 암소들이 안타깝게 바다로 떠내려갔습니다. 곳에 따라 물이 흐르는 속도가 달랐기 때문에 강은 위험하기도 했습니다. 아무 예고도 없이 별안간 흐름이 빨라져서 보트를 휩쓸어 버릴 수도 있었고, 천천히 맴도는 소용돌이에 걸려들면 강바닥 수렁에 빠질 수도 있었습니다. 그러면 몇 시간씩 수렁에서 빠져나오지 못하고, 살려 달라고 소리를 쳐도 아무 소용이 없습니다. 강에는 위험한 여울이 있어서 자칫하면 강 한복판 모래톱에 고립될 수도 있었고, 물속 바위에 부딪히면 큰 배나 나룻배나 거룻배도 구멍이 나서 가라앉을 수 있었습니다. 바닥이 보이지 않는 깊은 곳도 있었는데, 그런 곳에는 징그럽고 더럽고 끈적끈적한 것이면 뭐든지 다 살 수 있을 거라고 루카는 상상했습니다. 그 더러운 강물 속 어디에도 먹기 위해 잡을 만한 것은 전혀 없는 게 분명했습니다. 실실라 강에 빠지면 몸을 깨끗이 하기 위해 병원에 가야 했고, 파상풍 예방 주사도 맞아야 했습니다.

그 강의 좋은 점은 수천 년 흐르는 동안 흙모래를 양쪽 기슭에 높이 쌓아 올렸다는 것뿐이었습니다. 이 강둑 덕분에, 실제로 꼭대기까지 올라가 내려다보지 않으면 고약한 냄새를 풍기면서 뱀처럼 구불구불 흘러가는 강물이 보이지 않았습니다. 그리고 그 강둑 덕분에 수위가 계속 올라가는 우기에도 강은 범람하지 않았고, 그래서 도시는 끈적끈적한 괴물과 죽은 소들로 가득 찬 그 황톳빛과 초록빛과 자줏빛 강물이 거리로 쏟아져 들어오는 악몽 같은 사태를 피할 수 있었습니다.

실실라 강은 실용적인 강이었습니다. 그 강은 곡식과 면화, 목재와 연료를 시골에서 도시를 지나 바다로 운반했습니다. 하지만 길고 평평한 거룻배로 화물을 실어 나르는 사공들은 비열한 기질로 유명했습니다. 그들은 상스럽고 무례하게 말했고, 길을 갈 때는 남을 어깨로 밀쳤습니다. 라시드 칼리파는 '강의 노인'이 저주를 내리는 바람에 그들이 강 자체와 마찬가지로 위험하고 불량한 인간이 되었다고 말하곤 했습니다. 카하니 시민들은 강을 최대한 무시하려고 애썼지만, 지금 루카는 자기가 강의 왼쪽 둑, 즉 강의 남쪽 둑 바로 옆에 서 있는 것을 깨닫고는 어떻게 근육 하나 움직이지 않고도 거기에 도착했는지 의아하게 생각했습니다. 멍멍이와 곰돌이도 루카처럼 어리둥절한 표정으로 옆에 서 있었고, 물론 아무버지도 함께 있었습니다. 아무버지가 띠고 있는 신비로운 미소는 라시드 칼리파의 미소와 똑같아 보였지만, 사실은 같지 않았습니다.

"우리가 여기서 뭘 하고 있는 거죠?" 루카가 물었습니다.

"나는 네가 원하는 대로 지시했어." 아무버지가 가슴 앞에서 팔짱을 끼면서 말했습니다. "네가 '갑시다' 하고 말했기 때문에 우리는 떠난 거야. 수리수리마하수리!"

"자기가 램프에서 나온 마귀라도 되는 것처럼 말하는군." 멍멍이가 코를 씩씩거리며 하룬의 낮은 목소리로 말했습니다. "진짜 '놀라운 램프'는 알라딘 왕자와 바드르 알-부두르 공주의 소유니까 이곳에는 그 램프가 없다는 걸 우리가 모르는 것처럼 말하는군."

"으음." 말투가 부드럽고 매사에 실리적인 곰돌이가 말했습니다. "소원을 몇 개나 들어줄까? 그리고 아무나 소원을 말할 수 있나?"

"아무버지는 램프에서 나온 마귀가 아니야." 멍멍이가 곰답게 말했습니다. "아무도 뭘 문지르지 않았어."

루카는 여전히 어리둥절한 상태였습니다.

"어쨌든 냄새나는 실실라 강에 온 목적이 뭐죠?" 그가 물었습니다. "이 강은 그냥 바다로 흘러가고, 그래서 솔직히 말하면 고약한 냄새가 나는 강이 아니라 해도 우리에게는 아무 쓸모도 없을 거예요."

"그게 확실해?" 아무버지가 물었습니다. "강둑 위에 올라가서 한번 보고 싶지 않아?"

그래서 루카는 강둑 위로 올라갔습니다. 멍멍이와 곰돌이도 함께 올라갔습니다. 어떻게 된 일인지, 그들이 강둑 위에 도착했을 때 아무버지는 벌써 그곳에 올라와서 얼음 넣은 콜라처럼 시원한 표정으로 그들을 기다리고 있었습니다. 하지만 그때 루카는 말 그대로 이 세상의 범위 밖에 있는 무언가를 보느라, 아무버지가 어떻게 벌써 강둑 위로 올라왔는지에 대해서는 관심이 없었습니다. 냄새나는 실실라 강이 있어야 할 곳을 흐르는 강은 실실라 강과는 전혀 다른 강이었습니다.

새 강은 은빛 햇살 속에서 은화처럼, 하늘 쪽으로 기울어진 수백만 개의 거울처럼, 새로운 희망처럼 빛나고 있었습니다. 루카는 물속을 들여다보고, 10억하고도 1개의 물줄기가 함께 흐르면서 서로 얽히고 휘감기고 서로에게 흘러 들어갔다가 흘러나와 10억하고도 1개의 물줄기로 바뀌는 것을 보았습니다. 그때 그는 자기가 보고 있는 게 무엇인지 갑자기 깨달았습니다. 그것은 형 하룬이 18년 전 이야기 바다에서 본 것과 같은 마법에 걸린 물이었습니다. 그 강은 말의 급류를 이루어 이야기 바다에서 지혜의 호수로 굴러 떨어졌다가 다시 흘러나와서 하룬을 만났습니다. 따라서 이것은 라시드 칼리파가 시간의 강이라고 부른 그 강이었습니다. 그게 분명했습니다. 세상 만물의 모든 역사가 그의 눈앞을 흐르면서 반짝반짝 빛나고 서로 뒤섞여 다채로운 빛깔을 나타내는 이야기의 흐름으로 바뀌고 있었습니다. 그는 어쩌다 우연히 오른쪽으로 한 걸음 비틀거렸기 때문에 자기 세계가 아닌 다른 세계로 들어왔는데, 이 세계에는 냄새나는 실실라 강은 없고 그 대신 이 기적적인 물이 있었던 것입니다.

그는 강이 흘러가는 쪽을 바라보았지만, 수평선 근처에서 안개가 피어올라 그의 시야를 가렸습니다. '미래는 볼 수 없군. 그게 옳은 것 같아.' 루카는 그렇게 생각하고 다른 쪽으로 눈길을 돌렸습니다. 그쪽은 가시거리가 상당해서 거의 시야 끝까지 볼 수 있었지만, 그가 미리 알고 있었듯이 이곳에도 안개가 돌아왔습니다. 그는 과거의 일부를 잊어버렸고, 우주의 과거에 대해서는 별로 알지 못했으니까요. 사람을 매혹시키는 눈부신 현재가 그의 앞을 흘러갔습니다. 루카는 그것을 보느라 너무 바빠서, 수염을 길게 기른 '강의 노인'이 공상 과학 소설에 나오는 거대한 우주 총 터미네이터를 들고 눈앞에 나타나 루카의 얼굴에 총을 발사할 때까지 그를 보지 못했습니다.

빠아아아앙!

재미있군. 루카는 수백만 개의 빛나는 파편이 되어 사방으로 날아가면서 생각했습니다. 그렇게 산산조각이 났는데도 여전히 생각을 할 수 있었습니다. 공상 과학 소설에 나오는 거대한 우주 총에 맞아 몸이 산산조각 났을 때에도 생각을 할 수 있으리라고는 생각지 않았습니다. 그런데 수백만 개의 빛나는 파편들이 다시 모여 작은 무더기를 이루고, 개 곰돌이와 곰 멍멍이가 그 옆에서 괴로워 울부짖고 있었습니다. 그러다가 수백만 개의 파편이 다시 모이면서 무언가를 빨아들이는 듯한 소리를 내더니, 펑! 하는 소리와 함께 그가 다시 온전한 모습으로 강둑 위의 아무버지 옆에 서 있었습니다. 아무버지는 즐거워 보였고, 강의 노인은 어디에도 보이지 않았습니다.

"너한테는 다행이지만……" 아무버지가 생각에 잠긴 얼굴로 말했습니다. "나는 처음에 너한테 특별 우대로 기본 생명을 몇 개 제공했어. 강의 노인이 돌아오기 전에 생명을 몇 개 더 모으는 게 좋을 거야. 그리고 그 노인을 어떻게 할지, 그 계획도 세워 두는 게 좋을 거야. 노인은 심술궂지만 피할 방법이 있어. 그게 어떤 건지 너는 알 거야."

루카는 자기가 안다는 것을 깨달았습니다. 주위를 둘러보니 곰 멍멍이와 개 곰돌이가 벌써 작업을 시작하고 있었습니다. 곰 돌이는 주위의 땅을 파고 있었는데, 어디를 파든 어김없이 뼈가 나왔습니다. 생명 하나의 가치를 지닌 작고 파삭파삭한 뼈다귀 가 나오면 곰돌이는 그 뼈다귀를 순식간에 이빨로 으스러뜨려 서 꿀꺽 삼켜 버렸지만, 하나에 생명 열 개 내지 백 개의 가치가 있는 큰 뼈는 땅에서 끌어내기도 힘들었고 여러 번 이빨로 깨물 어서 우두둑우두둑 부수어야 했습니다. 한편 멍멍이는 강둑을 따라 뻗어 있는 숲으로 들어가, 나뭇가지 사이에서 생명 백 개 의 가치가 있는 벌집을 찾고 있었습니다. 그리고 그 과정에 생명 한 개의 가치가 있는 황금빛 벌을 수없이 앞발로 내리쳐 꿀꺽꿀 꺽 삼켰습니다. 생명은 어디에나 있었고, 모든 것 속에 돌과 식 물, 덤불, 곤충, 꽃, 또는 버려진 막대 사탕이나 싸구려 카메라로 변장하여 숨어 있었습니다. 여러분 앞을 허둥지둥 달려가는 토 끼가 생명일 수도 있었고, 여러분의 코앞에서 산들바람에 날아 가는 깃털 하나가 생명일지도 모릅니다. 쉽게 찾아내고 쉽게 모 은 생명들은 이 세상의 잔돈이었고, 조금 잃어버려도 상관이 없 었습니다. 생명은 항상 남아돌고 있었으니까요.

루카는 사냥을 시작했습니다. 그는 자신이 좋아하는 수법을 썼습니다. 나무 그루터기를 걷어차고 덤불을 부스럭거리는 것은 언제나 효과가 있었습니다. 공중으로 뛰어올랐다가 쿵 소리를 내며 두 발로 땅을 밟으면 생명들이 나무에서 우수수 떨어졌고, 허공에서 비처럼 내려오기까지 했습니다. 그중에서도 엉덩이가 둥글고 볼링 핀처럼 생긴 특정한 동물을 발로 쿡쿡 찌르는 것이 가장 좋은 방법이라는 것을 루카는 알아냈습니다. 그 동물들은 강둑 위 나무 아래 그늘진 길을 게으르게 뛰어다니고 있었는데, 발로 걷어차도 나자빠지지 않고 이쪽저쪽으로 비틀거리면서 킬킬거리고 일종의 황홀경에 빠져 더 해 달라고 유쾌하게 소리를 질러 댔습니다. 그러면 루카가 찾고 있는 생명들이 번쩍이는 곤충들처럼 그 동물들의 몸속에서 허둥지둥 도망쳐 나오곤 했습니다. ('펀치바텀'이라고 불리는 그 동물들은 생명 곤충들이 몸에서 모두 빠져나와 바닥이 나면, 슬픈 듯이 "이제 그만! 이제 그만!" 하면서 작은 고개를 떨어뜨리고 부끄러운 얼굴로 펄쩍펄쩍 뛰어서 사라졌습니다)

루카가 찾은 생명들은 강둑에 내려앉으면 작은 황금빛 바퀴 모양으로 변신하여 당장 달아나기 시작했고, 루카는 그들이 높은 둑길에서 떨어져 시간의 강물 속으로 들어가지 않도록 조심하면서 그들을 쫓아가야 했습니다. 그는 생명들을 한 움큼 움켜잡아 주머니에 쑤셔 넣었고, 주머니 속에서 그들은 조그맣게 딸랑거리는 소리를 내면서 분해되어 루카의 일부가 되었습니다. 눈에 변화가 일어난 것을 루카가 알아차린 것은 이때였습니다. 어떻게 된 영문인지, 그의 시야 왼쪽 구석에 세 자리 숫자를 표시할 수 있는 계수기가 설치된 것입니다. 그가 어디를 보아도, 아무리 힘껏 눈을 문질러도 계수기는 같은 자리에 남아 있었습니다. 그가 많은 생명을 삼키거나 흡수하면 계수기의 숫자가 계속 올라가면서, 모터가 돌아가는 것처럼 낮게 위잉거리는 소리를 냈습니다. 그는 이 새로운 현상을 아주 쉽게 받아들일 수 있다는 것을 알았습니다. 생명이 바닥나면 게임이 끝날 것이고, 그의 진짜 아버지가 그의 도움을 절실히 필요로 하면서 잠들어 있는 현실 세계로 돌아가면 그에게 꼭 필요한 진짜 생명도 아마 끝나 버릴 것입니다.

그가 315개의 생명을 모았을 때(그의 개인 스크린 왼쪽 위에 자리 잡은 계수기가 세 자리 수까지만 표시할 수 있도록 되어 있었기 때문에, 그는 자기가 모을 수 있는 최대한의 생명이 아마 999개일 거라고 짐작했습니다) 강의 노인이 손에 터미네이터를 들고 다시 둑길에 나타났습니다. 겁에 질린 루카는 숨을 곳을 찾아 주위를 둘러보면서, 아버지가 강의 노인에 대해 한 말을 기억해 내려고 애썼습니다. 그 노인은 라시드 칼리파가 만들어 냈기 때문에 여기 마법 세계에 있는 것 같았습니다. 루카는 아버지가 어떤 식으로 그 이야기를 했는지를 생각해 냈습니다.

강의 노인은 강처럼 턱수염을 기르고 있단다.

강은 노인의 발치 바로 아래를 흐르지.

노인은 손에 총을 들고 둑길 위에 서 있단다.

그렇게 불쾌한 늙은이는 두 번 다시 만나지 못할 거야.

그리고 정말로 강처럼 길고 하얀 턱수염을 기르고 거대한 우주 총을 든 바로 그 노인이 강둑 위로 올라와 여기 둑길에 나타난 것입니다. 루카는 아버지가 이 심술궂은 악령에 대해 또 무슨 말을 했는지 생각해 내려고 애썼습니다. 노인이 질문을 한다고 한 것 같은데. 아니, 질문이 아니라 수수께끼를 낸다고 했어. 그래, 바로 그거야! 라시드는 수수께끼를 좋아했습니다. 그래서 날마다, 밤마다, 해마다 수수께끼를 내어 루카를 괴롭혔습니다. 그것은 루카가 거꾸로 수수께끼를 내어 아버지를 괴롭힐 수 있을 만큼 능숙해질 때까지 계속되었습니다. 라시드는 저녁마다 찌그러진 안락의자에 앉아 있었고, 루카는 어머니가 나무라는데도 아버지 무릎에 뛰어오르곤 했습니다. 소라야는 의자가 두 사람의 몸무게를 감당할 수 있을 만큼 튼튼하지 않다고 경고했지만, 루카는 아랑곳하지 않았습니다. 루카는 아버지 무릎에 앉고 싶었고, 의자도 부서지지 않았습니다. 어쨌든 아직까지는 부서지지 않았고, 수수께끼 놀이는 바로 코앞에 닥친 즐거움이었습니다.

그래! 강의 노인은 수수께끼를 내는 사람이야! 아버지가 그 노인에 대해 한 말은 바로 그것이었습니다. 노름꾼이 노름에 탐닉하고 술꾼이 술에 빠져 있듯이 노인은 수수께끼에 몰두해 있었습니다. 그리고 그것이 노인을 이길 수 있는 방법이기도 했습니다. 노인은 손에 우주 총을 들고 루카가 눈에 띄기만 하면 쏘아 버리기로 작심한 모양인데, 문제는 어떻게 하면 노인에게 말을 걸 수 있을 만큼 가까이 가느냐 하는 것이었습니다.

루카는 이리저리 몸을 피했지만 노인은 곧장 그에게 다가왔고, 곰돌이와 멍멍이가 차례로 그를 막으려고 했지만 빠아아아앙! 하는 소리와 함께 발사된 우주 총 두어 발이 그들을 산산조각으로 날려 보냈기 때문에 곰돌이와 멍멍이는 몸이 다시 조립될 때까지 기다려야 했습니다. 잠시 후에는 루카도 다시 우주 총을 맞고 수백만 개의 빛나는 파편으로 산산조각이 나서 허공으로 흩어졌다가 다시 모여 조그맣게 빨아들이는 듯한 소리를 내면서 조립되는 과정을 거쳐야 했습니다. 루카는 생명 하나를 잃어도 죽지 않는다는 안도감을 느끼면서 다시 생명을 모으는 작업을 시작했지만, 이번에는 둑길로 뛰어오르기 전에 노인이 나타난 지점이 정확히 어디인지를 강둑에 표시해 두었습니다. 그리고 일단 생명을 600개까지 모으자 생명 모으기를 중단하고는 자리를 잡고 기다렸습니다.

노인의 머리가 보이자마자 루카는 목청껏 고함을 질렀습니다.

"수수께끼를 내세요. 나한테 수수께끼를 내라고요!"

그는 아버지와 함께 저녁 시간을 보내면서, 그것이 예로부터 수수께끼를 내는 사람에게 도전하는 전통적인 방법이라는 것을 알았습니다. 강의 노인은 걸음을 멈추었습니다. 불쾌한 미소가 얼굴에 퍼졌습니다.

"나를 부르는 게 누구냐?" 노인이 까마귀처럼 깍깍거리는 목소리로 말했습니다. "수수께끼의 대왕을 이길 수 있다고 생각하는 놈이 도대체 누구야? 네가 어떤 위험을 무릅쓰고 있는지 알아? 내기에 걸려 있는 게 뭔지 아냐고? 엄청나게 큰 도박이야! 그보다 큰 도박은 없어! 너를 봐. 너는 아무것도 아니야. 한낱 어린애일 뿐이잖아. 너와 대결하고 싶은지도 난 모르겠다. 아니, 대결하지 않을 거야. 너는 그럴 가치가 없어. 그래, 좋다. 그렇게 고집한다면. 꼬마야, 네가 지면 네 생명들은 모두 내 거야. 알겠어? 네 생명들은 모두 내 거라고. 게임은 그걸로 끝이야. 여기 출발점에서 너는 최후를 맞게 될 거야."

루카는 아무 말도 하지 않고 잠자코 있었습니다. 이렇게 대답할 수도 있었겠지요.

"무서운 영감님, 모르고 있군요. 수수께끼의 대왕은 우리 아버지라는 것, 그리고 아버지는 자기가 아는 것을 모두 나한테 가르쳐 주셨다는 것을. 영감님은 또 모르고 있군요. 아버지와 나는 몇 시간 동안, 며칠 동안, 몇 주 동안, 몇 달 동안, 몇 년 동안 수수께끼 대결을 계속했고, 그래서 나는 골치 아프게 어려운 문제들을 무진장 많이 알고 있다는 것을. 영감님은 정말 모르고 있군요. 내가 아주 중요한 사실을 알아냈다는 것을. 그러니까 지금 내가 있는 이 세계, 이 마법 세계는 단순한 마법 세계가 아니라 우리 아버지가 창조한 세계라는 것을. 이 세계는 우리 아버지가 만들어 낸 마법 세계이고 다른 사람의 것이 아니기 때문에, 나는 이 세계에 존재하는 모든 것의 비밀을 알고 있지요. 오, 무서운 영감님, 영감님에 대해서도 나는 다 알고 있답니다."

하지만 루카가 실제로 입 밖에 내어 한 말은 이러했습니다.

"영감님이 지면 끝장날 거예요. 일시적으로 끝날 뿐만 아니라 영원히 최종적으로."

노인은 마구 웃어 댔습니다. 눈에서 눈물이 나올 뿐만 아니라 코에서도 콧물이 나올 때까지 웃어 댔습니다. 양쪽 옆구리를 잡고 팔짝팔짝 뛰었고, 길게 기른 흰 수염이 공중에서 채찍처럼 딱딱 소리를 냈습니다. 마침내 노인이 숨을 헐떡이면서 말했습니다.

"재미있구나. 내가 진다면 아주 재미있겠어. 그럼 시작해 볼까."

하지만 루카는 그렇게 쉽사리 속지 않았습니다. 수수께끼를 내는 사람은 꾀보입니다. 루카도 그 정도는 알고 있었습니다. 그래서 대결을 시작하기 전에, 또는 상대가 나중에 대결에서 빠져

나가려 하기 전에 계약 조건을 못 박아 둘 필요가 있었습니다.

"영감님이 지면 내가 말한 대로 해야 돼요." 루카는 고집스럽게 말했습니다.

그러자 강의 노인은 언짢은 표정을 지었습니다.

"그래, 좋다. 내가 지면, 내 스스로 나를 끝장내마. 자동 종말. 내가 나를 끝장내는 일이 일어날 거야. 히, 히, 히. 내가 나 자신을 우주 총으로 쏘아서 산산조각을 내겠어. 영원히."

"최종적으로!" 루카는 단호하게 말했습니다.

그러자 노인은 진지해져서, 얼굴에 불쾌한 빛을 띠었습니다.

"좋다." 노인이 고함을 질렀습니다. "그래. 내가 지면 영원히 끝장이야. 한 마디로 '영끝'! 하지만 꼬마야, 너도 이제 곧 알게 되겠지. 가진 생명을 모두 잃을 사람은 내가 아니라는 것을 말이다."

곰돌이와 멍멍이는 몹시 흥분한 상태였지만, 루카와 노인은 서로 노려보면서 상대의 주위를 돌고 있었습니다. 먼저 입을 연 것은 노인이었습니다. 노인이 잇새로 거칠게 밀어낸 탐욕스러운 목소리는 어린 루카의 생명을 단번에 먹어 치우고 싶은 욕망에 사로잡혀 있는 듯했습니다.

"나무 주위를 빙글빙글 돌지만 절대 나무 속으로 들어가지 않는 것은?"

"나무껍질." 루카는 당장 대답하고 반격했습니다. "심장이 머리 속에 있고 항상 외다리로 서 있는 것은?"

"양배추!" 노인이 딱딱거리며 말했습니다. "남에게 준 뒤에도 계속 간직할 수 있는 것은?"

"말. 내게는 작은 집이 한 채 있고, 거기서 나 혼자 살아요. 집에는 문도 없고 창문도 없어요. 밖에 나가려면 벽을 부숴야 해요."

"알. 눈(eye; 즉 i)이 없는 물고기(fish)를 뭐라고 부르지?"

"프시(fsh). 바다 괴물들은 뭘 먹죠?"

"생선과 배.* 왜 여섯은 일곱을 두려워하지?"

"일곱은 아홉을 먹어 버리니까요.* 수백 년 동안 존재했지만, 아직 기껏해야 한 달밖에 안 됐고, 앞으로도 영원히 한 달을 넘기지 못하는 것은?"

"달. 그게 뭔지 모를 때는 뭔가 대단한 것이지만, 그게 뭔지 알고 있을 때면 아무것도 아닌 것은?"

"그건 쉬워요. 답은 수수께끼예요."

그들은 점점 더 빨리 원을 그리며 돌았고, 수수께끼도 점점 더 빠른 속도로 입에서 튀어나왔습니다. 이것은 시작일 뿐이라는 것을 루카는 알고 있었습니다. 이제 곧 숫자 수수께끼가 시

---

*fish and chips(생선튀김에 감자튀김을 곁들인 음식)를 fish and ships로 바꾼 것.
*seven eight nine. 여기서 eight은 먹다(eat)의 과거형 ate과 발음이 같다.

작될 것이고, 이어서 이야기 수수께끼도 시작될 겁니다. 어려운 수수께끼가 아직도 앞에 놓여 있었습니다. 끝까지 버틸 수 있을지, 루카는 자신이 없었습니다. 따라서 중요한 문제는 노인이 대결의 속도와 방식을 결정하지 못하게 하는 것이었습니다. 이제 조커 카드를 내놓을 때가 되었습니다.

그는 돌기를 멈추고 최대한 험상궂은 표정을 지으며 물었습니다.

"아침에는 네 발로 걷고, 낮에는 두 발로 걷고, 저녁에는 세 발로 걷는 것은?"

강의 노인도 돌기를 멈추었습니다. 처음으로 노인의 목소리가 약해지고 팔다리가 떨렸습니다.

"무슨 수작을 부리고 있는 거지?" 노인이 힘없이 물었습니다. "그건 세상에서 가장 유명한 수수께끼야."

"그래요. 하지만 영감님은 교묘하게 지연 전술을 쓰고 있어요. 어서 대답하세요."

"네 발, 두 발, 세 발. 그건 누구나 다 알고 있는 수수께끼야. 책에서 가장 오래된 수수께끼야."

(아버지는 루카에게 말하곤 했습니다.

"스핑크스라고 불리는 괴물이 테베 시 밖에 앉아서 지나가는 나그네에게 수수께끼를 냈단다. 풀지 못하면 목숨을 앗았지. 그러던 어느 날 한 영웅이 그곳을 지나가다가 수수께끼를 알아맞혔어."

"그래서 스핑크스는 어떻게 했어요?" 루카가 아버지에게 물었습니다.

"자신을 죽였지." 라시드가 대답했습니다.

"그런데 그 수수께끼의 답은 뭐였어요?" 루카가 물었습니다.

하지만 아버지는 아무리 머리를 쥐어짜도 그 수수께끼의 답을 기억할 수 없었습니다.

"그러니까 그 스핑크스는 나를 잡아먹었을 거야." 아버지는 별로 슬픈 기색도 없이 말했습니다.)

"어서요." 루카가 노인에게 말했습니다. "이제 시간이 다 됐어요."

강의 노인은 당황하여 주위를 둘러보았습니다.

"어쨌든 나는 너를 우주 총으로 날려 보낼 수 있었어."

루카는 고개를 저었습니다.

"그럴 수 없다는 건 영감님도 알잖아요. 지금은 안 돼요. 이제 더 이상은 안 돼요." 이어서 루카의 표정이 꿈꾸는 듯한 표정으로 바뀌었습니다. "우리 아버지도 그 수수께끼의 답을 끝내 기억하지 못하셨어요. 그런데 여기는 우리 아버지가 만든 마법 세계이고, 영감님은 우리 아버지가 만든 수수께끼 인간이에요. 따라서 아버지가 기억해 내지 못하는 것은 영감님도 알 수 없어요. 이제 영감님과 스핑크스는 같은 운명을 공유해야 해요."

"영끝 말이군." 강의 노인이 조용히 말했습니다. "그래. 그게 정당하지."

그러고는 더 이상 법석을 떨지 않고 무표정하게 우주 총을 집어 들더니 다이얼을 '최대'로 맞추고 자신을 겨냥하여 발사했습니다.

"답은 인간이에요." 노인의 작고 빛나는 파편들이 흩어져 날아가다가 사라지는 것을 지켜보면서 루카는 허공에 대고 말했습니다. "인간은 아기일 때는 네 발로 기어 다니고, 자라면 똑바로 서서 두 발로 걸어 다니고, 늙으면 지팡이를 짚고 다니니까요. 그게 답이에요. 인간. 그건 누구나 다 알고 있다고요."

문지기가 사라지자 당장 문이 드러났습니다. 부겐빌레아 꽃으로 장식된 격자 구조의 석조 아치가 강둑 가장자리에 마술적으로 나타났습니다. 루카는 그 아치 너머에 강가로 내려가는 우아한 돌계단이 있는 것을 볼 수 있었습니다. 아치의 왼쪽 기둥에 황금 버튼 하나가 박혀 있었습니다.

"내가 너라면 저 버튼을 누를 거야." 아무버지가 넌지시 말했습니다.

"왜요?" 루카가 물었습니다. "안으로 들여보내 달라고 초인종을 누르는 것과 비슷한가요?"

아무버지는 고개를 저었습니다. 그리고 참을성 있게 말했습니다.

"아니. 다음에 네가 생명을 잃을 때 다시 여기로 돌아와서 강의 노인과 처음부터 다시 싸울 필요가 없도록 너의 전진을 저장해 두는 거야. 강의 노인이 다음번에는 네 속임수에 넘어가지 않을지도 몰라."

루카는 좀 바보 같은 기분을 느끼면서 버튼을 눌렀습니다. 그러자 초인종을 눌렀을 때처럼 짧은 음악 소리가 들리고, 아치를 둘러싸고 있는 꽃들이 더 커지고 색깔도 더 화려해졌습니다. 게다가 루카의 시야에—이번에는 오른쪽 구석에—새로운 계수기가 나타났고, 한 자리 수만 표시할 수 있는 그 계수기에는 '1'이라는 숫자가 떠 있었습니다. 그는 앞으로 얼마나 많은 레벨을 올라가야 하는지 궁금했지만, 아까 '저장' 버튼에 대해 바보 같은 질문을 했기 때문에 지금은 물어볼 때가 아니라고 판단했습니다.

아무버지는 소년과 개와 곰을 데리고 강둑을 내려가 시간의 강 왼쪽 기슭에 다다랐습니다. '펀치바텀'들이 걷어차이기를 기대하고 나그네들에게 뛰어왔습니다. "우우크! 우크! 우우크!" 그들은 행복한 기대를 품고 꽥꽥 소리를 질렀습니다. 하지만 루카 일행은 관심이 다른 데 쏠려 있었습니다. 곰돌이와 멍멍이는 루카가 강의 노인과 대결하여 승리한 데 반은 흥분하고 반은 놀라서 둘이 한꺼번에 목청껏 큰 소리로 말하고 있었습니다. 그들의 말 속에는 '정말!'과 '뭐!'와 '우와!'와 '이크!' 같은 감탄사가 너무 많아서 루카는 대답을 시작할 수도 없었습니다. 그리고 어 쨌든 루카는 기진맥진한 상태였습니다. "나는 좀 앉아야겠어." 하고 말한 순간 그의 두 다리가 푹 꺾였습니다. 그는 쿵 소리와 함께 강가의 진흙 속에 엉덩방아를 찧었고, 흙먼지가 그의 주위에 작은 황금빛 구름을 이루며 피어오르더니, 그 구름은 재빨리 날개 달린 벌레의 형상을 이루었습니다. 살아 있는 작은 불꽃 같은 그 벌레가 열을 내며 말했습니다.

"나한테 먹이를 주면 나는 살고, 나한테 물을 주면 나는 죽어."

대답은 뻔했습니다. "그건 불이야." 하고 루카가 조용히 말하자, 불벌레는 불안해했습니다.

"그 말은 하지 마!" 불벌레가 윙윙거리며 말했습니다. "네가 목청껏 '불이야!' 하고 외치면 아마 누군가가 호스를 들고 달려올 거야. 어쨌든 이 근방에는 물이 너무 많아서 싫어. 이제 가야 할 시간이야."

"하지만 잠깐만 기다려." 루카가 피곤했는데도 흥분하여 말했습니다. "내가 지금까지 찾아다닌 건 어쩌면 너인지도 몰라. 네 빛은 정말 아름다워." 루카는 좀 아첨을 해도 손해 보지는 않을 거라고 생각하면서 덧붙였습니다. "너는…… 이게…… 네가…… 그것의 일부일 수 있을까? 그것을 나르는 전달자일 수 있을까? 그러니까 생명의 불……."

"그건 말하지 마." 아무버지가 재빨리 말했지만, 너무 늦었습니다.

"네가 생명의 불을 어떻게 알지?" 불벌레는 화가 나서 물었습니다. 그러고는 애꿎은 아무버지에게 화풀이를 했습니다. "이봐. 내가 보기에 당신은 전혀 다른 곳에서 전혀 다른 일을 하고 있어야 할 것 같은데."

"네가 보다시피……" 아무버지가 루카에게 말했습니다. "불벌레들은 좀 다혈질이야. 하지만 가는 곳마다 열기를 퍼뜨리는 사소하지만 유용한 기능을 수행하지."

불벌레는 이 말에 벌컥 화를 냈습니다.

"무엇이 나를 괴롭히는지 알고 싶어? 아무도 불에게는 우호적이지 않아. 사람들은 이렇게 말하지. 불은 제자리에 있는 게 좋아. 불은 방 안에서 은은한 빛과 열을 만들어 내지만, 걷잡을 수 없게 될 경우에 대비해서 한시도 눈을 떼면 안 돼. 그리고 방을 나갈 때는 반드시 불을 꺼야 돼. 불이 얼마나 필요한 것인지에 대해서는 전혀 신경 쓰지 않는다니까. 들불이나 이따금 일어나는 화산 폭발로 숲이 조금 불타면 우리의 평판이 땅에 떨어지지. 반면에 물은 어때! 하! 물이 받는 칭찬은 끝이 없어. 홍수가 나고, 비가 오고, 수도관이 터져도 전혀 문제가 안 돼. 물은 누구나 다 좋아해. 사람들이 물을 생명의 샘이라고 부르면, 흥! 나는 몹시 괴로워져." 불벌레는 화가 나서 윙윙거리는 작은 불똥들의 무리로 잠깐 분해되었다가 다시 합쳐졌습니다. "생명의 샘이라니, 정말." 불벌레가 씩씩거렸습니다. "터무니없는 생각이지. 생명은 물방울이 아니야. 생명은 불꽃이야. 태양이 무엇으로 만들어져 있다고 생각해? 빗방울? 나는 그렇게 생각지 않아. 생명은 축축하지 않아. 생명은 활활 불타고 있어."

"우리는 이제 가 봐야 해." 아무버지가 끼어들어 루카와 곰돌이와 멍멍이를 강가를 따라 안내했습니다. 그리고 불벌레에게 공손히 말했습니다. "안녕, 밝게 빛나는 정령이여."

"그렇게 서두르지 마." 불벌레가 큰 소리로 말했습니다. "여기 표면 아래에 뭔가가 은폐돼 있는 게 느껴져. 여기 있는 누군가, 즉 저기 있는……" 불벌레가 작은 불꽃 손가락으로 루카를 가리켰습니다. "저 아이는 존재 자체가 비밀로 되어 있는 어떤 '불'에 대해 뭐라고 말했고, 여기 있는 또 다른 누군가, 즉 나는 그 누군가가 그 불을 어떻게 알아냈는지, 그 누군가는 앞으로 어떻게 할 계획인지 알고 싶어."

아무버지가 루카와 불벌레 사이에 끼어들었습니다.

"그만해. 이 하찮은 불아." 그가 엄격한 목소리로 말했습니다. "어서 꺼져! 지글지글 소리를 내다가 쉬잇 하고 꺼져 버려!"

그러고는 파나마 모자를 벗어서 눈부시게 빛나는 벌레 쪽으로 모자를 흔들었습니다. 불벌레는 발끈 화가 나서 확 타올랐습니다.

"나를 우습게 보지 마." 불벌레가 외쳤습니다. "당신이 불장난을 하고 있다는 걸 모르겠어?"

그러고는 빛나는 구름으로 폭발하여 루카의 눈썹을 살짝 그슬리고는 사라졌습니다.

"그래도 일은 조금도 쉬워지지 않았어." 아무버지가 말했습니다. "우리에게 필요한 건 그 지겨운 벌레가 화재 경보를 울려 주는 것뿐이야."

"화재 경보라고요?" 루카가 물었습니다.

아무버지는 고개를 끄덕였습니다.

"네가 가는 걸 놈들이 알게 되면 네 계획이 수포로 돌아가니까. 그것뿐이야."

"그건 좋지 않아요." 루카는 풀 죽은 목소리로 말했습니다.

루카가 너무 낙담한 것처럼 보였기 때문에 아무버지는 루카의 어깨를 한 팔로 끌어안았습니다.

"그나마 나은 소식은 불벌레들이 오래가지 않는다는 거야." 그가 소년을 위로했습니다. "불벌레들은 밝게 빛나지만, 금세 다타 버려. 게다가 불벌레들은 바람과 함께 사라지지. 이쪽, 저쪽으로. 그게 불벌레들의 본질이야. 일관된 목표가 없어. 그러니까 아까 그 불벌레가 거기까지 가서 네가 가는 것을 미리 알려 줄 가능성은 거의⋯⋯." 여기서 아무버지의 목소리는 점점 약해지다가 사라졌습니다.

"누구한테 미리 알려요?" 루카가 고집스럽게 물었습니다.

"경고를 받으면 안 되는 세력에게. 불길을 내뿜는 괴물들과 불을 지르는 방화광들이 상류에서 기다리고 있어. 너는 그들을 지나가야 해. 그러지 않으면 놈들 손에 죽을 수밖에 없어."

"그래요?" 루카가 신랄하게 말했습니다. "그것뿐이에요? 나는 또 심각한 문제가 있을지도 모른다는 말씀인 줄 알았어요."

루카가 처음 보았을 때는 조용히 흐르던 시간의 강이 지금은 활기차게 북적거리고 있었습니다. 온갖 종류의 이상한 동물들이 강물 위에 떠 있거나 수면 밑에서 불쑥불쑥 올라오고 있는 듯했습니다. 그 동물들은 이상하게 생겼지만, 아버지의 이야기를 들은 루카에게는 친숙하게 느껴졌습니다. 아무버지가 루카에게 일깨워 주었듯이, 길쭉하고 통통하고 눈멀고 희끄무레한 벌레들은 시간의 조직 자체에 구멍을 내고 현재의 수면 아래로 잠수했다가 믿기 어려울 만큼 먼 과거나 미래의 어느 시점에 다시 나타날 수 있었습니다. 먼 과거나 미래는 안개의 장막에 싸여 있어서 루카의 시력으로는 그 장막을 꿰뚫을 수 없었습니다. 강에는 병에 걸린 사람들의 생명줄을 먹고 사는 창백하고 치명적인 '시크피시'(병든 물고기)도 있었습니다.

강둑을 달려가고 있는 것은 조끼를 입고 걱정스럽게 시계를 보고 있는 흰 토끼였습니다. 양쪽 강둑의 여기저기 나타났다 사라지고 있는 것은 짙푸른 색깔의 영국 경찰 비상 전화 박스였습니다. 그곳에서 드라이버를 손에 쥔 남자가 당황한 표정을 지으며 주기적으로 나타나곤 했습니다. 난쟁이 도적떼가 하늘에 뚫린 구멍으로 사라지는 것을 볼 수 있었습니다.

"시간 여행자들이야.˙요즘에는 어딜 가나 저놈들이 있지." 아무버지가 가벼운 혐오감이 담긴 목소리로 말했습니다.

강 한복판에는 온갖 종류의 기괴한 기계 장치들—어떤 것은 날 수도 없을 듯한 박쥐 같은 날개가 달려 있고, 또 어떤 것은 낡은 스위스제 손목시계의 내부 장치 같은 거대한 기계 장치를 탑재하고 있었습니다—이 쓸데없이 빙글빙글 돌아서, 그 위에 타고 있는 남자와 여자 들을 화나게 했습니다.

"타임머신은 사람들이 생각하는 것처럼 쉽게 만들 수 있는 게 아니야." 아무버지가 설명했습니다. "그래서 대담무쌍한 탐험가를 자처하는 자들이 대부분 시간 속에 갇혀서 옴짝달싹도 못하게 되지. 게다가 시간과 공간의 기묘한 관계 때문에 시간을 건너뛰는 데 성공하는 자들은 이따금 공간을 건너뛰는 데에도 동시에 성공하여……" 여기서 그의 목소리가 조금 불만스러운 기색을 띠었습니다. "결국 자기가 속해 있지 않은 곳에 떨어지기도 한단다. 예를 들면 저기……" 그가 이렇게 말했을 때, '들로리언'* 스포츠카가 느닷없이 요란한 소리를 내며 나타났습니다.

"한 시대에 가만히 머물러 있지 못하는 것처럼 보이는 미친 미국인 교수가 있어. 그리고 과거를 바꾸기 위해 미래에서 파견된 킬러 로봇들의 절대적인 재앙도 있지. 저 보리수 밑에서 자고 있는 사람은……" 그는 엄지손가락을 홱 움직여 그게 어떤 나무인지를 알려 주었습니다. "코네티컷 주 하트퍼드의 행크 모건*이라는 사람인데, 어느 날 우연히 아서 왕의 궁정으로 이동해서 마법사 멀린이 1300년 동안 잠재울 때까지 남아 있었지. 행크 모건은 자기 시대에 다시 깨어나도록 되어 있었지만, 저 게으름뱅이를 봐! 아직도 코를 골면서 자느라 자기 시간대를 놓쳐 버렸어. 이제 저 사람이 어떻게 집에 돌아갈지는 아무도 몰라."

루카는 아무버지가 아까만큼 투명하지 않다는 것, 그리고 음성과 동작이 온갖 터무니없는 생각으로 가득 차 있는 아버지처럼 점점 수다스러워지고 있는 것을 알아차렸습니다. 아무버지는 낮은 소리로 노래를 부르고 있었습니다.

"시간은 끊임없이 흐르는 강물처럼 자식들을 모두 데려가네……"

---

*들로리언: 영화 〈백 투 더 퓨처〉에 나온 타임머신 자동차.
*행크 모건: 마크 트웨인의 소설 『아서 왕 궁정의 코네티컷 양키』의 주인공. 19세기의 기술자인 행크 모건은 공장에서 한 노동자와 싸우다 기계에 머리를 부딪혀 기절한 뒤 6세기 아서 왕의 궁정에서 깨어나, 중세 영국 사회에서 기술 발전과 사회 개혁을 이룩하려 하지만 결국 과업을 이루지 못하고, 현대식 무기로 기사들을 모두 죽여 버리고 다시 19세기로 돌아온다.

루카는 더 이상 들을 준비가 되어 있지 않았습니다. 하지만 그 정도로는 충분치 않다는 듯이, 저승에서 온 이 동물은 루카가 사랑하는 아버지의 요소들로 서서히 채워지고 있었습니다. 물론 그것은 집에서 잠자고 있는 라시드가 점점 속이 비어 가고 있다는 것, 아무버지가 라시드다워질수록 루카는 당황스럽게도 그를 좋아하는 감정, 심지어 애정으로 가득 차게 되었다는 것을 의미했습니다. 하지만 이제 아버지의 주홍빛 부시 셔츠를 입고 파나마 모자를 쓴 그 이상한 존재가 도저히 참고 들어 줄 수 없는 아버지의 목소리로 노래를 부르기 시작했습니다.

"그들은 잊혀진 채 날아가네. 꿈처럼……."

그것은 세상에서 두 번째로 듣기 싫은 노랫소리였습니다. 그보다 더 듣기 싫은 노랫소리는 전설적 음치인 수다족 왕국의 바락 공주의 노래뿐이었습니다. 하필이면 왜 또 그런 노래를 골랐을까요?

"우리는 지금 시간을 낭비하고 있어요." 루카가 성난 목소리로 아무버지의 노래를 중단시켰습니다. "그런 어리석은 찬송가를 부르는 대신, 과거의 안개 속으로 들어가서 우리가 뭘 찾으려고 여기 있는지 알아낼 방법을 알려 주는 게 어때요? 다시 말해서 시대의 새벽, 지혜의 호수, 지식의 산, 또는……."

"쉿!" 개 곰돌이와 곰 멍멍이가 동시에 말했습니다. "그건 큰 소리로 말하지 마."

루카는 자기가 하마터면 실수를 저지를 뻔한 것을 깨닫고 얼굴이 빨개졌습니다.

"내 말뜻을 아시겠죠." 루카는 원래 의도했던 것보다 훨씬 덜 위엄 있게 말을 맺었습니다.

"흐음." 아무버지가 생각에 잠긴 얼굴로 말했습니다. "예를 들면 믿을 수 없을 만큼 힘이 세어 보이고, 포장도로가 아닌 곳에서 타기에 알맞고, 강을 건너기에도 알맞고, 탱크처럼 튼튼하고, 가능하면 제트 추진식이고, 바퀴가 여덟 개에 바닥이 평평한 수륙양용차를 저기 있는 저 작은 부두에 정박시키는 게 어때?"

"저건 조금 전까지만 해도 저기 없었는데." 멍멍이가 말했습니다.

"저 사람이 어떻게 해냈는지는 나도 모르지만, 저 배는 보기가 흉해." 곰돌이가 말했습니다.

루카는 친구들의 걱정에 관심을 기울일 여유가 없다는 것을 알고, 거대한 배 쪽으로 내려갔습니다. 고물에 쓰인 배 이름은 '아르고'였습니다. 아무버지가 단단해질수록 그의 아버지는 희미해졌습니다. 그래서 탐색은 전보다 훨씬 더 다급해졌습니다. 루카의 머리는 대답을 모르는 질문, 시간 자체의 본질에 대한 어려운 질문으로 가득 찼습니다. 시간이 영원히 흐르는 강이라면─그리고 강은 여기 있었습니다. 여기에 시간의 강이 있었습니다!―그것은 과거도 항상 거기에 있을 테고 미래도 이미 존재한다는 뜻일까요? 물론 과거와 미래는 안개(구름이나 연무나 연기일 수도 있었습니다)에 싸여 있어서 그가 과거와 미래를 볼 수는 없었지만, 거기에 있을 게 분명했습니다. 그렇지 않다면 시간의 강이 어떻게 존재할 수 있겠습니까? 하지만 또 한편으로는 시간이 강처럼 흐른다면 과거는 벌써 흘러갔을 것이고, 그렇다면 루카는 어떻게 과거로 거슬러 올라가 시대의 새벽이 비추고 있는 지혜의 호수 옆에 우뚝 솟은 지식의 산 속에서 타오르고 있는 생명의 불을 찾을 수 있겠습니까? 그리고 만약 과거가 흘러가 버렸다면 시간의 강의 발원지에는 무엇이 있겠습니까? 그리고 미래가 이미 존재한다면, 루카가 다음에 뭘 하든 그것은 아마 중요하지 않을 것입니다. 루카가 아버지의 목숨을 구하려고 아무리 애를 써도 라시드 칼리파의 운명은 이미 정해져 있을 테니까요. 하지만 루카가 자신의 행동으로 미래를 부분적으로나마 형성할 수 있다면, 시간의 강은 그가 무엇을 어떻게 하느냐에 따라 물줄기를 바꿀까요? 강에 담겨 있는 이야기의 흐름은 어떻게 될까요? 그 흐름들은 다른 이야기를 하기 시작할까요? 다음 (a)와 (b) 가운데 어느 쪽이 맞을까요? (a) 사람들이 역사를 만들었고, 마법 세계에 있는 시간의 강은 사람들의 업적을 기록했다. (b) 시간의 강이 역사를 만들었고, 현실의 세계에 사는 사람들은 그 영원한 게임의 졸(卒)이었다. 어느 세계가 더 현실적일까요? 최종 책임자는 누구일까요? 한 가지만 더 물을게요. 어쩌면 이게 가장 긴급한 질문일 텐데, '루카는 어떻게 '아르고'를 조종할까요?' 루카는 차를 운전해 본 적도 없고 모터보트의 키를 잡아 본 적도 없는 열두 살배기 소년이었습니다. 멍멍이와 곰돌이는 쓸모가 없었고, 아무버지는 갑판에 드러누워 팔다리를 쭉 뻗은 채 파나마 모자로 얼굴을 가리고 눈을 감았습니다. '좋아.' 하고 루카는 단호하게 생각했습니다. '까짓것, 어려우면 얼마나 어렵겠어?'

그는 배의 브리지에 있는 기구들을 노려보았습니다. 이 스위치는 아마 '아르고'가 육지에 있을 때는 바퀴를 내리고 물로 들어갈 때는 바퀴를 올리는 작용을 할 거야. 그리고 이 초록 버튼은 '주행'을 뜻하는 게 분명하고, 그 옆에 있는 빨강 버튼은 '정지'를 뜻하는 게 분명해. 앞으로 나아가려면 이 레버를 앞으로 밀어야 하고, 더 빨리 전진하려면 레버를 더 앞으로 밀어야 할 거야. 그리고 이 바퀴는 조종 장치겠지. 이 문자반들과 계측기, 바늘과 측정기들은 아마 무시해도 될 거야.

"모두 꽉 잡아요." 그가 말했습니다. "출발합니다."

그러자 무슨 일인가가 일어났습니다. 그런데 너무 빨리 일어났기 때문에, 루카는 무슨 일이 어떻게 일어났는지는 잘 알 수가 없었지만, 잠시 후 제트 추진식 수륙양용차는 넓은 수로 한복판에서 홱 뒤집혀 뱅글뱅글 돌았습니다. 그들은 모두 물에 빠져서 소용돌이에 휩쓸렸습니다. 루카는 의식을 잃는 순간 시크피시나 다른 수생동물에게 먹히지나 않을까 걱정했지만, 잠시 후 작은 부두에서 정신을 차리고 '까짓것, 어려우면 얼마나 어렵겠어?' 하고 생각하면서 '아르고'로 기어올랐습니다. 무슨 일이 일어났다는 것을 보여 주는 유일한 표시는 그의 시야 왼쪽 구석에 있는 계수기의 숫자가 998로 줄어든 것이었습니다. 생명 하나를 잃은 것입니다. 아무버지는 또다시 갑판에서 꾸벅꾸벅 졸고 있었습니다. "좀 도와줄래요?" 하고 루카가 큰 소리로 외쳤지만, 아무버지는 꼼짝도 하지 않았고, 루카는 이것이 스스로 해내야 할 일이라는 것을 이해했습니다. 아무래도 문자반과 측정기들은 루카가 생각한 것보다 훨씬 중요한 것 같았습니다.

두 번째 시도에서 루카는 배가 뒤집히지 않도록 하는 데 성공했지만, 얼마 가기도 전에 소용돌이가 일어나 배를 빙글빙글 돌렸습니다.

"무슨 일이죠?" 루카가 고함을 질렀습니다.

그러자 아무버지는 파나마 모자를 들어 올리고 대답했습니다.

"아마 에디일 거야."

하지만 에디가 뭐였지? 배는 점점 더 빨리 돌고 있어서, 금방이라도 다시 물 속으로 빨려들 것만 같았습니다. 아무버지가 일어나 앉아서 말했습니다.

"그래. 에디가 이 근처에 있는 게 분명해." 그는 물속을 내려다
보고 두 손을 컵 모양으로 만들어 입 주위에 대고는 고함을 질
렀습니다. "넬슨! 듀안! 피셔! 장난질은 당장 그만둬! 가서 다른
사람이나 괴롭혀!"

하지만 다음 순간 배는 물속으로 끌려 들어갔고, 루카는 다
시 일시적으로 의식을 잃었습니다. 그들은 다시 부두로 돌아왔
고, 계수기의 숫자는 997로 줄어들어 있었습니다.

"에디피시(소용돌이 물고기)." 아무버지가 짤막하게 말했습니다.
"몸집이 작고 재빠른 악동들이지. 소용돌이를 일으키는 게 놈
들이 좋아하는 장난이야."

"그러면 놈들을 어떻게 해야 하죠?"

"사람들이 어떻게 과거로 돌아가는지는 네가 알아내야 해."

"과거를 기억하면 과거로 돌아갈 수 있을까요? 과거를 잊지
않으면 될까요?"

"아주 좋아. 그런데 절대로 잊지 않는 게 누구지?"

"코끼리요." 루카가 말했습니다.

그의 눈이 '아르고'가 정박해 있는 곳에서 그리 멀지 않은 물
속에서 위아래로 까딱거리고 있는 우스꽝스러운 동물 한 쌍을
포착한 것은 바로 그때였습니다. 그 동물들은 오리 같은 몸뚱이
와 커다란 코끼리 머리를 하고 있었습니다. 루카는 기억을 더듬
으면서 천천히 말했습니다.

"그리고 여기 마법 세계에서는 코끼리 새도 절대 잊지 않아요."

"백 점 만점이야." 아무버지가 대답했습니다. "코끼리 새들은 시간의 강에서 물을 마시며 평생을 보내지. 코끼리 새들보다 기억력이 좋은 동물은 없어. 시간의 강을 거슬러 올라가고 싶으면, 그 여행에 필요한 연료는 기억력이야. 제트 추진력은 전혀 도움이 안 될 거야."

"코끼리 새들이 우리를 생명의 불까지 안내할 수 있을까요?" 루카가 물었습니다.

"아니. 기억력은 너를 거기까지만 데려다 주고, 그보다 더 멀리까지 데려다 주진 않을 거야. 하지만 좋은 기억력은 너를 아주 멀리 데려다 주겠지."

언젠가 형 하룬이 텔레파시와 기계로 작동하는 커다란 후투티를 타고 여행한 것처럼 코끼리 새들을 타고 다니기는 어렵겠다는 것을 루카는 깨달았습니다. 우선 그는 곰돌이와 멍멍이가 코끼리 새에게 잘 매달릴 수 있을지 의문이었습니다.

"코끼리 새들아, 미안하지만 우리를 좀 도와줄래?"

"예의가 바르군." 코끼리 새 두 마리 가운데 몸집이 더 큰 녀석이 말했습니다. "좋은 예절은 언제 어디서나 효과가 있지." 그는 낮고 위엄 있는 목소리로 말했습니다.

저건 코끼리 수오리가 분명하다고 루카는 생각했습니다.

"너도 알다시피 우리는 날 수 없어." 코끼리 수오리의 짝이 숙녀다운 어조로 말했습니다. "그러니까 너를 태우고 어딘가로 날아가라고 요구하진 마. 우리는 머리가 너무 무거워."

"그건 너희가 너무 많은 것을 기억하고 있어서 그래." 루카가 말했습니다.

"저 녀석도 아첨꾼이로군. 그런데 좀 더 매력적이야." 암오리는 코끝으로 자신의 깃털을 다듬으며 말했습니다.

"너는 우리가 너를 상류로 끌고 가 주기를 바랄 거야. 틀림없어." 수오리가 말했습니다.

"그렇게 놀란 표정을 지을 필요는 없어." 암오리가 말했습니다. "우리도 새로운 소식은 다 알고 있어. 정보에 뒤떨어지지 않으려 애쓰고 있지."

"네가 가려는 곳에서는 사람들이 현재를 걱정하지 않으니까 잘됐어." 수오리가 덧붙여 말했습니다. "거기서는 영원에만 관심이 있지. 이건 너한테 도움이 될 약간의 놀라움을 제공할 거야."

"내가 한마디 해도 좋다면, 너는 최대한 많은 도움이 필요하게 될 거야." 암오리가 말했습니다.

잠시 후, 코끼리 새 두 마리는 '아르고'에 견인줄로 묶여서 그 배를 상류로 끌고 가기 시작했습니다.

"소용돌이는 어떻게 하지?" 루카가 물었습니다.

"어떤 에디피시도 감히 우리를 우습게 보지 못할 거야. 그건 자연계의 통상적인 질서에 어긋나. 너도 알다시피 자연계에는 자연스러운 질서가 있어." 수오리가 말했습니다.

그러자 암오리가 킬킬거리며 루카에게 설명했습니다.

"그 말은 우리가 에디피시를 아침 식사로 먹는다는 뜻이야."

"점심과 저녁에도 먹지." 수오리가 말했습니다. "그래서 놈들은 멀찌감치 거리를 두고 우리를 피해. 그런데 네가 가고 싶다는 데가 어디였지? 아니, 아니, 나한테 일깨우지 마. 아아, 그래. 이제 생각났어."

4

오트의 욕설 여왕

'아르고'가 시간의 강 오른쪽 강둑에 있는 낯설고 슬픈 나라를 지나갈 때, 시간의 안개가 가까워지고 있었습니다. 이 나라의 영토는 시간의 강을 지나는 나그네들이 들어오지 못하도록 높은 철조망으로 가로막혀 있었습니다. 이윽고 무시무시해 보이는 국경 초소가 루카의 눈에 들어왔습니다. 높은 철탑 위에 달린 탐조등, 높은 감시탑에서 색안경을 쓰고 고성능 쌍안경과 자동화기를 들고 국경을 감시하고 있는 경비병들도 보였습니다. 루카는 '여기는 자기-존경지 국경이다. 태도를 조심하라.'고 쓰인 커다란 표지판을 보고 충격을 받았습니다.

"여기는 어떤 곳이죠?" 그가 아무버지에게 물었습니다. "내게는 별로 마술적인 곳처럼 보이지 않는데요."

아무버지의 얼굴에는 즐거움과 경멸이 뒤섞인 그 낯익은 표정이 떠올랐습니다.

"이런 말을 하게 돼서 유감이지만, 마법 세계는 해충이나 기생동물에 면역이 되어 있지 않아. 이 지역은 최근에 쥐 떼가 들끓게 되었어."

"쥐라고요?" 루카가 놀라서 소리쳤습니다. 이제야 그는 보초들과 경비대가 왜 이상했는지를 깨달았습니다. 그들은 사람이 아니라 거대한 설치류였던 것입니다! 멍멍이는 화가 나서 으르렁거렸지만, 마음 착한 곰돌이는 심란해 보였습니다.

"계속 가자." 곰돌이가 조용히 제안했지만, 루카는 고개를 저었습니다.

"다른 사람은 어떤지 모르지만 나는 배고파 죽겠어." 루카가 말했습니다. "저놈들이 쥐든 아니든, 우리는 강둑에 상륙해야 해. 모두 먹을 게 필요하니까." 그러고는 귀엣말로 아무버지에게 덧붙여 말했습니다. "아저씨는 안 그렇겠지만요."

아무버지는 라시드 칼리파처럼 어깨를 으쓱하고, 라시드 칼리파처럼 미소를 띠면서 말했습니다.

"좋다. 꼭 그래야 한다면 상륙해야지. 내가 장애물을 통과해본 지도 꽤 오래됐군." 그는 루카가 얼굴을 찡그리는 것을 보고 설명했습니다. "이 철조망은 자기-존경지를 완전히 둘러싸고 있지. 그것은 이곳에 자기-다움을 부여한다고 말할 수 있어. 그리고 표지판이 경고하고 있듯이 현재 이곳을 점거하고 있는 놈들은 대부분 정말로 아주 격렬하게 화를 내지."

"우리는 무례하게 굴 계획이 없어요." 루카가 말했습니다. "우리는 단지 점심을 먹고 싶을 뿐이에요."

네 명의 여행자는 '아르고'를 코끼리 수오리와 코끼리 암오리한테 맡겨 놓고 국경 초소로 들어갔습니다. 코끼리 새들은 물속에 잠수하여 에디피시를 비롯한 한입거리를 찾으며 시간을 보냈습니다. 국경 초소 안에는 제복 차림의 커다란 회색 쥐 한 마리가 빗장이 걸린 쇠창살 뒤의 카운터 앞에 서 있었습니다.

"서류." 경비병 쥐가 찍찍거리는 쥐 특유의 목소리로 말했습니다.

루카는 서류가 없다고 솔직하게 대답했습니다. 그러자 경비병 쥐는 미친 듯이 날카로운 소리와 꽥꽥거리는 소리를 질러 댔습니다. 그러다가 마침내 고함을 질렀습니다.

"말도 안 돼! 서류는 종이야. 종이는 누구나 갖고 있어. 주머니를 전부 비워 봐."

그래서 루카는 주머니에 든 것을 모두 꺼냈고, 늘 주머니에 넣어서 갖고 다니는 공깃돌과 교환 카드, 고무 밴드와 게임용 칩들 사이에서 아직 포장지를 벗기지 않은 사탕 세 개와 작은 종이비행기 두 개를 발견했습니다.

"이렇게 무례한 짓은 들어본 적이 없어." 경비병 쥐가 외쳤습니다. "처음에는 종이가 없다고 하더니, 이렇게 종이를 갖고 있잖아. 내가 이해심 많은 걸 다행으로 알아. 네 종이를 이리 넘겨주고, 내가 지금 기분이 좋은 상태인 것을 고맙게 생각해."

아무버지가 루카의 옆구리를 팔꿈치로 슬쩍 찔렀습니다. 루카는 마지못해 교환 카드와 종이비행기, 투명 포장지로 싼 오렌지 맛 사탕 세 개를 경비병 쥐에게 건네주었습니다.

"이거면 될까요?" 루카가 물었습니다.

"이건 단지 내가 너그럽기 때문이야." 경비병 쥐는 루카가 건네준 것들을 조심스럽게 주머니에 집어넣으면서 대답했습니다. 그런 다음 쇠창살의 빗장을 벗기고, 여행자들이 국경을 통과하는 것을 허락했습니다.

"한 마디만 경고해 둘게." 경비병 쥐가 말했습니다. "여기 존경지에서는 방문객들이 예의 바르게 행동해야 해. 우리는 피부가 아주 얇아. 그래서 너희가 우리 피부에 자극을 주면 우리는 피를 흘리게 돼. 그러면 우리는 너희가 두 배로 많은 피를 흘리게 할 거야. 알았지?"

"잘 알겠습니다." 루카는 공손하게 대답했습니다.

"뭐라고?" 경비병 쥐가 날카로운 소리로 말했습니다.

"잘 알겠습니다, 나리." 아무버지가 대답했습니다. "걱정 마세요, 나리. 우리는 'p'와 'q'를 가장 확실하게 조심하겠습니다.*"

"알파벳의 나머지 스물네 글자는 어떻게 되지?" 경비병 쥐가 물었습니다. "그 스물네 글자로도 많은 피해를 줄 수 있어. 그리고 'q'나 'p'는 절대로 쓰지 마."

"다른 글자들도 조심하겠습니다." 루카가 말하고 얼른 덧붙였습니다. "나리."

"너희들 중에 누가 암컷이야?" 경비병 쥐가 퉁명스럽게 물었습니다. "저 개가 암캐인가? 저 곰은…… 암콤? 암곰? 아니면 여자곰?"

"사실은 암곰이야." 곰 멍멍이가 말했습니다. "이젠 내가 기분이 상하는군."

"나도 그래." 개 곰돌이가 말했습니다. "그렇다고 해서 내가 암캐들에게 적대감을 품고 있다는 뜻은 아니야."

"참 뻔뻔스럽군!" 경비병 쥐가 새된 소리로 말했습니다. "너는 기분이 상했다면서 나를 모욕하고 있어. 그런데 네가 쥐 하나를 모욕하면, 모든 쥐에게 불쾌감을 주게 돼. 그리고 모든 쥐를 불쾌하게 하는 것은 중대한 범죄야. 그 범죄에 대한 처벌은……."

"사과하겠습니다, 나리." 아무버지가 서둘러 말했습니다. "이제 가도 됩니까?"

---

*'p와 q를 조심하다'(영어로는 mind one's p's and q's)는 '언행을 조심하다'라는 뜻인데, p와 q가 헷갈리기 쉬운 글자이므로 그 둘을 잘 구별해서 쓰라는 뜻에서 나온 말이다.

"좋아." 경비병 쥐가 화를 가라앉히면서 말했습니다. "하지만 태도를 조심해. 존경-쥐들을 불러야 하는 사태는 바라지 않으니까."

루카는 '존경-쥐'라는 말이 영 마음에 들지 않았습니다.

그들은 국경 초소를 지나 회색 거리로 들어갔습니다. 집들도, 창문에 쳐진 커튼도, 쥐들과 사람들(그래요, 이곳엔 사람들이 있었습니다. 그것을 알고 루카는 안심했지요)이 입은 옷도 모두 회색이었습니다. 쥐들도 회색이고, 사람들은 회색빛 도는 창백한 얼굴을 하고 있었습니다. 머리 위의 회색 구름은 우중충한 회색 햇빛만 통과시켰습니다.

"여기서는 얼마 전에 색깔 때문에 문제가 일어났어." 아무버지가 말했습니다. "치즈 맛이 난다는 이유로 노란색을 싫어하는 쥐들이 핏빛과 비슷하다는 이유로 빨간색을 싫어하는 쥐들과 대결했지. 결국에는 모든 색깔이 누군가에게 불쾌감을 준다는 이유로 '쥐-의회'가 색깔을 금지했어. 아무도 거기에 찬성표를 던지지 않지만 의회 스스로 투표를 했지. 의회는 기본적으로 '최고-쥐'가 시키는 대로 하니까."

"그러면 최고-쥐는 누가 뽑죠?" 루카가 물었습니다.

"자기가 자기를 뽑지." 아무버지가 말했습니다. "실제로 최고-쥐는 몇 번이고 계속해서 자신을 뽑고 있어. 그리고 그걸 너무 좋아하기 때문에 날마다 그렇게 하고 있지. 그걸 '최고-쥐랄'이라고 한단다."

"최고-쥐랄? 제법 그럴듯하게 들리는걸." 멍멍이가 콧방귀를 뀌면서 말했습니다.

그러자 지나가던 많은 쥐들이 날카롭게 멍멍이를 돌아보았습니다.

"조심해." 아무버지가 경고했습니다. "여기서는 모두 트집 잡을 꼬투리를 찾고 있어."

바로 그때 루카는 실물보다 훨씬 큰 흑백 초상화가 붙어 있는 거대한 게시판을 보았습니다. 그 초상화의 주인공은 최고-쥐일 수밖에 없었습니다.

"맙소사." 루카는 문득 어떤 생각이 떠올랐습니다. 만약 최고-쥐가 인간으로 변해서, 카하니에서 온 무서운 열두 살짜리 소년으로 환생할 수 있다면, 꼭 누구처럼 보일 겁니다. 그러니까 꼭……

"랫시트처럼." 루카가 속삭이는 소리로 말했습니다. "하지만 그건 불가능해."

곰돌이도 게시판을 뚫어지게 바라보면서 말했습니다.

"네 말뜻은 알겠어. 최고-쥐가 마법 세계에서도 너의 적이 아니기를 기대하자꾸나."

여기는 식당이었습니다. 문 위에 걸린 간판에는 '앨리스 쥐당'

이라고 쓰여 있었습니다. 불행히도 그것은 글자가 틀린 게 아니었습니다. 루카는 창문으로 안을 들여다보고, 손님들은 대부분 쥐였지만 요리사와 종업원들은 모두 사람인 것을 알고 안심했습니다. 하지만 또 한편으로는 걱정이 되었습니다. 나와 친구들이 먹은 음식값은 어떻게 내지?

"그건 걱정하지 마라." 아무버지가 말했습니다. "마법 세계에는 돈이 존재하지 않으니까."

그래서 루카는 안심했습니다.

"하지만 그렇다면 누구나 뭐든지 다 살 수 있나요? 세상이 어떻게 돌아가죠? 정말 이상해요."

아무버지는 다시 라시드 칼리파처럼 어깨를 으쓱했습니다. 그러고는 그 특유의 신비로운 방식으로 대답했습니다.

"너복설과."

흥분의 물결이 루카의 몸을 꿰뚫었습니다.

"그게 뭔지 나도 알아요. 형이 말해 줬어요. 형이 모험할 때도 그게 있었어요."

"그래. 너무 복잡해서 설명할 수 없는 과정." 아무버지는 앞장서서 쥐당으로 들어가면서 약간 오만한 투로 말했습니다. "그건 생명 신비의 핵심에 자리 잡고 있는데, 마법 세계만이 아니라 현실 세계에서도 어디에나 존재하지. 어디에서든 그것이 없으면 아무것도 제대로 돌아가지 않아. 그렇게 흥분하지 마. 너는 전기

나 중국이나 피타고라스의 정리를 막 발견한 사람처럼 보여."

"때로는 아저씨가 우리 아버지가 아닌 게 너무 분명해요."루카가 대답했습니다.

음식은 놀랄 만큼 맛있었고, 루카와 멍멍이와 곰돌이는 모두 마파람에 게 눈 감추듯 빠른 속도로 아주 잘 먹었습니다. 하지만 그들은 쥐당에 있는 쥐들이 모두 지켜보고 있다는 것, 특히 개 곰돌이와 곰 멍멍이를 적의의 눈길로 노려보고 있다는 것을 알아차렸습니다. 그래서 기분이 몹시 불편했습니다. 다른 식탁에 앉아 있는 쥐들은 계속 뭐라고 중얼거렸습니다. 그게 아마 쥐들의 언어일 거라고 루카는 생각했습니다. 그러다가 마침내 눈이 가늘고 의심 많아 보이는 얼굴에 회색 케피 모자를 쓴 쥐 한 마리가 뒷발로 일어나더니 그들 쪽으로 다가왔습니다. 새로 온 손님들을 조사할 심문관으로 선발된 게 분명했습니다.

"낯선 손님들."심문관 쥐가 다짜고짜 말했습니다. "우리의 위대한 자기-존경지를 어떻게 생각하는지 물어봐도 될까요?"

"자기, 자기, 나리, 자기, 자기, 나리."쥐당에 있는 모든 쥐가 일제히 합창을 했습니다.

"우리는 우리나라를 사랑합니다."심문관 쥐가 차갑게 말했습니다. "여러분은 어떻습니까? 여러분도 우리나라를 사랑합니까?"

"아주 좋은 곳입니다."루카가 조심스럽게 말했습니다. "음식도 아주 훌륭하군요."

심문관은 턱을 긁었습니다.

"그런데 나는 왜 그 말이 전적으로 믿어지지 않을까?" 그는 마치 혼잣말처럼 물었습니다. "여러분이 겉으로는 우리나라에 반한 것처럼 보이지만, 나는 왜 그 표면 밑에 모욕적인 무언가가 숨어 있을지 모른다는 생각이 드는 걸까?"

"우리는 이제 그만 가 봐야 합니다." 루카가 일어나면서 서둘러 말했습니다. "만나서 정말 반가웠……."

하지만 심문관은 끝에 갈고리 발톱이 달린 팔을 뻗어 루카의 어깨를 움켜잡고 험악하게 물었습니다.

"이것만 말해 줘. 2 더하기 2는 5라고 생각해?"

루카는 뭐라고 대답해야 좋을지 몰라서 망설였습니다. 그러자 놀랍게도 심문관은 식탁 위로 뛰어올라 접시와 유리잔을 사방으로 흩어 버리고 성난 목소리로 쉭쉭거리며 듣기 싫은 노래를 요란하게 부르기 시작했습니다.

2 더하기 2는 5라고 생각해?
세계는 평평하다고 생각해?
우리 대장이 세상에서 가장 중요한 인물이라는 걸 알아?
쥐를 존경해?
오, 너는 쥐를 존경해?

거꾸로가 바로라고 내가 말하면,

흑이 백이라고 내가 우기면,

찍찍거리는 소리가 가장 달콤한 소리라고 내가 주장하면,

너는 내 권리를 존중할 테야?

말해 봐, 내 권리를 존중할 테야?

'자기'보다 더 훌륭한 존재는 없다는 데 동의해?

내 모자를 좋게 생각해?

무엇을, 어떻게, 왜냐고 묻는 걸 그만둘래?

쥐를 존경해?

존경해? 안 해? 존경해? 안 해?

너는 쥐를 존경해?

그러자 쥐당 안에 있는 모든 쥐가 뒷발로 벌떡 일어나 가슴 앞에서 앞발을 맞잡고 합창을 하기 시작했습니다.

자기, 자기, 나리.

자기, 자기, 나리.

우리는 모두 말하죠. 자기, 자기, 자기.

주장할 필요는 없어요. 의심할 필요도 없어요.

당신이 존경을 받는다면 생각할 필요도 없어요.

우리는 모두 말하죠. 자기, 자기, 자기.

"엉터리야!" 미처 막을 사이도 없이 루카의 입에서 불쑥 튀어나왔습니다.

그러자 쥐들은 다양한 자세를 취한 채 그대로 얼어붙었다가, 모두 천천히 고개를 돌려 루카를 바라보았습니다. 눈은 모두 반짝거렸고, 이빨은 모두 드러나 있었습니다. '이거 안 좋은데.' 하고 루카는 생각했습니다. 곰돌이와 멍멍이가 목숨을 지키기 위해 싸울 각오를 하고 루카에게 바싹 다가왔습니다. 아무버지도 이번만은 당황하여 어쩔 줄 모르는 것 같았습니다. 쥐들은 루카와 맞섰고, 쥐걸음으로 조금씩 천천히 다가오면서 그를 에워쌌습니다.

"엉터리라고?" 심문관 쥐가 생각에 잠긴 어조로 말했습니다. "하지만 공교롭게도 그건 우리나라의 국가이기도 해. 내 동포 설치류여, 이 젊은 악당이 태도를 조심했다고 말할 수 있나? 아니면 이 녀석은 벌점을 받아 마땅한가?"

"벌점!" 쥐들이 함께 외치면서 무시무시한 발톱을 드러냈습니다. 아마 루카가 생명의 불을 찾아다니는 모험담은 여기 앨리스 쥐당에서 끝나고, 멍멍이와 곰돌이는 분명 싸우다가 쓰러져서, 많은 쥐들을 길동무로 데려갔겠지만, 그들 역시 목숨을 잃었을 것입니다. 그러면 아무버지는 혼자 카하니로 돌아가서 라시드 칼리파의 생명으로 다시 채워질 때까지 기다렸겠지요. 그렇게 되었다면 얼마나 안타까운 일이었을까요! 하지만 그렇게 되는 대신, 그 순간 바깥 거리에서 외침 소리가 들리더니, 엄청나게 많은 붉은 끈적이와 엄청나게 많은 달걀노른자처럼 보이는 것들이 하늘에서 내려오기 시작했고, 뒤이어 썩은 채소들이 우박처럼 쏟아져 내렸습니다. 쥐들은 루카와 '엉터리야!' 소리를 까맣게 잊어버리고 "수달이다!" 하고 고함을 지르거나 "또 그 여자다!" 하고 외치며 길거리로 뛰쳐나갔습니다. 자기-존경지가 위에서 공격을 받고 있었기 때문입니다. 하늘의 공격 군단을 지휘하고 있는 것은 바로 전설적인, 사납고 잔인하여 누구나 두려워하는 '오트*의 욕설 여왕'이었습니다. 그녀는 하늘을 나는 양탄자인 저 유명한 '레삼', 그러니까 '현명한 솔로몬 왕의 날아다니는 양탄자' 위에 똑바로 올라서서, 두려워하는 기색도 없이 상하좌우로 종횡무진 공격을 감행하고, 고성능 확성기를 통해 소름 끼치는 함성을 외쳐 댔습니다.

"우리는 존경지에 가래침을 뱉는다!"

"무슨 일이죠?" 루카는 점점 커지는 소음보다 더 큰 소리로 아무버지에게 외쳤습니다. 일행은 그들 때문에 화가 난 쥐들이 그들을 끝장내러 돌아올까 겁이 나서 쥐당에서 도망쳐 나왔습

---

*오트: 영어로 수달을 뜻하는 'otter'에서 'er'을 생략한 글자.

니다. 바깥 거리는 온통 소동과 혼란에 휩싸여 있었고, 붉고 끈적끈적한 액체와 썩은 달걀과 채소가 하늘에서 비처럼 쏟아져 내리고 있었습니다. 그들은 길을 따라 조금 내려간 곳에 있는 빵집의 차양 아래로 몸을 피했습니다. 빵집의 진열창은 곰팡내 나는 빵과 회색 당의에 덮인 롤빵으로 가득 차 있었지만, 너무 맛이 없어 보여서 전혀 식욕을 돋우지 않았습니다.

아무버지가 북쪽 지평선 너머에 솟아 있는 눈 덮인 산맥을 가리키면서 외쳤습니다.

"저기, 저 산맥 너머에 오트라는 이상한 나라가 있어. 반짝이는 물로 둘러싸인 그 나라에는 수달이 살고 있는데, 그들은 온갖 형태의 무절제에 빠져 있지. 너무 많이 말하고, 너무 많이 먹고, 너무 많이 마시고, 너무 많이 자고, 너무 많이 헤엄치고, 빈랑*을 너무 많이 씹어. 그들이 세상에서 가장 거칠고 야만적인 동물인 것은 의심할 여지가 없어. 하지만 그건 기회 균등의 무례함이야. 수달들은 차별 없이 모두 평등하게 서로 꾸짖고 비난하지. 그 결과 그들은 모두 낯가죽이 두꺼워져서, 남이 뭐라고 하든 아무도 신경 쓰지 않아. 아주 재미난 곳이야. 세상에서 가장 심한 욕을 서로 퍼부으면서도 항상 깔깔 웃고 있지. 저 위에

---

*빈랑: 인도와 말레이시아 등지에서 과실수로 재배하는 종려나무의 일종인 빈랑나무의 열매.

있는 저 여자가 그들의 여왕이야. 칭호는 여왕이지만, 모든 수달 중에 가장 심한 독설을 내뱉는 욕쟁이라서 모두 저 여자를 욕설 여왕이라고 부르지. 존경지에 도전하는 것도 저 여자 생각이었어. 욕설 여왕은 아무도 존경하지 않고 아무것도 존중하지 않으니까. 오트를 안-존경지라고 불러도 좋을 정도야. 그들이 가장 잘하는 일은 아마 '반대하기'일 거야. 저 여자를 봐!" 그는 말을 끊고 여왕을 쳐다보며 찬탄했습니다. "화를 내고 있는데도 매력적이잖아?"

루카는 소나기처럼 쏟아지는 붉고 끈적끈적한 액체와 썩은 달걀과 채소 사이로 여왕을 쳐다보았습니다. 수달 여왕은 동물이 아니라 초록빛 눈에 초록빛과 황금빛이 섞인 망토를 걸치고 불타는 듯한 빨강 머리를 휘날리는 여자였습니다. 나이는 기껏해야 열예닐곱 살 정도밖에 안 되어 보였습니다.

"너무 젊네요." 루카가 놀라서 말했습니다.

아무버지는 라시드 칼리파처럼 싱긋 웃었습니다.

"젊은이들이 늙은이들보다 남을 비판하고 비판받는 것을 더 잘할 수 있지. 젊은이들은 용서할 수 있고 잊어버릴 수 있어. 내 나이쯤 되는 사람들은…… 때로는 남에게 원한을 품기도 하지."

루카가 얼굴을 찡그렸습니다.

"아저씨 나이요?" 루카가 말했습니다.

아무버지가 동요한 것 같았습니다.

"네 아버지의 나이를 말한 거야. 물론 네 아버지의 나이지. 말이 헛 나왔어."

이 말이 루카를 놀라게 했습니다. 아무버지는 이제 거의 투명하지 않았습니다. 그가 바란 것보다 시간이 더 빨리 줄어든 것입니다.

"우리는 존경지에 가래침을 뱉는다!" 욕설 여왕이 다시 고함을 질렀습니다. 그녀의 고함 소리에 붉은 비가 더 많이 쏟아졌습니다. 대략 쉰 장 정도의 날아다니는 양탄자가 욕설 여왕 주위에 전투 대형을 갖추고 정렬하여 존경지의 시가지 위에서 산들바람에 부드럽게 펄럭이고 있었습니다. 그 양탄자 위에는 키가 크고 털에 윤기가 흐르는 수달이 한 마리씩 서서 빈랑을 씹다가 붉은 즙을 존경지 시가지에 뿜어내어 회색 집과 회색 거리와 회색 주민들을 모욕적인 진홍빛 얼룩으로 뒤덮고 있었습니다. 수달들은 썩은 달걀도 엄청나게 많이 던지고 있어서, 이산화황의 악취가 공기를 가득 채웠습니다. 그리고 썩은 달걀 다음에는 썩어 가는 채소들이 쏟아져 내렸습니다. 그것은 정말로 지독한 폭거였지만, 무엇보다도 아픈 상처를 준 것은 욕설 여왕이 높고 맑은 목소리로 부르는 〈나의 조국〉이었는데, 이 노래는 욕설 여왕의 확성기를 통해 존경지 위로 쏟아져 내렸습니다. 루카는 묘하게도 귀에 익은 목소리라고 생각했지만, 그때는 그 이유를 깨닫지 못했습니다.

2 더하기 2는 5가 아니라 4야.
세계는 평평하지 않고 둥글어.
너희 대장은 세상에서 가장 작은 치어야.
우리는 쥐를 존경하지 않아!
오, 우리는 쥐를 존경하지 않아!

철썩! 휙! 탁! 상황은 점점 더 무섭고 혼란스러워지고 있었습니다. 길거리에서 난타당한 쥐들은 허공으로 펄쩍 뛰어올라 머리 위에서 앞발을 도리깨질하듯 휘둘렀지만, 아무 소용이 없었습니다. 욕설 여왕과 그녀의 군단은 쥐들보다 훨씬 위에, 쥐들이 결코 닿을 수 없는 곳에 있었습니다.

그리고 거꾸로는 반대로야.
흑은 백이 아니라 흑이야.
찍찍거리는 소리는 세상에서 가장 소름 끼치는 소리야.
아니, 우리는 너희 권리를 존중하지 않아.
우리는 너희 권리를 존중하지 않아.

"빨리 여기를 떠나야 돼!" 루카가 외치고는 거리로 뛰쳐나갔습니다. 하지만 '아르고'가 정박해 있는 곳으로 가는 길목의 국경 초소는 도로를 따라 조금 내려간 곳에 있었고, 루카는 10미터도 가기 전에 빈랑즙과 썩은 달걀로 온몸이 뒤덮였습니다. 썩은 토마토 한 개는 그의 머리에 정통으로 떨어졌습니다. 그는 또한 공습을 받을 때마다 시야 왼쪽 구석에 있는 생명 계수기의 숫자가 하나씩 줄어드는 것을 알아차렸습니다. 그가 어쨌든 '아르고' 쪽으로 달려가기로 막 결심했을 때, 아무버지가 그의 멱살을 잡고 차양 밑으로 다시 끌어들였습니다.

"바보 같은 녀석." 그가 나무랐지만, 말투는 결코 거칠지 않았습니다. "용감하지만 어리석어. 그 생각은 성공하지 못할 거야. 게다가 너는 가장 힘든 길을 택했어. 지금까지 전진한 성과를 저장하고 싶지 않아?"

"저장 포인트는 어디 있죠?" 루카는 눈에서 오물을 닦아 내고 머리카락에서 토마토를 떼어 내려고 애쓰면서 물었습니다.

"저기." 아무버지가 손가락으로 가리키면서 말했습니다.

루카는 아무버지의 손가락이 가리키는 쪽을 바라보았습니다. 그러자 지금까지 본 적이 없을 만큼 크고 사나운 쥐들이 완전 무장을 갖추고 밀집 대형을 이룬 채 미사일을 하늘로 맹렬히 쏘아 대면서 속보로 도착하는 것이 보였습니다. 물론 그들은 존경지의 모든 부대 중에서 가장 공포의 대상이 되는 존경-쥐들이었습니다. 그들 뒤에는 바로 최고-쥐가 있었습니다. '저 쥐새끼는 꼭 뭣처럼 보이는군. 하지만 지금은 신경 쓰지 말자.' 루카는 혼잣말로 중얼거렸습니다. 전진하는 부대 뒤로 조금 떨어진 곳에 쥐-의회가 서 있고, 그 회색 둥근 지붕 꼭대기에 작은 공 모양의 것이 있었습니다. 햇빛을 받아 반짝이는 그것은 이 회색 세상에서 유일한 황금빛 물체였습니다.

"저게 그건가요?" 루카가 외쳤습니다. "저 지붕 꼭대기에 있는 저게? 그런데 저기까지 어떻게 가요?"

"쉬울 거라고는 말하지 않았어." 아무버지가 대답했습니다. "하지만 너한테는 아직 생명이 909개나 남아 있잖아."

양탄자를 타고 하늘 높이 있는 수달들은 존경-쥐들이 쏘아대는 미사일을 약이 오를 만큼 쉽게 피하고 있었습니다. 그들은 상하좌우로 날고 이쪽저쪽으로 양탄자를 기울이면서 모두 함께 노래를 불렀습니다.

아이-이.
아이-이.
우리는 모두 아이-이-이를 슬퍼해.
너희는 바보야. 너희는 약한 자를 못살게 구는 악당이야.
너희들 생각은 분명치 않아.
존경? 설마 진심으로 하는 말은 아니겠지?
너희는 심신에 나쁜 영향을 미쳐!

우리는 너희를 비웃어, 아이-이-이-이-이.

우리는 너희를 비웃어, 아이-이-이.

"그럼 좋아요." 루카가 말했습니다. "나는 이곳에 싫증이 났어요. 내가 눌러야 하는 버튼이 저 위에 있는 저거라면, 지금 당장 올라가는 게 좋겠어요."

그러고는 대답도 기다리지 않고 최대한 빨리 전쟁에 찢긴 거리를 빠져나가려고 달리기 시작했습니다.

곰돌이와 멍멍이가 그를 위해 상대 팀의 태클을 저지해 주었지만, 그 임무를 수행하는 것은 거의 불가능했습니다. 수달들의 공격은 절정에 이르렀고, 루카의 생명 손실은 놀라울 정도였습니다. 존경-쥐들에게 루카 따위는 안중에도 없었지만, 그들을 피하는 것도 여간 어렵지 않았습니다. 그들의 장갑차와 오토바이 들이 달려가는 그를 계속 쓰러뜨렸습니다. 루카를 경계하고 있는 쥐는 최고-쥐뿐이라는 사실이 분명해졌습니다. 최고-쥐는 여행자의 전진에 관심을 가질 사적인 이유라도 있는 것처럼 그를 감시하고 있었습니다. 그리고 어쩌다 한 번씩 루카가 하늘에서 내려와 생명을 잡아먹는 비를 피하고 존경-쥐 군단을 피하는 데 성공하면, 반드시 최고-쥐가 나서서 그를 공격했습니다. 루카는 정말로 쥐 같은 몸뚱이 속에 틀어박혀 있는 쥐 떼 사이에서 유난히 눈에 띄는 최고-쥐를 '쥐똥'으로 묘사하지 않을 수 없었습니다. 루카는 장갑차에 깔리거나 하늘에서 떨어진 폭탄에 맞거나 최고-쥐의 공격을 받을 때마다 생명을 하나씩 잃고 출발점으로 되돌아갔기 때문에 어디에도 빨리 도착하지 못했고, 생명을 계속 무더기로 잃고, 그러는 동안 썩은 달걀과 토마토와 빈랑즙으로 온몸이 완전히 뒤덮였습니다. 한참 동안 좌절을 겪은 뒤, 루카는 빵집 차양 밑에 앉아서 쉬었습니다. 흠뻑 젖은 몸으로 고약한 냄새를 풍기며 숨을 헐떡이고 있었지요. 남은 생명은 이제 616개뿐입니다. 루카는 아무버지에게 불평을 했습니다.

"이건 너무 어려워요. 그리고 저 수달들은 왜 저렇게 공격적이죠? 왜 자기들도 살고 남들도 그냥 살게 내버려 두지 못하는 거예요?"

"수달들도 그러고 싶었겠지." 아무버지가 대답했습니다. "존경지가 그렇게 빨리 커지지 않았다면 말이야. 그런데 그 무서운 존경-쥐들이 자기네 국경을 넘어 멀리까지 돌아다니면서 모든 동물에게 강제로 존경을 받아 내려고 했어. 그런 일이 계속되면, 마법 세계 전체가 존경 과잉으로 질식할 위험이 있지."

"그럴지도 모르죠." 루카가 헐떡거리며 말했습니다. "하지만 솔직히 말해서, 공격의 표적이 되면 그들에게 공감하기는 어려워요. 그리고 내 개와 곰이 어떤 상태인지 좀 보세요. 지금은 내 개와 곰도 수달들을 그렇게 좋아할 것 같지 않아요."

그러자 아무버지는 마치 혼잣말을 하는 것처럼 생각에 잠긴 어조로 말했습니다.

"때로는 문제에서 달아나는 것이 아니라 문제를 향해 달려가는 것이 문제를 해결해 줄 수도 있어."

"나는 문제를 향해 달려가려고 애쓰고……." 루카가 말을 시작했지만, 거기서 말을 끊었습니다. "무슨 말인지 알겠어요. 황금 공이 아니군요. 그건 문제가 아니에요. 그렇죠?"

"지금은 그래." 아무버지가 동의했습니다.

루카는 눈을 가늘게 뜨고 하늘을 쳐다보았습니다. 거기에 솔로몬 왕의 양탄자를 탄 하늘의 군주이며 수달들의 여왕인 욕설 여왕이 있었습니다. 그녀는 열예닐곱 살로 보였지만, 사실은 마법의 존재들이 모두 그렇듯이 아마 수천 살은 먹었을 거라고 루카는 생각했습니다.

"저 여자는 이름이 뭐죠?" 루카가 궁금해서 물었습니다.

아무버지는 루카가 수학 계산을 잘했을 때 라시드 칼리파가 흐뭇한 표정을 짓는 것처럼 루카의 질문에 만족한 것 같았습니다.

"정확히 말하면……." 그가 입을 열었습니다. "마법적 존재의 이름을 알면 그 존재에 대한 지배권을 갖게 되지. 그래, 정말이야. 네가 저 여자 이름을 알면 저 여자를 부를 수 있고, 네가 부르면 저 여자는 올 수밖에 없을 거야. 불행히도 저 여자는 수십 가지 이름으로 알려져 있지만, 아마 그 이름들 중에 진짜 이름은 없을 거야. 네 이름을 비밀로 해. 그게 내 충고야. 마법 세계에서 네 이름이 알려지면 놈들이 그 이름을 가지고 무슨 짓을 할지 모르니까."

"그럼 아저씨는 저 여자 이름을 아세요?" 루카가 초조한 어조로 말했습니다. "아니면 모른다는 사실을 감추려고 이런 식으로 계속할 건가요?"

"그건 따끔한데." 아무버지가 모자로 부채질을 하면서 나른하게 말했습니다. "정말 날카로운 혀로군! 너는 훌륭한 수달이 될 거야. 사실을 말하면……" 루카가 또 입을 여는 것을 보고 그가 서둘러 말을 이었습니다. "나는 저 여자의 이름일 가능성이 있는 이름을 추렸어. 많은 생각과 분석을 거쳐서 여섯 개까지 줄였지. 가장 좋은 이름 여섯 개야. 그 가운데 하나가 그 여자의 진짜 이름이라고 확신해."

"'확신한다'는 말은 별로 인상적이 아닌데요." 루카가 말했습니다.

"나는 아직 그 이름들을 시험해 볼 기회가 없었어." 아무버지가 화난 듯한 목소리로 대답했습니다. "하지만 지금 당장 시험해서 그 문제를 최종 해결해 버리는 게 어떠냐?"

그래서 루카는 아무버지가 가르쳐 준 이름들을 하나씩 큰 소리로 외쳐 보았습니다.

"빌키스! 마케다! 사바! 칸다카! 니카울라!"

하지만 날아다니는 양탄자에 타고 있는 여왕은 어느 이름에도 아랑곳하지 않았습니다. 아무버지는 멋쩍은 듯 풀 죽은 표정으로 이름 몇 개를 더 제시했지만, 그의 확신은 점점 줄어들고 있었습니다. 루카는 그 이름들도 시험 삼아 불러 보았습니다.

"메로에! 나나! 음…… 또 뭐라고 했죠?"

"칼키우틀리쿠에." 아무버지가 미심쩍은 목소리로 말했습니다.

"칼키……." 루카는 말하다 말고 입을 다물었습니다.

"……우틀리쿠에." 아무버지가 뒷부분을 가르쳐 주었습니다.

"칼키우틀리쿠에!" 루카는 의기양양하게 외쳤습니다.

"그건 '비취색 치마를 입은 여자'라는 뜻이야." 아무버지가 설명했습니다.

"이름이 무슨 뜻인지는 관심 없어요." 루카가 말했습니다. "그 이름이 아무 효과도 없는 걸 보면 저 여자 이름이 아닌 게 분명하니까요."

루카는 잠시 깊은 슬픔에 잠겼습니다. 이 엉망진창인 상태에서 영영 벗어나지 못할 것이고, 그렇게 되면 생명의 불도 찾지 못하고 아버지도 구할 수 없을 거라는 생각이 들었습니다. 그의 아버지를 이상하게 변형시킨 아무버지가 지금 그에게는 유일한 아버지였지만, 이 이상한 아버지조차도 오랫동안 곁에 두지는 못할 것입니다. 그는 곧 아버지를 잃을 것이고, 아버지를 복제한

이 섬뜩한 존재도 결국 잃게 될 테니까요. 이제는 그 무서운 사실에 익숙해질 때가 되었습니다. 그에게 남는 것은 어머니와 어머니의 아름다운 목소리뿐…….

"나는 욕설 여왕의 이름을 알아요." 그가 갑자기 말했습니다. 그러고는 차양 그늘에서 앞으로 걸어 나와 크고 분명한 목소리로 외쳤습니다. "소라야!"

시간이 멈추었습니다. 위에서 비 오듯 쏟아져 내리던 빈랑즙, 썩은 토마토, 달걀 미사일이 도중에 허공에서 얼어붙었습니다. 쥐들은 사진처럼 움직이지 않게 되었습니다. 하늘에서는 수달들이 날아다니는 양탄자 위에서 전투 자세를 취한 채 꼼짝도 않고 서 있었습니다. 양탄자들도 마치 돌로 변한 것처럼 산들바람에도 나부끼지 않았습니다. 곰돌이와 멍멍이와 아무버지까지도 밀랍 인형처럼 굳어 버렸습니다. 시간이 멈춰 버린 세계에서 오직 두 사람만 움직였습니다. 하나는 루카였고, 또 하나는 솔로몬 왕의 양탄자를 타고 있는 욕설 여왕이었습니다. 찬란하게 빛나지만 약간 무서운 욕설 여왕은 양탄자를 타고 급히 내려와 루카 앞에 멈추었습니다. 하지만 루카는 욕설 여왕이 두렵지 않았습니다. 이곳은 아버지가 만들어 낸 마법 세계이고, 따라서 이 세계에서 가장 중요한 여자인 그 젊은 여왕은 그의 세계이자 아버지의 세계에서 가장 중요한 여자인 루카의 어머니와 같은 이름을 가졌을 거라고, 얼마든지 짐작할 수 있었습니다.

"네가 나를 불렀어." 그녀가 말했습니다. "너는 내 이름을 알아맞혔고, 그래서 시간이 멈추었고, 그래서 내가 여기 온 거야. 원하는 게 뭐지?"

인생에는 어린 아이들조차 마침맞게 적당한 말을 정확하게 찾아내는 순간이 있는 법입니다. 그런 순간이 그렇게 많지는 않지만, 있는 것은 사실이지요. 루카에게는 지금이 바로 그런 순간이었습니다. 그는 자신의 머릿속 어디에서 그런 말을 찾아냈는지도 잘 알지 못한 채 오트의 여왕에게 말하고 있었습니다.

"저는 우리가 서로 도울 수 있을 거라고 생각합니다, 욕설 여왕님. 여왕님의 도움이 긴급하게 필요한 일이 있는데, 저를 도와주시면 그 보답으로 여왕님이 이 전쟁에서 이길 수 있는 계책을 알려 드릴게요."

소라야는 몸을 앞으로 숙이고 수달다운 거친 태도로 명령했습니다.

"그래, 나한테 원하는 게 뭔지, 말만 해라."

여느 때에는 부드럽게 잘 움직이던 혀가 마비되어 버린 루카는 말없이 쥐-의회의 둥근 지붕 위에 있는 황금빛 공을 가리켰습니다.

"그래, 알았다." 소라야가 말했습니다. "그 일이 끝나면 너는 틀림없이 강으로 돌아가서 네 갈 길을 가고 싶겠지?"

루카는 소라야가 너무 많이 알고 있는 것에 놀라지도 않고 말없이 고개만 끄덕였습니다.

"그건 아무것도 아니야." 욕설 여왕이 말하고는, 자신의 날카로운 말이 암시하는 것보다 훨씬 상냥한 성격을 드러내며 루카에게 양탄자 위로 올라오라는 시늉을 했습니다.

잠시 후 양탄자가 출발했습니다. 루카는 균형을 잃고 양탄자 위에 벌렁 나자빠졌습니다. 하지만 잠시 뒤에는 황금빛 공에 도착했고, 루카는 일어나서 그 공을 주먹으로 쾅 내리칠 수 있었습니다. 그러자 레벨이 저장되었음을 알리는 만족스러운 '딩' 소리가 나고, 시야의 오른쪽 구석에 있는 계수기의 한 자릿수 숫자가 2로 올라가는 것이 보였습니다. 그리고 다음 순간 그들은 다시 땅으로 내려와 아무버지와 멍멍이와 곰돌이 옆에 착륙했습니다. 그들은 아직도 시간 속에 얼어붙어 있었습니다.

소라야가 말했습니다.

"이젠 네 차례야. 아니면 그건 그냥 허풍이었니? 너 같은 소년들은 말만 있을 뿐 행동은 없다는 속담이 있지."

"가려움 가루." 루카는 그것이 별로 인상적인 아이디어로 들리지 않는다고 생각했기 때문에 겸손하게 말했습니다. 하지만 욕설 여왕이 열심히 듣고 있었기 때문에, 루카는 앞으로 나아가서 자신의 전투 경험과 대운동장 전쟁에서 황제 군대에 거둔 승리를 쑥스러운 태도로 수줍게 이야기했습니다. 소라야는 그가 하는 말에 매달리는 듯한 인상을 주었고, 그가 말을 끝내자 낮은 소리로 인상적인 휘파람을 불었습니다.

"가려움 가루 폭탄." 그녀가 혼잣말로 중얼거렸습니다. "우리
는 왜 그것을 생각하지 못했지? 그건 효과가 있을 거야. 쥐들은
가려움을 싫어해! 그건 효과가 있을 거야. 그래! 틀림없이 효과
가 있어!"

그녀가 허리를 숙여서 그에게 세 번, 처음에는 왼쪽 뺨에, 다
음에는 오른쪽 뺨에, 마지막으로 왼쪽 뺨에 다시 한 번 입을 맞
추었기 때문에 루카는 놀라면서도 속으로 기뻤습니다.

"고마워." 그녀가 말했습니다. "너는 약속을 지키는 사람이구
나."

솔로몬 왕의 날아다니는 양탄자는 아무리 많은 사람도 다 태
울 수 있고, 아무리 무거운 물건도 실어 나를 수 있고, 크기도
엄청나게 커질 수 있어서 가로와 세로가 각각 100킬로미터에 이
를 수도 있다고 했습니다. 날씨가 더워서 그늘이 필요하면 수많
은 새들이 양산처럼 양탄자 위에 모여들고, 바람은 어디든 양탄
자가 가고 싶어 하는 곳으로 눈 깜짝할 사이에 데려다 준다는
것입니다. 하지만 그것은 이야기일 뿐이고, 루카가 다음에 본 것
은 눈으로 직접 본 것이었습니다. 욕설 여왕 소라야가 두 팔을
활짝 벌리자 그녀의 분부대로 바람이 일어났습니다. 다음 순간
그녀는 어디론가 사라졌다가 기껏해야 90초 뒤에 다시 나타났

습니다. 하지만 이번에는 양탄자가 훨씬 더 커져 있었고, 그 위에는 그야말로 수만 개의 종이비행기가 실려 있었습니다. 오트의 여왕이 일을 아주 빨리 해낼 수 있는 것은 분명했습니다. 그녀가 다시 나타나고 잠시 후에 종이비행기들은 양탄자에서 날아올라 여왕의 모든 공군 장병들에게 골고루 분배되었습니다. 그들은 루카가 볼 수 있는 한 아직까지도 다른 모든 것과 마찬가지로 시간 속에 얼어붙어 있었습니다. 그가 관찰할 수 있는 세계에서 움직이고 있는 것은 루카와 욕설 여왕 그리고 종이비행기들뿐이었습니다. 초록빛과 황금빛으로 어우러진 솔로몬 왕의 양탄자는 짐 분배를 마치고 나자 다시 원래대로 일반 가정에서 사용하는 약간 큰 양탄자의 크기로 돌아갔습니다.

"어떻게 한 거예요?" 루카는 묻고 나서 얼른 덧붙였습니다. "아니, 그건 아무래도 좋아요." 그녀가 대답하기도 전에 대답을 알았기 때문입니다. "난 알아요. '너복설과'죠. 그리고 가려움 가루 폭탄은 '너복설기', 그러니까 너무 복잡해서 설명할 수 없는 기계들이 초고속으로 만들었죠."

"장담하지만, 너는 그걸 학교에서 배우지 않은 게 분명해." 욕설 여왕이 말했습니다.

쥐들이 몸을 긁고 싶게 만드는 것은 많이 있고, 몸이 가려운 설치류만큼 불행한 것은 세상에 없습니다. 쥐의 몸에는 이, 진

드기, 벼룩 같은 기생충이 달라붙어 있고, 이 작은 벌레들이 쥐의 모근에 알을 낳는데, 그것이 가려움증을 일으킵니다. 쥐들은 더러운 곳에서 거칠게 살아가기 때문에 몸에 상처가 나고, 상처는 감염되어 종기가 생기고, 그러면 그 종기들이 가려움증을 일으킵니다. 쥐는 털이 빠지게 되고, 그것도 쥐들의 피부를 가렵게 합니다. 털이 빠지면 피부는 점점 건조해지고, 비듬이 생깁니다. 그런데 비듬도 역시 가려움증을 일으킵니다. 쥐들은 온갖 음식 쓰레기를 먹고 살기 때문에 음식 알레르기로 고생하고, 어떤 음식은 너무 많이 먹지만 또 다른 음식은 부족한 것도 가려움증의 원인입니다. 쥐들은 습진과 백선으로 고생하고 옴이 옮고 발진이 생기기 때문에, 몸을 긁으면 상황이 더욱 나빠지는데도 긁고 싶은 욕망을 참을 수 없습니다. 그리고 쥐 일반에 대해 말할 수 있는 것은, 존경지의 거대한 쥐들, 피부가 얇기로 유명한 자기-존경지의 쥐들의 경우에는 그것이 몇 배로 증폭되었다는 것입니다. 존경지의 쥐들이 과거에 아무리 심한 가려움증에 시달렸다 해도, 수달의 여왕과 그녀의 공군이 하늘에서 터뜨린 가려움 가루 폭탄 같은 것은 한 번도 경험해 본 적이 없었습니다.

"내가 얼어붙은 자들을 녹여 주기 전에 친구들을 실내로 데려가서, 나와도 안전하다고 할 때까지 기다려." 욕설 여왕이 루카에게 지시했습니다.

루카는 그녀의 말투가 완전히 달라진 것을 알아차렸습니다.

날카로움은 흔적도 없이 사라졌습니다. 사실 그녀의 목소리는 친근하고 다정하기까지 했습니다.

루카는 욕설 여왕이 시킨 대로 했습니다. 일행을 데리고 서둘러 회색 빵집으로 들어가서 유리창에 찰싹 달라붙었습니다. 그래서 루카와 멍멍이와 곰돌이와 아무버지는 그 뒤에 일어난 대규모 파괴를 조금밖에 보지 못했습니다. 욕설 여왕이 오만하게 팔을 한 번 휘두르자, 얼어붙었던 존경지가 녹았습니다. 이제 루카는 수달들이 시가지 주변으로 급강하하면서 마법의 종이비행기를 날리는 것을 지켜보았습니다. 종이비행기에는 쥐를 추적하는 자동 유도 장치가 장착되어 있는 것 같았습니다. 쥐들이 어디로 가든, 실내로 들어가든 밖으로 달아나든, 침대 속으로 들어가든 지붕 위로 올라가든, 종이비행기들은 쥐들을 놓치지 않고 추적했습니다. 공격은 오래지 않아 성공했고, 쥐들은 서둘러 달아났습니다. 빈랑즙과 달걀과 썩은 채소들은 모욕만큼 효과적이었지만, 가려움 가루는 쥐들의 감정만 해친 것이 아니라 그들의 옷을 망치고 가뜩이나 고약한 체취를 더욱 심하게 악화시켰습니다. 종이비행기가 그들을 추적하여 머리와 목덜미에 가려움 가루를 쏟아붓자, 가장 더러워 보이는 거대한 쥐들(경면 반사갓을 쓰고 중무장을 하고 더없이 역겨운 자기-존경-쥐들)조차 원을 그리고 빙빙 돌면서 비명을 지르는 것을 루카는 보았습니다. 그들은 가려움을 달래려고 긴 발톱으로 몸을 마구 긁어 댔고, 그러자 몸뚱이에서는 커다란 살점이 뚝뚝 떨어졌습니다. 쥐들의 비명이 사방에 가득했고, 그 소리가 점점 커져 참을 수가 없었기 때문에 루카는 귀를 틀어막아야 했습니다.

"저 가루가 내가 생각하는 그거라면……" 마침내 아무버지가 놀라움에 찬 목소리로 말했습니다. "저게 정말로 쿠즐리라는 치명적인 식물로 만든 거라면…… 거기에다 희귀하지만 강력한 구드구디 꽃씨를 빻아서 만든 가루를 섞었다면…… 거기에다 욕설 여왕이 가려움증을 일으키는 독일의 마법 콩이나 역겨운 뼛가루, 이집트의 악마적인 아브락사스 홀씨, 페루의 카추카추, 아프리카의 치명적인 피피피에서 잡은 물맴이를 섞었다면—틀림없이 그랬을 거라고 확신하지만—그랬다면 우리는 지금 마법 세계에 창궐하던 쥐가 박멸되는 현장을 목격하고 있는지도 몰라. 욕설 여왕이 썼을지도 모르는 가루 제조법에서 흥미로운 점은 그 신비로운 가루에 보통 사람들은 면역이 되어 있다는 거야. 오직 쥐들만 영향을 받지. 그래. 욕설 여왕은 너한테 피하라고 권했지만, 그건 만약을 위해 개와 곰을 보호하기 위한 예방 조치였어. 그리고 무엇보다도 최후의 치명적인 광란에 사로잡힌 쥐들로부터 우리 모두를 지키기 위해서였다고 생각해."

쥐들은 정말로 제정신을 잃었습니다. 회색 빵집 창문을 통해 루카는 점점 심해지는 쥐들의 광기와 단말마의 고통을 지켜보았습니다. 피부가 얇은 존경-쥐들은 그야말로 몸이 가루가 되도록 북북 긁었고, 실제로 몸을 갈기갈기 찢어발겨서, 나중에는 더러운 털뭉치와 흉측한 고깃덩어리밖에 남지 않았습니다. 쥐들의 비명은 무시무시한 클라이맥스에 이르렀고, 그 후 공기는 서서히 조용해지다가 이윽고 정적이 깔렸습니다. 마지막에 루카는 최고-쥐가 제 몸뚱이를 마구 쥐어뜯으면서 시간의 강을 향해 달려가다가 길 끝에 이르자 무시무시한 외침과 함께 강물로 뛰어드는 것을 보았습니다. 그런데 최고-쥐는 언제나 너무 게으르고 응석받이여서 굳이 수영을 배우려 하지 않았기 때문에 마법 세계에서 헤엄을 못 치는 유일한 쥐였고, 그래서 시간의 흐름 속에 빠져 죽고 말았습니다.

그러고는 끝이었습니다.

천천히, 천천히, 쥐가 아닌 존경지 주민들이 집에서 거리로 나왔고, 그들은 시련이 끝난 것을 깨닫자 너무 기뻐서 존경지와 마법 세계의 나머지 지역을 갈라놓고 있던 울타리로 달려가 부수고, 그들을 가두어 놓았던 감옥 담벼락의 부서진 조각들을 영원히 내던졌습니다. 가려움 폭탄 공격에서 살아남은 쥐들이 있다 해도, 그들은 두 번 다시 눈에 띄지 않고 현실 세계와 마법 세계의 틈새 뒤에 있는 어둠 속으로 몰래 돌아갔습니다. 그곳이야말로 쥐들이 원래 속해 있는 곳이었습니다.

초록빛과 황금빛의 양탄자를 탄 오트의 여왕 소라야는 루카 일행이 빵집에서 나오자 그 집 밖에 착륙했습니다.

"루카 칼리파." 소라야가 말했습니다. 루카는 어떻게 자기 이름을 알았느냐고 묻지도 않았습니다. "너는 마법 세계에 큰 도움을 주었어. 그 보답으로 나한테 또 다른 걸 요구하지 않겠니? 너는 내 이름을 알아맞혔어. 그것만으로도 너는 최소한 세 가지 소원을 말할 자격이 있는데, 너는 아직 한 가지 소원밖에 쓰지 않았어. 더구나 가려움 폭탄을 생각해 낸 데 대해서는! 거기에 합당한 보상이 뭔지는 아무도 몰라. 네가 생각할 수 있는 소원 중에서 가장 크고 가장 중요한 소원을 말해 봐. 그러면 내가 도와줄 수 있는지 생각해 볼 테니까."

아무버지가 미처 말릴 새도 없이 루카는 어머니와 똑같은 이름을 가진 그 놀라운 소녀에게 빠르게 말하기 시작했습니다. 그가 여기 마법 세계에 온 이유와, 그가 하고 싶은 일과 그 이유를 곧이곧대로 털어놓은 것입니다. 그의 이야기가 끝날 때쯤 오트의 여왕은 눈을 크게 뜨고 손으로 입을 가리고 있었습니다.

"아무래도 내가 자만심 때문에 너무 성급하게 말한 것 같아." 그녀가 말했습니다. 그녀의 목소리에는 두려움이 담겨 있었습니다. "너는 내가 줄 수 없는 것을 요구했는지도 몰라."

하지만 곧 그녀는 장난스럽게 생긋 웃으며 어린애처럼 손뼉을 쳤습니다.

"생명의 불을 훔치는 일은 마법 세계 역사를 통틀어 한 번도 없었던 일이야! 그건 모든 시간을 통틀어 가장 유쾌하게 버릇없는 짓일 거야! 그건 괘씸하면서도 경이로운 일이겠지. 한마디로 말해서 그건 최고의 최고 짓이고, 따라서 그것을 도와주는 것은 진정한 수달의 의무야. 오트 공군에 소속된 내 전사들은 돌아가야 해. 하지만 불 도둑 루카 칼리파여, 수달의 여왕인 나는 네가 그 무서운, 그러면서도 가장 고귀하고, 가장 위험하고, 가장 즐거운 범죄를 저지르는 것을 힘닿는 데까지 도와줄 작정이야."

"나는 좀 급한데요." 루카가 용감하게 말했습니다. "여왕님은 이 초고속 양탄자를 갖고 있으니까, 다른 레벨을 모두 건너뛰어 생명의 불로 나를 곧장 데려다 줄 수 없을까요? 나는 거기에 갈 필요가 있어요. 그리고 일이 끝나면 나를 다시 출발점으로 데려올 수 있는 방법이 없을까요?"

"강은 길고 믿을 수 없어." 욕설 여왕 소라야가 생각에 잠긴 얼굴로 고개를 끄덕이며 말했습니다. "그래도 너는 시간의 안개를 통과해야 돼. 그곳을 지나갈 때는 아무것도 볼 수 없지. 그다음에는 '대(大)정체지'라고 불리는 구간이 있는데, 여기서는 강이 늪지로 변해서 배가 꼼짝도 못해. 그다음에는 '벗어날 수 없는 소용돌이'가 있는데, 여기서는 시간이 계속 빙글빙글 맴돌고 아무리 애를 써도 벗어날 수 없어. 그리고 '1조하고도 하나의 갈림길'에서는 강이 미궁이 되어 버려. 미로처럼 복잡한 그 수로에 들어가면 너는 분명 길을 잃게 될 것이고, 연속되는 진짜 시간의 길인 단 하나의 물줄기는 절대 찾아내지 못할 거야. 좋아."

그녀의 목소리를 듣고 루카는 결심이 섰다는 것을 알았습니다.
"네 모험에 나도 동참할게. 내가 방금 말했듯이 그 모험에는 적어도 네 단계가 있어. 너는 그걸 뭐라고 불렀지? '레벨'이라고 했니? 내가 도와주면 너는 그 네 레벨을 건너뛸 수 있을 거야. 하지만 그다음에는 닥치는 시련을 고스란히 감수해야 할 거야."

"여왕님이 나를 목적지까지 곧장 데려다 주면 안 돼요?" 루카는 몹시 실망하여 불쑥 말했습니다.

"귀여운 루카야, 그건 안 돼." 오트의 욕설 여왕이 대답했습니다. "솔로몬 왕이 아주 오래전에 나한테 준 이 날아다니는 양탄자는 놀라운 일들을 많이 할 수 있지만, 비단으로 만든 것이어서 '거대한 불고리'는 뚫고 날아갈 수 없기 때문이야."

5
세 개의 거대한 불고리로 가는 길

　여러분이 아직 마법의 양탄자를 타고 날아 본 적이 없다면, 멀미가 어떤 것인지 아마 모를 것입니다. 날아다니는 양탄자는 공중을 날아갈 때 좌우로 천천히 흔들리면서 파도처럼 움직입니다. 공간파를 타고 떠다니는 것처럼 움직이는 것이 아니라, 마치 양탄자 자체가 여러분을 높이 들어 올려 어디든 여러분이 가고 싶어 하는 곳으로 데려갈 수 있는 일종의 비단 공기가 되어 버린 것 같았지요. 여러분의 위장이 이런 여행을 적어도 당분간은 불쾌하게 느낄 수 있다는 것은 안타까운 일이지만 부인할 수 없는 사실입니다. 그리고 여러분이 신경질적이고 수다스러운 곰과 그보다 훨씬 더 신경질적이고 수다스러운 개, 난생처음 하늘을 날게 된 코끼리 암오리와 수오리, 여러분의 아버지와 똑같은 모습으로 꼭 여러분의 아버지처럼 행동하고 말하는 초자연적인 존재, 열일곱 살 소녀처럼 보이고 또 그런 소녀처럼 행동하고 말하는 여왕, 게다가 '아르고'라고 불리는 거대한 배 모양의 수륙양용차와 함께 양탄자를 타고 날아 본 적이 없다면, 초록빛과 황금빛이 어우러진 양탄자 레샴이 이륙하여 시간의 안개를 향해 날아가기 시작했을 때 그 양탄자 위에서 벌어진 혼란을 여러분은 마음속으로 상상해야 할 것입니다. 양탄자는 모든 승객과 화물을 수용하기 위해 상당히 커졌고, 그 때문에 비행으로 인한 흔들림이 더욱 심해졌습니다.

그것은 혼란스럽고 시끄러운 장면이었다고 말할 수밖에 없습니다. 불만스럽게 투덜거리는 소리와 울부짖음, 신음 소리와 으르렁 소리, 코끼리들(그리고 오리들)이 곤경에 빠졌을 때 내는 그 자동차 경적 같은 울음소리. 멍멍이는 곰들이 하늘을 날게 되어 있었다면 날개가 났을 거라고 계속 투덜거렸고, 곰들이 양탄자에 앉아 있으면 곰 가죽 깔개를 생각하게 된다는 말도 했지만, 문제는 주로 하늘을 나는 그 양탄자였습니다. 곰돌이는 양탄자 위를 이리저리 굴러다니면서 불안한 듯 쉬지 않고 주절주절 나불대고 있었습니다. 그의 수다는 이런 식이었습니다. 나는 여기서 떨어질 거야. 안 그래? 나는 떨어질 거야. 내가 떨어지게 내버려 두지 마. 나는 떨어질까? 떨어질 거야. 알 수 있어. 나는 떨어질 거야. 지금 당장이라도 떨어질 거야. 하지만 사실 양탄자는 여행자들 가운데 누군가가 가장자리로 가까이 기울어질 때마다 조심스럽게 위쪽으로 구부러져 그들을 다시 한가운데 쪽으로 안전하게 돌려놓고 있었습니다.

코끼리 새들은 도대체 자기들이 왜 양탄자 위에 있느냐고 계속 서로에게 묻고 있었습니다. 그들은 존경지를 떠난다는 흥분에 휩쓸려 '아르고'와 함께 양탄자에 태워졌지만, 정말로 가고 싶으냐는 질문을 받았는지는 기억하지 못했습니다. "우리가 그걸 기억할 수 없다면, 그런 일은 일어나지 않은 거야." 하고 수오리가 말했습니다. 그들은 납치되어 자신들과는 아무 관계도 없을 뿐만 아니라 지극히 위험하기도 한 모험에 강제로 끌려든 것 같은 기분을 느꼈습니다. 게다가 그들은 양탄자에서 떨어질지도 모른다고 생각했습니다.

물론 욕설 여왕 소라야는 코끼리 새들을 심한 욕설로 야단쳤습니다. 그것이 원래 그녀의 성격이었습니다. 그녀는 그들을 갓난쟁이, 계집애들, 바보 얼간이들, 오리가 아니라 거위들이라고 욕했습니다. 그녀는 그들이 유난스럽게 겁이 많고 너무 유약하다고, 무기력한 겁쟁이들에다 소심하고 마음이 약하다고, 적극성이 없고 나약한 뱅충이들(이것은 루카가 모르는 낱말이었지만, 무슨 뜻인지는 짐작할 수 있을 것 같았습니다)이라고 말했습니다. 그녀는 그들을 겁쟁이라고 욕하기 위해 병아리 울음소

리를 냈습니다. 그중에서도 가장 심한 것은 그녀가 모욕적으로
찍찍거리는 소리를 냈을 때였습니다. 그것은 그녀가 그들을 생
쥐로 여기고 있다는 뜻이었으니까요.

물론 아무버지는 별로 힘들이지 않고 양탄자를 타고 있었습
니다. 그가 욕설 여왕 옆에 침착하고 자신 있게 서 있는 것을 보
고, 루카는 자기도 되도록 빨리 자신의 '양탄자 다리'를 찾기로
결심했습니다. 잠시 후 루카는 거기에 성공했고, 더 이상 나자빠
지지 않았습니다. 그리고 얼마 후에는 네 마리 동물도 자신의
12개 다리를 찾았고, 그러자 마침내 끙끙대는 신음 소리가 그치
고 소동이 가라앉았습니다. 그리고 이제는 사실상 아무도 멀미
에 시달리지 않았습니다.

루카는 양탄자 위에서 일어나 균형을 잡을 수 있게 되자, 추
위가 몹시 심해지고 있는 것을 알아차렸습니다. 양탄자는 더 높
이 더 빠르게 날기 시작했고, 루카는 이가 딱딱 마주치기 시작
했습니다. 욕설 여왕 소라야는 거미줄과 나비 날개로 만든 것처
럼 보이는 가벼운 옷을 입고 있었지만, 추위에 영향을 받는 것
같지 않았습니다. 그리고 라시드 칼리파의 주홍빛 부시 셔츠를
입고 그녀 옆에 서 있는 아무버지도 추위를 전혀 느끼지 않는
것처럼 보였습니다. 멍멍이는 곰이라서 털이 많으니까 괜찮은
것 같았고, 코끼리 새들은 체온을 유지해 줄 솜털을 갖고 있었
지만, 개 곰돌이는 추워서 오들오들 떨고 있는 것 같았고, 루카

도 심한 추위를 느끼게 되었습니다. '공중을 날아가는 일이 이렇게 많은 문제를 야기할 줄 누가 알았겠어?' 하고 루카는 생각했습니다. 그가 얼어 죽을 지경인 것을 보고 욕설 여왕이 새로운 욕을 잔뜩 늘어놓은 것은 어쩔 수 없는 일이었습니다.

"너는 이 양탄자에 중앙난방 장치라도 갖추어져 있을 거라고 생각한 모양이구나. 하지만 이건 나약한 현대인의 교외 주택에 깔려 있는 푹신한 양탄자가 아니야. 이건 골동품이라고."

하지만 소라야는 루카를 놀리는 일이 끝나자 손뼉을 쳤습니다. 그러자 당장 낡은 참나무 궤짝(지금까지 루카는 그 궤짝의 존재를 알아차리지 못했지만, 궤짝은 처음부터 줄곧 양탄자에 실려 있었던 게 분명했습니다)이 열리더니 얄팍해 보이는 숄 두 개가 튀어나왔습니다. 하나는 루카의 손으로 날아들었고, 또 하나는 곰돌이의 몸을 감쌌습니다. 루카는 숄을 몸에 두르자마자 열대지방으로 옮겨진 듯한 기분을 느끼기 시작했습니다. 너무 따뜻해서, 조금 시원했으면 좋겠다고 생각할 정도였지요. 그의 마음을 읽은 욕설 여왕이 "결코 만족하지 못하는 사람들도 있지." 하고 말하고는 얼굴에 떠오른 다정한 미소를 감추려고 고개를 돌렸습니다.

이제 루카는 양탄자 위에서 균형을 잡았을 뿐만 아니라 몸도 따뜻해졌기 때문에 눈앞에 펼쳐진 멋진 광경을 관찰할 수 있었습니다. 양탄자는 시간의 강을 따라 날아가고 있었습니다. 마법 세계는 강 양쪽에 펼쳐져 있었고, 이야기꾼의 아들인 루카는 아버지의 이야기를 듣고 너무나 잘 알고 있는 곳들을 모두 알아보기 시작했습니다. 도시들이 점점이 흩어져 있고, 루카는 그 도시들을 하나하나 알아볼 때마다 점점 흥분이 고조되고 가슴이 두근거렸습니다. 꿈의 도시 크와브, 희망의 도시 우미드나가르, 에메랄드 도시 자무라드, 구름 위에 세워진 요새 도시 바달가르. 멀리 동쪽 지평선 위에 솟아 있는 것은 '잃어버린 어린 시절의 나라'에 있는 푸른 언덕들이었고, 서쪽에는 '아직 발견되지 않은 나라'가 놓여 있고, 그 너머에는 '아무도 살지 않는 나라'가 있었습니다. 루카는 게임의 전당과 거울 홀의 흔들거리는 건물을 알아보고 짜릿한 흥분을 느꼈습니다. 그 건물들 옆에는 파라다이스 공원과 걸리버스탄 공원과 보스탄 공원이 있었고, 그중에서도 가장 흥미로운 것은 '가상 존재들의 나라'인 페리스탄이었는데, 이곳에서는 요정인 페리들이 '데브'나 '부트'라고 불리는 심술궂은 괴물들과 끝없이 싸우고 있었습니다. '내가 이렇게 서두를 필요가 없다면 얼마나 좋을까.' 하고 루카는 생각했습니다. 이곳은 루카가 항상 자기 세계보다 훨씬 좋다고 생각한 세계, 그가 평생 동안 그리고 색칠한 세계였기 때문입니다.

루카는 이제 높이 떠 있어서 마법 세계를 모두 볼 수 있었기 때문에, 그 세계가 엄청나게 넓고 시간의 강이 어마어마하게 길다는 것도 알았습니다. 그는 코끼리 새들의 기억에 기대어 연료를 찾고 그들의 날개에 기대어 속도를 내야 했다면 결코 목적지에 도달할 수 없었으리라는 것을 알았습니다. 하지만 지금은 솔로몬 왕의 양탄자가 그를 목적지로 빠르게 데려가고 있었습니다. 앞에는 온갖 위험이 놓여 있으리라는 것을 알면서도 그는 불가능했던 일이 욕설 여왕 덕분에 좀 더 가능해졌기 때문에 흥분 상태에 빠졌습니다. 바로 그때 그는 시간의 안개를 보았습니다.

처음에는 지평선 위에 구름처럼 떠 있는 하얀 덩어리에 불과했습니다. 하지만 양탄자가 그쪽으로 빠르게 날아갈수록 그것이 얼마나 거대한지가 분명해졌습니다. 시간의 안개는 이쪽 지평선에서 저쪽 지평선까지 세계를 가로지르는 부드러운 벽처럼 뻗어 있었고, 강의 흐름을 가로질러 흐르면서 강물을 들이켜고 매혹적인 풍경을 삼키고 하늘을 먹어 치웠습니다. 시간의 안개는 이제 당장이라도 루카의 시야 전체를 가득 채울 것이고, 그러면 마법 세계는 시야에서 사라지고 이 끈적끈적한 안개만 남을 것입니다. 루카는 희망과 흥분이 빠져나가고, 차갑고 언짢은 느낌이 명치로 스며드는 것을 느꼈습니다. 그는 소라야의 손이 어깨에 놓이는 것을 느꼈지만, 그래도 마음이 든든해지지는 않았습니다.

"우리는 기억의 한계점에 다다랐어." 아무버지가 말했습니다. "여기 있는 네 친구들, 새우튀김과 비프스테이크를 합쳐 놓은

것처럼 잡종인 네 친구들은 기껏해야 여기까지밖에 너를 데려
오지 못했을 거야."

이 말에 코끼리 새들은 몹시 불쾌한 표정을 지었습니다.

"우리는 음식에 비유되는 데에는 익숙지 않아요." 코끼리 암
오리가 위엄 있게 말했습니다.

(루카는 이 말이 진짜 아무버지의 말이라는 것을 알아차렸습
니다. 루카는 진짜 아무버지를 좋아하지 않았고, 사실 좋아하
지 않을 이유는 충분했습니다. 아버지라면 절대로 그런 말을 하
지 않았을 테니까요.)

"게다가 기억력이 좋은 코끼리도 기억할 수 없는 기억의 한계
점에 다다르면 뭘 어떻게 해야 하는지에 대해 경고하는 말이 오
래전부터 전해 내려오고 있는데, 그걸 너한테 알려 줘도 될까?"
코끼리 수오리가 말했습니다.

"뭘 해야 하는데?" 루카가 물었습니다.

"자맥질하는 오리처럼 머리를 홱 숙여야 돼." 암오리가 말했
습니다.

암오리가 그 말을 하자마자 시간의 안개 속에서 일제 사격이
라도 한 것처럼 미사일이 연달아 날아왔습니다. 양탄자는 위아
래로 급히 오르내리고 좌우로 재빨리 움직이면서 미사일을 피
해야 했습니다. (동물들과 루카는 다시 균형을 잃고 이리저리
나뒹굴었고, 곰과 개와 코끼리 새들은 저마다 시끄럽게 불평했

습니다.) 미사일들은 시간의 안개와 같은 물질로 만들어진 것 같았고, 커다란 대포알 크기의 하얀 안개 공이었습니다.

"안개로 만들어졌는데 정말로 우리한테 그렇게 많은 피해를 줄 수 있나요? 미사일에 맞으면 어떻게 되죠?" 루카가 물었습니다.

아무버지는 고개를 저으면서 대답했습니다.

"시간의 무기를 과소평가하지 마라. 안개 공에 맞으면 네 기억은 당장 지워질 거야. 너는 네 인생도, 언어도, 네가 누군지도 기억 못 하게 될 거야. 너는 아무짝에도 쓸모없는 빈껍데기가 될 테고, 그러면 완전 끝장이 나겠지."

이 말에 루카는 입을 다물었습니다. 안개 공이 그런 작용을 할 수 있다면, 시간의 안개 속으로 돌입하면 무슨 일이 일어날지 궁금해졌습니다. 그들이 성공할 가능성은 없을 것입니다. 마법 세계의 방어망을 모두 뚫고 시간의 심장부에 도달할 수 있다고 생각하다니, 미친 게 분명합니다. 아직 어린 소년에 불과한 그가 스스로 떠맡은 일은 그의 능력을 훨씬 뛰어넘는 것이었습니다. 이대로 계속하면 자신만 파멸하는 게 아니라 친구들까지 파멸시키게 될 겁니다. 그럴 수는 없었습니다. 하지만 또 한편으로는 여기서 그만둘 수도 없었습니다. 그만두는 것은 아버지를 살릴 수 있다는 희망을 포기하는 것과 마찬가지였기 때문이지요. 아버지를 살릴 가망이 아무리 희박하다 해도, 포기할 수는 없었습니다.

"그렇게 걱정하지 마." 욕설 여왕 소라야가 그의 고민을 가로 막으며 말했습니다. "너는 여기서 무방비 상태가 아니야. 현명한 솔로몬 왕의 위대한 양탄자를 믿어."

루카는 조금 기운이 났지만, 조금뿐이었습니다.

"우리가 가고 있다는 걸 누군가가 알고 있는 게 아닐까요? 그 래서 미사일이 발사된 게 아닐까요?" 그는 궁금했습니다.

"꼭 그런 건 아니야." 아무버지가 말했습니다. "우리가 시간의 안개에 너무 가까이 접근해서 자동 방어 시스템을 작동케 했는 지도 몰라. 어쨌든 우리는 이제 곧 역사의 규칙을 깨뜨릴 거야. 안개 속으로 들어가면, 살아 있는 기억의 세계를 뒤에 남기고 영원을 향해 나아가게 될 거야." 그는 루카의 얼굴에 어리둥절 한 표정이 떠오른 것을 보고, 좀 더 분명히 말할 필요가 있다는 것을 깨닫고는 말을 이었습니다. "우리가 갈 곳은 비밀 지대야. 거기서는 시계도 똑딱거리지 않고, 시간이 멈춰 버리지. 우리는 아무도 거기에 들어가면 안 돼. 이런 식으로 표현해 볼까. 어떤 벌레가 네 몸속에 들어오면, 그래서 네 몸속을 이리저리 돌아다 니면서 너한테 불쾌감을 주기 시작하면, 네 몸은 그 벌레와 싸 우기 위해 항체를 파견해서 벌레를 파괴하고, 그러면 너는 다시 기분이 좋아지기 시작할 거야. 지금 이 경우에는 우리가 벌레 야. 그러니까 우리는 저항을 예상해야 돼."

루카는 여섯 살 때 텔레비전에서 목성 사진을 본 적이 있었습니다. 그 사진들을 지구로 보내 준 작은 무인 우주 탐사선은 거대한 기체 덩어리인 목성 표면을 향해 사실상 천천히 떨어지고 있었습니다. 날마다 탐사선은 목성에 가까이 다가갔고, 목성은 점점 더 커졌습니다. 사진들은 목성의 기체가 천천히 움직이는 것을 분명히 보여 주었고, 기체들은 빛깔과 움직임의 층을 만들어 내고 줄무늬와 소용돌이 모양으로 정렬하고, 거대한 점과 그보다 좀 작은 저 유명한 두 개의 반점을 형성했습니다. 결국 탐사선은 목성의 중력에 끌려 내려가 영원히 사라졌습니다. 루카는 그 순간 탐사선이 천천히 빨려드는 '쿨럭' 하는 소리가 났을 거라고 상상했습니다. 그 후에는 텔레비전에 목성 사진이 더 이상 전송되지 않았습니다. 날아다니는 양탄자 레샴이 시간의 안개에 접근하자, 루카는 그 표면도 꼭 목성 표면처럼 움직임으로 가득 차 있는 것을 볼 수 있었습니다. 시간의 안개도 역시 흐르고 소용돌이치고 복잡한 무늬로 가득 차 있었습니다. 게다가 빛깔도 있었습니다. 루카는 가까이 다가갈수록 흰빛이 미묘하게 등급이 다른 수많은 빛깔로 나뉘는 것을 볼 수 있었습니다.

'우리는 탐사선이야.' 하고 루카는 생각했습니다. '무인 탐사선이 아니라 유인 탐사선이지만. 아마 이제 곧 '쿨럭' 하는 소리가 날 테고 그걸로 끝이겠지. 전송 끝.'

안개가 그를 완전히 휩싸자 앞이 보이지 않았고, 양탄자는 아무 소리도 내지 않고 흰빛 속으로 들어갔습니다. 하지만 양탄자도 방어 체계를 갖추고 있어서 눈에 보이지 않는 일종의 방패를 주위에 가동시켰기 때문에, 그들은 아무도 시간의 안개에 영향을 받지 않았습니다. 그 방패는 안개를 저지할 수 있을 만큼 강력한 '힘의 장'이었습니다. 소라야가 약속했듯이—"양탄자를 믿으라"고 말했지요—여행자들은 이 작은 거품 속에서 안전하게 횡단 여행을 시작했습니다.

"맙소사." 암오리가 외쳤습니다. "지금 망각 속으로 들어가고 있어. 기억의 새인 우리한테 이런 터무니없는 짓을 하라고 요구하다니!"

눈이 머는 것 같다고 루카는 생각했습니다. 하지만 시야는 빛깔과 모양, 밝음과 어둠, 점과 섬광으로 가득 찼습니다. 그것은 결국 그가 눈을 감을 때마다 눈꺼풀 뒤에서 사물이 보이는 방식이었습니다. 그는 귀가 먹으면 온갖 잡음과 윙윙거리는 소리와 울리는 소리가 귀를 가득 채울 수 있다는 것을 알았습니다. 따라서 눈이 멀면 그와 마찬가지로 쓸데없는 것들이 눈을 가득 채웠을 겁니다. 하지만 이 맹목은 좀 달랐습니다. 그것은 뭐랄까, 완전한 절대 맹목으로 느껴졌습니다. 그는 아무버지가 "뱅 이전에는 뭐가 있었지?" 하고 물은 것을 기억해 내고 이 흰빛, 아무것도 없는 이 부재가 바로 그 답일지도 모른다는 것을 깨달았습니다. 그것을 '장소'라고 부를 수는 없었습니다. 그것은 그게 들어갈 장소가 없었을 때 존재한 것이었습니다. 이제 그는 사람들이 시간의 안개 속으로 사라지는 것에 대해 이야기할 때 그 말이 무슨 뜻인지를 알았습니다. 사람들은 그게 단지 비유일 뿐이라고 말했지만, 이 안개는 단순한 말이 아니었습니다. 그것은 말이 존재하기 전에 존재한 것이었습니다.

하지만 흰빛은 공백과 달랐습니다. 흰빛은 움직였고 활동적이었습니다. 아무것도 아닌 것으로 만든 걸쭉한 수프처럼 양탄자 주위를 빙글빙글 돌았습니다. 말하자면 아무수프. 양탄자는 최고 속도로 날아가고 있었고, 속도가 엄청나게 빨랐는데도 양탄자는 움직이지 않는 것 같았습니다. 거품 속에는 바람 한 점 없었고, 거품 주위에는 아무것도 보이지 않아서 움직인다는 느낌을 줄 만한 게 없었습니다. 양탄자가 안개 한복판에 멈춰 버려서 거기에 영원히 고립된다 해도 아마 똑같은 느낌이었을 거라고 루카는 생각했습니다. 그런데 그가 그렇게 생각한 순간, 정말로 그렇게 느껴지기 시작했습니다. 그들은 전혀 움직이고 있지 않았습니다. 시간 이전의 시간 속에서 그들은 길을 잃고 방황하며 잊혔습니다. 코끼리 암오리가 이곳을 뭐라고 불렀지? '망각'. 완전히 잊어버리는 곳, 아무것도 없는 곳, 아무도 살지 않는 곳. 종교적인 사람들은 '림보'라고 말하곤 했지. 천국과 지옥 사이에 있는 곳.

루카는 외로움을 느꼈습니다. 분명히 그는 혼자가 아니었습니다. 모두가 아직 거기에 있었지만, 그는 지독한 외로움을 느꼈습니다. 어머니가 보고 싶었고, 형이 그리웠습니다. 아버지가 잠들지 않았다면 얼마나 좋았을까. 집과 친구들, 동네와 학교가 보고 싶었습니다. 과거의 생활로 돌아가고 싶었습니다. 시간의 안개가 양탄자 주위에 동그랗게 감겼고, 그는 흰빛 속에서 덩굴손 같은 손가락들이 뻗어 나와 그를 움켜잡고 그를 깨끗이 닦아 주려 한다고 상상하기 시작했습니다. 시간의 안개 속에 혼자(사실은 혼자가 아니었지만) 남겨진 그는 도대체 내가 무슨 짓을 한 걸까 하고 생각하기 시작했습니다. 그는 어린 시절의 첫 번째 규칙—'낯선 사람과 이야기하지 마라'—을 어겼고, 낯선 사람이 그를 안전한 곳에서 가장 안전하지 않은 곳으로 데려오게 했습니다. 그는 태어나서 지금까지 이렇게 안전하지 않은 곳은 본 적이 없었습니다. 그러니까 그는 바보 멍청이였고, 아마 그 멍청한 짓의 대가를 치르게 될 겁니다. 그런데 이 낯선 사람은 도대체 누구일까요? 그 사람은 누가 '보낸' 것이 아니라 '부름을 받았다'고 했습니다. 마치 죽어 가는 사람(시간의 안개 속에서 루카는 마침내 이 말을 입 밖에 낼 수 있었습니다. 물론 자신의 생각 속에서 은밀하게 자신에게만 말할 수 있었지만), 그러니까 죽어 가는 아버지가 자신의 죽음을 부르기라도 한 것처럼 말입니다. 루카는 자신이 그 말을 믿는지 안 믿는지도 잘 알 수 없었습니다.

전적으로 믿지도 신뢰하지도 않는 사람—생명체—과 함께 푸른 빛—흰빛—속으로 떠난 것은 얼마나 어리석은 짓이었을까요? 루카는 항상 분별 있는 소년으로 여겨졌지만, 그 생각이 틀렸다는 것을 방금 입증했습니다. 그는 자기처럼 분별없는 소년은 본 적이 없었습니다.

그는 개와 곰을 건너다보았습니다. 아무도 말을 하지 않았지만, 눈을 보면 그들도 깊은 외로움에 사로잡혀 있다는 것을 알 수 있었습니다. 그들이 말하는 능력을 얻었을 때 한 이야기, 그들의 삶에 대한 이야기가 그들에게서 슬그머니 빠져나가고 있는 듯했습니다. 아마 그들은 결코 그런 사람들이 아니었을 겁니다. 그 이야기는 아마 그들이 꾼 꿈, 귀족이 되고 싶다는 진부한 꿈에 불과했을 겁니다. 알고 보니 자기가 사실은 어디 왕자님이라는 꿈은 누구나 꾸지 않나요? 그 이야기의 진실은 여기 하얗고 하얀 공간에서 그들로부터 슬며시 빠져나가고, 그들은 다시 단순한 동물이 되어 불확실한 운명을 향해 나아가고 있었습니다.

그러다가 마침내 변화가 일어났습니다. 흰빛이 옅어졌습니다. 전에는 모든 것이 흰빛이고 모든 곳이 흰빛이었지만, 지금은 그렇지 않았습니다. 주위를 완전히 뒤덮었던 안개는 이제 하늘에 떠 있는 짙은 구름과 더 비슷했습니다. 비행기 한 대가 그 구름을 뚫고 날아갑니다. 그리고 앞에 무언가가—예, 출구가 있었습니다.—여기서 또다시 잊힌 속도감이 되살아났습니다. 양탄자가 빛을 향해 로켓처럼 날아가는 느낌이 들었습니다. 빛은 이제 가까웠고, 점점 더 가까워지다가 마침내 '후우쉬이' 하는 소리와 함께 찬란하고 화창한 낮의 햇빛 속으로 들어갔습니다. 양탄자에 탄 승객들은 모두 다양한 방식으로 환호하고 있었습니다. 루카는 양 볼을 만져 보고, 두 뺨이 눈물에 젖어 있는 것을 깨닫고는 깜짝 놀랐습니다. 그는 이제 귀에 익은 '딩' 소리를 들었고, 시야의 오른쪽 구석에 있는 계수기 숫자가 '3'으로 올라갔습니다. 너무 흥분한 나머지 저장 포인트를 보지도 않았는데 어떻게 된 거지?

"너는 보고 있지 않았어." 소라야가 말했습니다. "괜찮아. 내가 너를 대신해서 그걸 저장했으니까."

루카가 아래를 내려다보니 '대정체지'가 보였습니다. 시간의 안개 이쪽에서는 강이 시야 끝까지 사방팔방으로 퍼진 거대한 늪지로 확대되어 있었습니다.

"아름다워 보이네요." 그가 말했습니다.

"네가 찾고 있는 게 아름다움이라면 저건 아름답지." 소라야가 대답했습니다. "저 밑에서는 희귀한 악어와 거대한 딱따구리, 향기로운 사이프러스, 식충식물인 끈끈이주걱을 찾아볼 수 있어. 하지만 저기서는 길을 잃게 되고, 너 자신도 잃게 될 거야. 그곳에 잘못 발을 들여놓은 사람을 사로잡는 것이 대정체지의 본질이니까. 대정체지는 나른한 게으름을 유발하고, 영원히 그곳에 남아 있고 싶은 욕망, 너의 진정한 목적과 과거 생활을 잊어버리고 그냥 나무 그늘에 누워 쉬고 싶은 욕망을 불러일으키지. 대정체지의 향기도 독특하지만 결코 무해하진 않아. 그 아름다움을 들이마시면 흐뭇한 미소를 지으며 풀숲에 드러누울 거야. 그리고 영원히 늪지의 포로가 되겠지."

"여왕님과 양탄자가 있어서 정말 다행이에요." 루카가 고마워하며 말했습니다. "여왕님을 만난 게 내 인생에서 가장 운 좋은 날이었어요."

"아니면 가장 운 나쁜 날이었거나." 소라야가 말했습니다. "내가 할 수 있는 일은 네가 지금까지 겪어 본 적도 없는 커다란 위험으로 너를 점점 더 가까이 데려가는 것뿐이니까."

그것은 유쾌한 생각이었습니다.

"황금빛 저장 버튼에 속지 마라." 욕설 여왕이 덧붙여 말했습니다. "그건 대정체지 가장자리에 있지만, 그 버튼을 누르려고 저 아래로 내려가면 졸음을 유발하는 향기를 들이마시고 잠이 들게 되고, 그러면 우리는 끝이야. 어쨌든 그건 꼭 필요한 게 아니야. 갈림길 끝에 가서 레벨을 저장하면, 그 이전의 레벨들도 자동적으로 저장될 거야."

저장 포인트를 건너뛴다고 생각하자 루카는 불안해졌습니다. 레벨을 저장하지 않고 그냥 갔다가 어떤 이유로 생명을 잃으면 대정체지를 다시 건너야 하는 게 아닐까 하는 생각이 들었기 때문입니다.

"그건 걱정 마." 소라야가 말했습니다. "대신 저걸 걱정해."

그녀가 똑바로 앞을 가리키고 있었습니다. 저 멀리 낮고 평평한 구름의 가장자리가 보였습니다. 그 구름은 천천히 회전하고 있는 것처럼 보였습니다.

"바로 저 밑에 '벗어날 수 없는 소용돌이'가 있어." 소라야가 말했습니다. "엘니뇨*란 말을 들어본 적이 있니?"

루카가 얼굴을 찌푸렸습니다.

"그건 어느 큰 바다에서 따뜻한 곳을 말하는 거 아닌가요?"

욕설 여왕은 감명을 받은 것 같았습니다.

"태평양이지. 그건 아주 거대해. 아메리카만큼. 7, 8년마다 한 번씩 나타나서 기후를 엉망으로 만들지."

루카도 그것은 알고 있었습니다. 아니, 어쨌든 욕설 여왕의 말을 듣고 그것을 기억해 냈습니다.

"그게 우리랑 무슨 상관이죠? 우리는 태평양에서 한참 멀리 떨어져 있는데요."

소라야가 다시 손으로 앞을 가리키며 말했습니다.

---

*엘니뇨: 남미의 태평양 연안, 에콰도르에서 칠레에 이르는 지역까지 해류의 수온이 비정상적으로 상승하는 현상을 말한다. '엘니뇨'는 에스파냐어로 '남자아이'라는 뜻이다.
*엘티엠포: '시간'을 뜻하는 에스파냐어. '엘니뇨'에 빗대어 '시간의 비정상적인 현상'을 나타내고 있다.

"저게 엘티엠포*야. 저것도 아메리카만큼 크고, 역시 7, 8년마다 한 번씩 소용돌이 위에 나타나지. 저게 나타나면 시간에 무서운 영향을 미쳐. 네가 시간이 빙글빙글 돌고 있는 소용돌이에 빠지면 영영 발이 묶여 버리지만, 네가 엘티엠포에 붙잡히면 상황이 좀 비정상적으로 돌아가기 시작하지."

"하지만 우리는 아주 높이 떠 있으니까 저기에 붙잡힐 염려는 없잖아요?" 루카가 불안한 얼굴로 물었습니다.

"그러기를 바라자." 소라야가 대답했습니다. 그러고는 모든 승객에게 주목하라고 말하고는, 큰 소리로 발표했습니다. "엘티엠포 현상의 예측할 수 없는 시간 왜곡에 붙잡히지 않기 위해서 나는 양탄자를 우리 모두가 간신히 탈 수 있을 만한 크기로 줄이겠다. 물론 '아르고'도 크니까 줄이겠다. 그리고 양탄자를 최대한 높은 곳까지 끌어 올리고, 거기서도 우리 모두가 숨 쉴 공기를 확보하고 체온을 유지할 수 있도록 방패를 재가동하겠다."

이것은 심각한 문제였습니다. 모두 양탄자 한가운데에 모였고, 양탄자 가장자리가 그들 주위로 가까이 다가왔습니다. '힘의 장'이 등장했습니다. 소라야가 덧붙여 말했습니다.

"내가 방패를 사용할 수 있는 것은 이번이 마지막이라는 걸 말해 두어야겠다. 설령 내가 방패를 치더라도, 그 방패에는 여러분을 지킬 수 있을 만한 힘이 남아 있지 않을 것이다."

루카는 양탄자의 동력원이 어디에 있는지, 어떻게 동력을 재충전하는지 물어보고 싶었지만, 그녀의 표정을 보고 지금은 그런 호기심으로 캐물을 때가 아니라고 판단했습니다. 그녀의 눈은 다가오는 엘티엠포와 그 밑에 있는 '벗어날 수 없는 소용돌이'에 못 박혀 있었습니다. 이제 양탄자가 상승하기 시작했습니다.

지구 대기층의 가장자리인 '카르만 라인'은 날아다니는 양탄자를 떠받칠 수 있을 정도의 공기가 있는 한계선입니다. 그 선보다 위로 올라가면 공기가 충분치 않아서 양탄자가 떠 있을 수 없습니다. 그것이 우리 세계의 진정한 경계선이고, 그 너머에 우주 공간이 있습니다. 그 높이는 해발 100킬로미터쯤 됩니다. 이것은 루카가 은하계 사이의 우주 공간을 다룬 소설과 비디오 게임, 공상 과학 영화에 관심이 많아서 그의 기억 속에 남게 된 쓸모없는 정보들 가운데 하나였지만, 그들이 이제 그곳으로 가고 있는 것처럼 보였기 때문에 결국 그렇게 쓸모없는 것은 아니었다고 루카는 생각했습니다. 양탄자는 계속 위로 올라갔고, 하늘은 컴컴해지고 별들이 빛나기 시작했습니다. 양탄자의 '힘의 장'이 그들을 보호해 주었지만, 그들은 모두 무한의 추위를 느꼈고, 우주 공간의 황량한 공허함이 갑자기 매력을 잃고 별로 흥미롭게 느껴지지 않았습니다.

그들은 이제 높이 올라왔기 때문에 까마득히 먼 저 아래—아마 벌써 60킬로미터 아래—에서는 '벗어날 수 없는 소용돌이'가 시간에 고리 모양을 만들면서 빙글빙글 돌고, 그 위에는 믿을 수 없는 엘티엠포가 있었습니다. 그들은 위험에서 최대한 멀리 떨어져 있었지만, 아직도 두 가지 어려움에 빠져 있었습니다. 그들은 이제 높이 올라왔기 때문에 까마득히 먼 저 아래—아마 벌써 60킬로미터 아래—에서는 '벗어날 수 없는 소용돌이'가 시간에 고리 모양을 만들면서 빙글빙글 돌고, 그 위에는 믿을 수 없는 엘티엠포가 있었기 때문입니다. 그들은 위험에서 최대한 멀리 떨어져 있었지만, 아직도 두 가지 어려움에 빠져 있었습니다. 그들은 이제 높이 올라왔기 때문에 까마득히 먼 저 아래— 아마 벌써 60킬로미터 아래—에서는 '벗어날 수 없는 소용돌이'가 시간에 고리 모양을 만들면서 빙글빙글 돌고, 그 위에는 믿을 수 없는 엘티엠포가 있었기 때문입니다. 그들은 위험에서 최대한 멀리 떨어져 있었지만, 아직도 두 가지 어려움에 빠져 있었습니다. 그들은 이제 높이 올라왔기 때문에 까마득히 먼 저 아래—아마 벌써 60킬로미터 아래—에서는 '벗어날 수 없는 소용돌이'가 시간에 고리 모양을 만들면서 빙글빙글 돌고, 그 위에는 믿을 수 없는 엘티엠포가 있었기 때문입니다. 그들은 위험에서 최대한 멀리 떨어져 있었지만, 아직도 두 가지 어려움에 빠져 있었습니다. 그들은 이제 높이 올라왔기 때문에 까마득히 먼 저 아래—여기서 양탄자는 갑자기 덜컹 움직이면서 시간의 소용돌이에서 벗어났습니다. 양탄자가 갑자기 덜컹 움직이자, 아무버지조차도 균형을 잃고 나가떨어졌습니다.

똑바로 서 있는 것은 소라야뿐이었습니다.

"그것으로 한 가지는 처리됐어." 소라야가 말했습니다. 하지만 루카의 눈에 소라야는 더 이상 열일곱 살로 보이지 않았습니다. 백열일곱 살이나 천열일곱 살로 보였고, 반면에 루카 자신은 시시각각 더 젊어지고 있는 것 같았습니다. 곰돌이는 강아지가 되었고, 멍멍이는 가냘프고 연약해 보였습니다. 아무버지까지도 무릎까지 내려오는 하얀 턱수염을 기르고 있었습니다. 이런 상황이 더 오래 계속되면 그들이 생명의 불을 잊을 수도 있다는 것을 루카는 깨달았습니다. 엘티엠포는 지금—시간이 혼란에 빠져 엉망이 된 이 구역에서 지금이 언제든 간에—이 자리에서 당장 그들을 좌절시킬 것이기 때문입니다.

하지만 또다시 솔로몬 왕의 양탄자는 그 임무를 감당해 낼 수 있다는 것을 입증했습니다. 양탄자는 계속 올라갔고, 밑에 있는 시간의 덫이 잡아당기는 힘에 저항하기 위해 용을 쓰면서 점점 높이 올라갔습니다. 그렇게 한참 동안 걱정스러운 시간이 지난 뒤, 루카가 감히 바라지도 못한 그 순간이 왔습니다. 양탄자가 엘티엠포의 사악하고 눈에 보이지 않는 끈에서 해방되는 순간이 온 것입니다.

"우리는 자유야." 소라야가 외쳤습니다. 그녀의 얼굴은 다시금 아름답고 젊은 얼굴로 돌아갔고, 곰돌이도 이제는 더 이상

강아지가 아니었고, 멍멍이도 힘세고 건강해 보였습니다. 그들은 여행의 절정에 이르러 있었습니다. 카르만 라인 바로 밑에 도달한 것입니다. 루카는 황홀한 두려움이 담긴 눈으로 우주 공간 깊숙한 곳을 들여다보며, 나는 결국 땅에 발을 딛고 사는 쪽을 택할 거라고 생각했습니다. 양탄자는 잠시 후 내려가기 시작했고, 엘티엠포와 소용돌이는 그들 뒤에 있었습니다. 저장 포인트가 어디에 있든지 간에 그곳에 다다를 방법은 없었습니다. 그래서 위험은 점점 커지고 있었습니다. 다음 레벨이 끝났을 때 어떤 이유로든 루카가 황금빛 버튼을 누르지 못하면 이 레벨을 처음부터 다시 되풀이해야 할 테고, 양탄자 방패의 도움을 받지 못하면 그가 성공할 가능성은 없을 것입니다. 하지만 이런 낭패감에 빠져 있을 시간이 없었습니다. '1조하고도 하나의 갈림길'이 앞에 놓여 있었으니까요.

그들은 시간의 강 상류로 접근하고 있었습니다. 넓고 흐름이 느린 하류는 저 뒤에 있었고, 위험한 중류도 마찬가지였습니다. 강의 원천인 지혜의 호수가 가까워졌으니까, 강의 수량이 줄어들었어야 마땅하고 그러면 폭도 훨씬 좁아질 것입니다. 확실히 폭은 좁아졌지만, 이제는 그 주위에 헤아릴 수 없이 많은 물줄기가 있고 그것들이 서로 흘러들고 흘러나갔기 때문에, 위에서 내려다보면 마치 복잡한 유동체 태피스트리를 이루고 있는 무수한 실처럼 보였습니다. 어느 물줄기가 생명의 강일까요?

"내 눈에는 모두 똑같아 보이는데요." 루카가 솔직히 말했습니다.

그러자 소라야도 솔직히 말했습니다.

"이건 내가 제일 자신 없는 레벨이야." 그녀가 약간 부끄러워하는 얼굴로 말했습니다. "하지만 걱정하지 마! 내가 반드시 너를 거기까지 데려다 줄 테니까! 그건 수달의 약속이야!"

루카는 어이가 없었습니다.

"그럼 내가 레벨 네 개를 건너뛰도록 도와줄 수 있다고 말한 건, 마지막 레벨에 대해서는 자신이 없다는 뜻이었군요? 그런데 우리는 여기까지 전진한 것을 저장하지도 않았으니까, 여왕님이 여기서 실패하면 우리는 망하겠군요. 마지막 두 레벨을 처음부터 다시 되풀이해야 할 테니까요. 그렇죠?"

소라야는 비난에 익숙하지 않았기 때문에, 이 말에 얼굴이 붉게 물들었습니다. 요란하게 헛기침하는 소리가 그들의 관심을 끌지 않았다면, 그녀와 루카는 그 자리에서 당장 말다툼을 벌였을지도 모릅니다. 하지만 헛기침 소리가 났고, 그들은 무슨 일인지 보려고 마주 보고 있던 얼굴을 옆으로 돌렸습니다.

"혹시 당신들은 중요한 무엇인가를 잊어버리고 있지 않나요?" 코끼리 암오리가 항의했습니다.

"아니면 누군가를." 코끼리 수오리가 말했습니다. "실은 두 누군가를."

"우리 말이에요." 암오리가 분명히 말했습니다.

"우리가 누구죠? 거실의 장식품인가요? 아니면 마법 세계에서 유명한 기억의 새인가요?" 수오리가 물었습니다.

"우리는 새우튀김과 비프스테이크라는 메뉴인가요?" 암오리가 아무버지 쪽을 노려보면서 말을 이었습니다. "아니면 시간의 강에서 헤엄을 치고 시간의 강에서 에디피시를 낚으면서 평생을 보냈을까요?"

"시간의 강에서 강물을 마시고, 시간의 강을 읽으면서……."

"요컨대 우리는 시간의 강을 우리 어머니처럼 잘 알아요. 어떤 의미에서는 시간의 강이 우리 어머니죠. 평생 동안 우리에게 자양분을 공급하면서 키워 주었으니까요. 어쨌든 우리는 시간의 강을 오트의 어느 욕설 여왕보다도 잘 알아요. 어쨌든 오트는 시간의 강 근처에 있지도 않잖아요?"

"그건 우리가 이 1조의 가짜 물줄기와 하나의 진짜 강을 구별하지 못한다면, 아무도 구별할 수 없다는 뜻이에요."

"자, 어때?" 소라야가 뻔뻔스럽게도 그것을 자신의 공으로 삼으면서 루카에게 말했습니다. "만사가 잘될 거라고 내가 말했지? 정말로 이제 만사가 잘될 거야."

루카는 대꾸하지 않기로 결심했습니다. 어쨌든 이 양탄자는 소라야의 것이니까요.

코끼리의 코는 놀라운 기관입니다. 그것은 몇 킬로미터 떨어진 물 냄새도 맡을 수 있습니다. 실제로 위험을 냄새 맡고, 다가오는 낯선 사람이 친구인지 적인지도 구별할 수 있습니다. 또한 두려움을 냄새 맡을 수도 있습니다. 코끼리의 코는 특정한 냄새를 멀리서도 찾아낼 수 있습니다. 예를 들면 가족과 친구의 냄새, 그리고 물론 고향의 달콤한 냄새도 찾아낼 수 있지요.

"우리를 아래로 데려가 주세요." 코끼리 수오리가 말했습니다.

그러자 양탄자가 다시 더 널찍하게 커지더니, 얽히고설킨 수로의 미궁을 향해 내려갔습니다. 두 마리의 코끼리 새들은 코를 공중으로 높이 들어 올리고 코끝은 아래쪽으로 구부린 채 양탄자 앞쪽에 서 있었습니다. 루카는 두 코끼리 새의 코끝이 함께 씰룩거리는 것을 보았습니다. 코끝은 왼쪽으로 갔다가 오른쪽으로, 그리고 다시 왼쪽으로 움직였습니다. 코끼리 코 두 개가 함께 춤을 추고 있는 것처럼 보인다고 루카는 생각했습니다. 하지만 이렇게 많은 가짜 물줄기에 둘러싸여 있고 냄새는 물에 희석되어 희미해지고 게다가 수많은 냄새가 뒤섞여 혼란스러울 텐데, 그 코가 정말로 시간의 강을 냄새로 알아낼 수 있을까요?

코끼리 새들의 코가 춤을 추고 있는 동안, 그들의 귀도 열심히 일하고 있었습니다. 머리에서 뻣뻣하게 튀어나온 귀는 강의 속삭임에 귀를 기울였습니다. 물은 움직일 때는 결코 조용하지 않습니다. 개울물은 와자지껄 떠들고, 시냇물은 졸졸 지저귀고, 그보다 더 크고 더 천천히 흐르는 강물은 더 굵은 소리로 더 복잡한 말을 합니다. 큰 강은 낮은 주파수로 말하는데, 주파수가 너무 낮아서 사람 귀에는 들리지 않고, 개들조차 큰 강이 하는 말을 알아듣지 못합니다. 시간의 강은 그중에서도 가장 낮은 주파수로 말했기 때문에 오직 코끼리 귀만이 그 강의 노래를 들을 수 있었습니다. 하지만 코끼리 새들의 눈은 감겨 있었습니다. 코끼리 눈은 너무 작고 건조해서 별로 멀리 보지 못합니다. 시간의 강을 찾을 때 시력은 아무 쓸모도 없는 것이죠.

시간이 지나갔습니다. 양탄자는 좌우로 구부러지는 긴 곡선을 이루며 '1조하고도 하나의 갈림길'을 가로질러 날아갔습니다. 서쪽 하늘로 해가 기울었습니다. 모두 배가 고프고 목이 말랐습니다. 그러자 참나무로 만들어진 소라야의 마법 궤짝에서 간식과 음료가 나왔습니다. '코끼리 새들이 굶주린 코끼리가 아니라 새와 같은 식욕을 갖고 있어서 다행이야.' 하고 루카는 속으로 생각했습니다. '코끼리는 온종일 먹으니까, 저 놀라운 궤짝조차 바닥냈을지 몰라.'

석양의 그림자가 풍경을 가로질러 길게 늘어졌습니다. 코끼리 새들은 아무 말도 하지 않았습니다. 빛이 희미해질수록 루카는 점점 희망을 잃었습니다. 그의 희망은 미로 같은 물줄기 속에 모두 사라진 채, 모험은 이렇게 끝날 것 같았습니다. 아마 이렇게―"저쪽이에요!" 하고 코끼리 암오리가 외쳤고, 수오리도 그것을 확인했습니다. "그래, 맞아. 저쪽이야. 여기서 5킬로미터쯤 떨어진 저 물줄기."

루카는 달려가서 그들 사이에 섰습니다. 코끼리 새들은 이제 코를 곧장 앞으로 뻗어 길을 가리키고 있었습니다. 양탄자는 갈림길 위로 낮게 내려가면서 속도를 높였습니다. 나무들과 덤불과 강들이 그들 아래를 빠르게 지나갔습니다. 그러다가 갑자기 코끼리 암오리가 외쳤습니다. "멈춰!" 마침내 목적지에 도달한 것입니다.

날이 어두워지고 있었습니다. 루카는 그 강이 다른 강들과 뭐가 다른지 알 수 없었지만, 기억의 새들이 제대로 찾았기를 진심으로 바랐습니다.

"아래로." 코끼리 수오리가 말했습니다. "확실히 알려면 만져봐야 해. 그냥 확인하기 위해서일 뿐이야."

양탄자는 점점 아래로 내려가 수면 바로 위를 맴돌았습니다. 코끼리 암오리가 코끝을 강물 속에 살짝 담갔다가 의기양양하게 고개를 쳐들고 외쳤습니다.

"확실해!"

그러자 코끼리 새 두 마리는 행복한 외침을 지르며 양탄자에서 시간의 강으로 뛰어내렸습니다.

"집이다!" 그들이 외쳤습니다. "틀림없어! 바로 여기야!"

그들은 서로에게 강물을 물총처럼 쏘아 대다가 간신히 흥분을 가라앉혔습니다. 시간의 강은 조심스럽게 대할 가치가 있었습니다. 시간의 강은 결코 장난감이 아니었습니다.

"확실해. 백 퍼센트 확실해." 코끼리 수오리가 말하고는 살짝 고개를 숙였습니다.

코를 자랑으로 여기는 개 곰돌이는 깊은 인상을 받았고, 자기가 길을 찾지 못한 것을 조금 부끄러워하는 것 같았습니다. 멍멍이도 깊은 인상을 받았지만, 한편으로는 당혹스러워서 언짢은 표정으로 기억의 새들에게 축하 인사도 하지 않았습니다. 아무버지는 생각에 잠긴 듯 아무 말도 하지 않았습니다.

"고마워요, 숙녀, 소년, 보통 코를 가진 동물 여러분, 그리고 솔직히 말하면 좀 기묘하고 초자연적인 형상 여러분." 코끼리 수오리가 신랄하게 말했습니다. "모두 정말 고맙습니다. 박수를 칠 필요는 없어요."

마법 세계에서 밤은 낮보다 더 활기찰 수 있습니다. 그것은 여러분의 위치가 정확히 어디냐에 달려 있지요. '가상 존재들의 나라'인 페리스탄에서 괴물 '부트'들이 잠자고 있는 '페리'들을 납치하러 살금살금 돌아다니는 것은 대개 밤중입니다. 꿈의 도시인 크와브에서 밤은 모든 주민의 꿈이 활기를 띠고 길거리에서 실연되는 시간입니다. 연애, 말다툼, 괴물, 공포, 기쁨이 그 어두워진 골목에 모두 모여들고, 여러분의 꿈은 때로는 밤이 끝날 무렵 다른 사람의 머릿속으로 뛰어들고, 그러면 그들의 꿈은 당황하여 놀랍게도 당신 머릿속으로 뛰어들기도 합니다. 그리고 소라야가 루카에게 말했듯이, 오트에서는 언제나 해 질 녘부터 새벽 동틀 녘까지 몇 시간 동안 모든 사람의 행동이 가장 무례하고 가장 거칠고 가장 예측할 수 없었습니다. 수달들은 너무 많이 먹고, 너무 많이 마시고, 친구의 차를 훔치고, 할머니를 모욕하고, 소라야의 조상인 초대 왕의 청동 기마상이 궁전 문 앞에 서 있는데 그 청동 얼굴에 돌멩이를 던지기도 했습니다.

"우리가 행실이 나쁜 족속인 것은 사실이야." 소라야가 한숨을 쉬었습니다. "하지만 마음씨는 착해."

하지만 '1조하고도 하나의 갈림길'에서는 밤이 으스스할 만큼 조용했습니다. 박쥐 한 마리도 달을 가로질러 날아가지 않았고, 덤불 뒤에서 희미하게 빛나는 은빛 요정도 없었고, 조심성 없는 나그네를 돌로 만들어 버리려고 숨어서 기다리는 야만적인 고르곤*도 없었습니다. 적막, 공허한 고요는 무서울 정도였습니다. 귀뚜라미 한 마리 울지 않았고, 멀리 강 건너편에서 외치는 소리도 들리지 않았고, 먹이를 찾아 돌아다니는 야행성 동물

---

*고르곤: 그리스 신화에 나오는 괴물. 머리카락이 뱀으로 되어 있는 세 자매로, 이 괴물을 보는 사람은 누구나 돌로 변했다고 한다.

도 없었습니다. 소라야는 루카가 그 적막 때문에 조금 불안해진 것을 알아차리고, 정상적인 분위기를 그 장면에 주입하려고 애썼습니다.

"이 양탄자 개키는 걸 좀 도와줘." 그녀가 말하고는 수달식으로 덧붙였습니다. "물론 네가 너무 서툴거나 무례하지 않다면 말이야."

그들은 '아르고'를 강물에 띄우고 올라탔습니다. 기억의 새들이 배를 끌 필요는 없을 겁니다. 그 일은 양탄자 레샴이 쉽게 할 수 있으니까요. 하지만 아무리 마법의 양탄자라도 몇 시간의 휴식은 고마울 테지요. 그래서 '아르고'에 탄 소라야는 레샴이 밤 동안 편히 쉴 수 있도록 치워 놓으려고 했습니다. 루카는 그 부드러운 양탄자의 두 귀퉁이를 잡고 소라야의 명령에 따랐습니다. 그러자 양탄자가 마치 접을 수 있는 공기로 만들어지기라도 한 것처럼 계속 접히고 접히고 또 접히는 것을 보고 루카는 깜짝 놀랐습니다. 결국 양탄자는 겨우 손수건 크기로 접혔고, 거기에 설치되어 있던 마법의 장치들은 양탄자와 함께 사라졌습니다.

"됐어." 소라야가 양탄자를 주머니에 집어넣으면서 말했습니다. "고마워, 루카." 그러고는 자신의 입장을 생각해 내고 덧붙여 말했습니다. "그렇다고 해서 네가 정말로 큰 도움이 되었다는 뜻은 아니야."

동물들은 벌써 잠이 들었습니다. 절대로 잠을 자지 않는 아무버지는 인간처럼 심신이 지친 듯이 행동하고 있었습니다. '아르고'의 이물에 쪼그리고 앉아서 두 팔로 다리를 감싸고 여전히 파나마 모자를 쓴 머리를 무릎 위에 올려놓은 채 조용히 쉬고 있었던 것입니다. 아무버지가 얼마 전보다 좀 더 투명해 보였기 때문에, 루카는 아버지가 약간 회복된 모양이라고 생각했습니다. '아무버지가 지친 건 아마 그 때문일 거야. 아버지가 건강해질수록 아무버지는 약해지니까.'

이 행복한 반전에 너무 많은 희망을 거는 것이 잘못이라는 것쯤은 루카도 알고 있었습니다. 그는 병든 사람들이 종말을 향해 미끄러져 내려가기 전에 잠시 병세가 호전되어 오해를 불러일으키는 경우가 종종 있다는 이야기를 들은 적이 있었습니다. 그는 몹시 피곤했지만, 잠을 잘 수는 없었습니다.

"우리는 계속 가야 해요." 루카가 소라야에게 말했습니다. "왜 다들 낭비할 시간이 있는 것처럼 행동하는 거죠?"

하늘에는 별들이 떠서, 라시드가 잠든 그날 밤처럼 다시 춤을 추고 있었습니다. 루카는 그것이 좋은 조짐인지 어떤지 알 수 없었지만, 어쩌면 나쁜 징조일지도 모른다는 생각이 들었습니다.

"어서 가요." 루카가 간청했습니다.

하지만 소라야는 다가와서 그를 끌어안았습니다. 그것은 전혀 모욕적인 느낌을 주지 않았고, 잠시 후 그는 소라야의 품 안에서 깊이 잠들었습니다.

루카는 동이 트기 훨씬 전에 깨어났지만, 맨 먼저 눈을 뜬 것은 그가 아니었습니다. 기억의 새들과 동물들은 아직 자고 있었지만, 아무버지는 걱정스러운 표정으로(그것은 좋은 조짐일까 나쁜 조짐일까? 루카는 궁금했습니다) 오락가락하고 있었습니다. 소라야는 먼 지평선 쪽을 바라보고 있었습니다. 그녀가 두려움을 모른다는 것을 알지 못했다면 루카는 그녀가 두려워하고 있다고 말했을지도 모릅니다. 그는 다가가서 소라야 옆에 섰습니다. 그러자 놀랍게도 그녀가 그의 손을 잡고 힘을 주었습니다.

"무슨 일이에요?" 그가 물었습니다.

그녀는 격렬하게 고개를 젓고, 처음에는 아무 대답도 하지 않았습니다. 그러다가 조용한 목소리로 말했습니다.

"너를 데려오지 말았어야 했어. 여기는 네가 올 곳이 아니야."

"괜찮아요. 우리는 지금 여기 있어요. 계속 전진해서 저장 포인트를 찾아야 해요."

"그다음에는 어떡하지?" 소라야가 물었습니다.

"그다음에는……" 루카는 머뭇거렸습니다. "그다음에는 무엇이든 다음에 오는 일을 해야겠죠."

"내가 말했지. 양탄자는 거대한 불고리들을 통과할 수 없다고. 하지만 마법의 심장부와 네가 찾고 있는 것은 모두 그 너머에 있어. 다 쓸데없는 짓이야. 우리가 여기까지 온 건 순전히 운이 좋았기 때문이야. 나는 너를 데리고 돌아가야 해."

"그 불고리들에 대해서……." 루카가 입을 열었습니다.

"그건 묻지 마라. 그건 거대하고 도저히 통과할 수 없어. 그것 뿐이야. 단장님이 그걸 확실히 했어."

"그런데 단장님이……."

"그건 불가능해." 소라야가 갑자기 큰 소리로 말했습니다. 그녀의 눈에는 정말로 눈물이 고여 있었습니다. "미안해. 그건 도저히 할 수 없는 일이야."

오랫동안 잠자코 있던 아무버지가 끼어들었습니다.

"설령 그렇다 해도 이 아이는 그 사실을 스스로 알아낼 필요가 있을 겁니다. 게다가 이 아이에게는 여분의 생명이 아직 615개나 남아 있고, 한 개가 더 있지만 그 생명은 끝까지 붙잡고 있을 필요가 있을 거예요. 이 아이의 개와 곰도 마찬가지죠."

소라야는 반박하려고 입을 열었지만, 루카가 '아르고'에서 부산을 떨기 시작했습니다.

"일어나! 일어나!" 그는 소리를 질렀고, 동물들은 마지못해 그가 시키는 대로 했습니다. 그는 소라야를 돌아보며 단호하게 말했습니다. "저장 포인트로 가요. 부탁이에요."

그녀는 마음을 다잡고 고개를 끄덕였습니다.

"네 마음대로 해." 소라야가 말하고는 주머니에서 양탄자를 꺼냈습니다.

양탄자의 네 귀퉁이에 강철 고리가 있다는 것을 루카는 지금 알아차렸습니다(하지만 어젯밤에 접었을 때에도 강철 고리가 거기 있었을까요?). '아르고'는 이제 밧줄로 그 고리들과 연결되었습니다. 코끼리 새들은 교대로 양탄자 위에 앉아, 가짜 물줄기들의 미로 속에서 진짜 시간의 강을 따라 '아르고'를 안내했습니다. 마법의 양탄자는 빠르게 날았지만, 그래도 긴 여행이었습니다. 저장 포인트의 황금빛 공이 마침내 저 앞에 나타나 작은 부표처럼 위아래로 까딱거리고 있는 것을 보았을 때, 루카는 마음이 놓였습니다. 그는 기억의 새들이 안내자 역할을 잘 해낸 것을 인정하고, 황금빛 공을 누르라고 요구했습니다. 그러자 코끼리 암오리가 강물로 뛰어들어 머리로 황금빛 공을 들이받았습니다. 루카의 시야 오른쪽 구석에 나타난 숫자가 3에서 4, 5로, 다시 6으로 빠르게 변했습니다. 하지만 그는 거기에 주의를 기울이지 않았습니다. 코끼리 암오리가 저장 포인트를 건드린 순간 세계 전체도 달라졌기 때문입니다.

모든 것이 어두워졌지만, 밤이 온 것은 아니었습니다. 이것은 일종의 인공적인 어둠, 겁을 주려는 의도를 가진 사악하고 마술적인 어둠이었습니다. 그 순간, 바로 그들 앞에 있는 어둠 속에서 거대한 불덩어리가 올라오더니 힘차게 으르렁거리며 하늘로 피어올라 불타는 거대한 벽을 이루었습니다.

"저게 마법의 심장부를 완전히 둘러싸고 있어. 여기서는 그것의 앞면만 보일 뿐이야. 저게 첫 번째 고리야." 소라야가 속삭였습니다.

그 순간, 첫 번째보다 더 큰 두 번째 으르렁 소리가 들리고, 이어서 두 번째보다 더 큰 세 번째 으르렁 소리가 들렸습니다. 그리고 두 개의 거대한 불고리가 나타났습니다. 두 번째 불고리는 첫 번째 고리보다 컸고 세 번째 불고리는 두 번째 고리보다 컸기 때문에, 둘 다 첫 번째 고리 주위에서 위아래로 움직일 수 있었습니다. 세 개의 고리는 하늘에 떠서 불타는 세 개의 거대한 도넛처럼 아무것도 통과할 수 없는 삼중 장벽을 이루었습니다. 불고리의 빛깔이 처음에는 주홍빛이었지만, 급속히 옅어져서 거의 흰빛이 되었습니다.

"세상에서 가장 뜨거운 불이야." 소라야가 루카에게 말했습니다. "백열이지. 내가 무슨 말을 하려고 했는지 이제 알겠지?"

루카는 이해했습니다. 이 불타는 고리들이 마법의 심장부—말의 급류, 지혜의 호수, 지식의 산, 그 모든 것—를 둘러싸고 있다면, 탐색에 성공할 가망은 없었습니다.

"이 불…… 불고리를 이루고 있는 이 불이 생명의 불과 같은 불은 아니겠죠? 아니면 같은 불인가요?" 루카는 별로 기대도 갖지 않고 말했습니다.

아무버지는 고개를 저었습니다.

"아니야. 이것은 그냥 보통 불이라서, 무엇이든 이 불에 닿으면 재가 되어 버리지. 생명의 불은 창조하는 유일한 불꽃, 파괴하는 대신 회복시키는 유일한 불꽃이야."

루카는 무슨 말을 해야 할지 몰랐습니다. 그는 어둠 속에서 '아르고' 갑판 위에 서서 불꽃 장막을 바라보았습니다. 곰돌이와 멍멍이가 조용히 다가와 양옆에 나란히 섰습니다. 그러고는 느닷없이 웃음을 터뜨렸습니다.

"하! 하! 하!" 곰돌이는 개답게 짖고는 벌렁 드러누워 네 다리를 공중에서 흔들었습니다.

"하! 하! 하! 하! 하!" 멍멍이는 갑판에서 춤을 추기 시작했습니다. 그러자 '아르고'가 이쪽저쪽으로 요동을 쳤습니다. "호! 호!" 멍멍이가 고함을 질렀습니다. "내가 보지 않았다면 믿지 않았을 거야. 결국 그 야단법석은…… 겨우 이거야?"

소라야는 어리벙벙했고, 아무버지조차도 당혹스러운 것 같았습니다.

"이 어리석은 짐승들아, 도대체 뭘 하고 있는 거야?" 오트의 욕설 여왕이 물었습니다.

곰돌이는 너무 심하게 웃었기 때문에 숨이 차서 자세를 바로 하기 어려웠습니다.

"하지만 보세요." 그가 외쳤습니다. "저건 피피예요. 피피일 뿐이라고요. 결국 이 야단법석은 엄청나게 큰 초대형 피피일 뿐이에요."

"도대체 무슨 소리를 하고 있는 거냐?" 소라야가 물었습니다. "저곳에 여자는 없어!"

"피피는 여자 이름이 아니라……" 멍멍이가 낄낄거리면서 대꾸했습니다. "'유명하고 믿을 수 없는 불의 환상'(Famous Incredible Fire Illusion)이라는 뜻이에요. 그 머리글자를 따면 F-I-F-I, 즉 '피피'가 되죠. 우리 서커스단에서는 그걸 '피피'라는 이름으로 불렀어요. 그러니까 이 모든 것 뒤에는 아아그 단장이 있는 거군요! 진작 알았어야 하는 건데."

"네가 단장을 알아?" 소라야는 놀라서 정말로 숨을 헐떡거렸습니다.

"단장을 아느냐고요? 흥!" 개 곰돌이가 대답했습니다. "단장은 현실 세계에서는 가짜였고, 여기서도 여전히 가짜예요. 당신이 그렇게 두려워하는 이 기상천외한 방벽은 전혀 방벽이 아니에요."

"피피는 환상일 뿐이에요." 곰 멍멍이가 설명했습니다. "연기와 거울! 피피는 마술의 속임수예요. 실제로 존재하는 게 아니라고요."

"우리가 보여 줄게요." 곰돌이가 말했습니다. "우리는 피피가 어떻게 작동하는지 알아요. 우리를 강가에 상륙시켜 주세요. 그러면 당장 이 바보짓을 중단시킬 테니까요."

아무버지가 경고하듯 한 손을 들고 물었습니다.

"너희가 서커스단에 있던 시절의 아아그 단장이 마법 세계의 불꽃 단장과 같은 사람인 게 확실해? 서커스의 환상은 가짜라 해도, 저 거대한 불고리들이 진짜가 아니라는 걸 어떻게 확신할 수 있지?"

"저 위를 보세요." 루카가 날카롭게 말했습니다. "저것들은 어디서 나타난 거죠?"

옛날 그림에서 볼 수 있는 유럽 귀족들처럼, 또는 서커스단의 어릿광대들처럼 목에 주름 깃을 두른 독수리 일곱 마리가 거대한 불꽃의 빛을 받은 무시무시한 모습으로 그들의 머리 위 하늘에서 맴을 돌고 있었습니다.

그것을 보고 곰돌이와 멍멍이는 또 웃음을 터뜨렸습니다.

"하! 하! 하!" 멍멍이가 웃으면서 '아르고'에서 강가로 뛰어내렸습니다. "아아그 영감의 부리 달린 친구들이 불고리를 뚫고 날아서 영감의 속임수를 망쳐 놓았군!"

"하! 하! 하!" 곰돌이도 그 말에 동의했습니다. "여러분, 이걸 잘 보세요!"

그들은 둘 다 거대한 불고리로 곧장 달려가서 불길 속으로 사라졌습니다.

소라야는 비명을 질렀고, 루카는 두 손으로 입을 가렸습니다. 그런데 순식간에 고리들이 사라지고 빛이 변하더니, 곰돌이와 멍멍이가 뛰어서 돌아왔습니다. 루카의 시야 오른쪽 구석에 있

는 숫자가 '딩' 소리와 함께 7로 올라갔고, 마법의 심장부가 새
벽의 빛을 받으며 드러났습니다.

　그와 함께 불을 내뿜는 용 위에 걸터앉은 아아그 단장도 모습
을 드러냈습니다.

6

마법의 심장부 속으로

"이것도 환상인가요?" 루카는 아아그 단장에게 대담하게 물었습니다. "이것도 당신의 성가신 마술 속임수인가요?"

아아그 단장은 으르렁거리는 소리를 냈지만, 어쩌면 껄껄 웃을 생각이었는지도 모릅니다.

"안보는 결코 환상이 아니야. 안보는 우리 세계의 토대지. 안보 분야에서 일하는 우리는 남들의 안전과 가치를 지켜 주면서도 그들에게 종종 오해를 받고, 걸핏하면 욕을 먹고 무시를 당하지만, 그래도 계속 노력하고 있어. 꼬마야, 안보를 유지하는 건 생색도 안 나고 남에게 인정도 못 받는 일이라는 걸 알려 주마. 하지만 안보는 유지돼야 해. 아니, 안보는 속임수가 아니야.

그건 부담이야. 그런데 그 부담이 나한테 지워졌지 뭐냐. 다행히 나는 혼자 일하지 않아. 충직한 불벌레가—이때 루카는 작은 불꽃이 단장의 어깨 주위를 맴돌고 있는 것을 보았습니다—모든 장애물과 혼란을 극복하고 도둑놈들이 오고 있다는 정보를 나한테 가져오지. 이렇게 영웅적인 불벌레는 속임수나 요술의 산물이 아니야. 그런 벌레는 미덕의 자식이지. 흉악하고 무시무시한 용 넛호그도 마술 속임수의 산물이 아니야. 너도 이제 곧 알게 되겠지만."

아아그는 분노와 머리털의 사나이였습니다. 그의 적갈색 머리털은 성난 뱀처럼 머리에서 튀어나와 있었습니다. 그는 턱수염의 사나이이기도 했습니다. 그의 황갈색 턱수염은 성마른 태양의 빛처럼 사방팔방으로 튀어나와 있었습니다. 그는 눈썹의 사나이이기도 했습니다. 이글거리는 한 쌍의 검은 눈 위에 위쪽으로 바깥쪽으로 구부러진 그의 눈썹은 싸우기 좋아하는 눈꼴사나운 덤불 같았습니다. 그는 다육질의 청각기관에서 바깥쪽으로 타래송곳처럼 비어져 나온 귀털의 사나이이기도 했습니다. 아아그 단장의 셔츠 칼라와 해적 외투의 소맷부리에서는 핏빛 털이 싹처럼 돋아나 있었습니다. 루카는 단장의 온몸이 무성한 식물로 뒤덮인 모습을 상상했습니다. 그 몸이 농장이고, 털은 그 농장의 유일한 농작물인 것처럼. 소라야—그녀도 불꽃 털을 가진 사람이었습니다—는 아아그의 털이 지나치게 무성한 것 때문에 빨강 머리를 가진 사람들이 모두 나쁜 평판을 듣게 될지도 모른다고 루카의 오른쪽 귀에 속삭였습니다.

털 때문에 아아그의 분노는 눈으로 볼 수 있게 되었습니다. 루카는 아아그의 머리털이 마치 주먹이라도 되는 것처럼 자신을 향해 흔들리는 것을 보고 그것을 알았습니다. 아아그는 왜 저렇게 화가 났을까? 루카의 저주로 서커스단이 파멸한 문제가 있었지요. 거기까지는 분명합니다. 하지만 그 서커스단은 부수적인 문제라는 것이 우선 드러났습니다. 그것은 마법의 심장부를 지키는 문지기가 가지고 노는 현실 세계의 작은 장난감에 불과합니다. 둘째, 그 털은 오랫동안 자란 것이기 때문에, 단장은 평생 동안 화가 나 있었던 게 분명합니다. 만약에 그가 불멸의 존재라면, 그는 시간이 시작되었을 때부터 화가 나 있었던 것이겠지요.

"그의 원래 이름은 메네티우스였어." 아무버지가 루카의 왼쪽 귀에 속삭였습니다. "그리고 한때는 분노의 티탄족*이었지. 그런데 신들의 왕이 그의 까다로운 성질에 인내심을 잃고 벼락으로 죽여서 저승에 던져 버렸단다. 그는 결국 지상에 돌아와서 이 비천한 일을 하는 것을 허락받았지. 지금은 문지기에 불과해. 그래서 어느 때보다도 기분이 나쁜 상태야. 이런 말을 해서 유감

---

*티탄족: 그리스 신화에서 올림포스 신족이 등장하기 이전에 세계를 지배하던 거인족.

이구나."

독수리 일곱 마리는 아아그와 용 넛호그의 머리 위에서 대열을 갖추고, 마치 잔치에 초대받은 이들처럼 연회를 기다렸습니다. 하지만 잠시 장난스러운 기분이 든 아아그는 넛호그의 등 위에서 먼 곳을 바라보며 생각에 잠긴 표정으로 중얼거렸습니다.

"다른 곳에서, 예를 들면 현실 세계 같은 곳에서 사람이 만날 수 있는 무서운 동물들, 예컨대 예티*나 빅풋,* 참을 수 없을 만큼 불쾌한 꼬마 따위를 나는 '우주 괴물'이라고 부르고 싶어. 그들은 거기에 존재하지만, 변할 수 없고 따라서 항상 똑같을 뿐이야. 반면에 너는 여기서 할 일도 없어 이제 곧 떠나겠지만 알아 둬. 여기서는 우리 괴물들이 때맞춰 괴물이 될 수 있어. 다시 말하면 하나씩 차례로 괴물이 될 수 있지. 여기서는 넛호그를 잘디바달이라고 부르는데, 그건 '마법의 카멜레온'이라는 뜻이야. 이 변신의 재주꾼은 자기가 원할 때는 늙은 카멜레온이지만, 대개는 아무짝에도 쓸모없는 게으름뱅이지. 넛호그, 저놈들에게 보여 주는 게 어때? 용이 내뿜는 불로 저놈들을 요리하는 건 사실 조금도 급하지 않아. 독수리들은 점심 식사를 기다릴 수 있을 거야."

---

*예티: 히말라야에 있다고 믿어지는 전설적인 설인(雪人).
*빅풋: 로키 산맥 일대에서 목격된다는 미확인 동물.

용 넛호그—좀 더 적절히 말하면 변신가 잘디바달—는 피곤한 뱀의 한숨과 비슷한 소리를 낸 다음, 마음이 내키지 않는 괴물 같은 태도로 우선 거대한 금속 암퇘지로 변신하더니, 털이 무성하고 전갈 꼬리를 가진 거대한 암컷 야수, 기괴한 카벙클*, 거대한 어미 거북으로 차례로 변신하고, 마지막에는 체념한 듯 시무룩한 태도로 다시 용의 모습으로 돌아왔습니다.

"축하해, 넛호그." 아아그 단장이 비꼬는 투로 말했습니다. 그의 검은 눈은 분노로 번득했고, 텁수룩한 턱수염은 성냥의 새빨간 불꽃처럼 그의 얼굴 주위에서 확 타올랐습니다. "멋진 쇼였어. 게으른 짐승아, 내가 성질을 부리기 전에 이 도둑놈들을 빨리 기름에 튀겨."

"나의 자매들이 너의 마법에서 나를 해방시키려고 여기 내 옆에 있다면……" 넛호그가 상당히 달콤한 목소리로, 게다가 놀라운 운율로 내뱉었습니다. "너는 그렇게 용감하게 말하지 못할 거야. 그리고 우리는 너를 지옥으로 돌려보낼 거야."

"저 용의 자매들이 누구죠? 어디 있어요?" 루카가 아무버지에게 속삭이는 소리로 물었지만, 그때 넛호그가 '아르고'를 폭발시켰기 때문에 세상이 온통 불바다가 되었습니다. '생명 하나를 잃는 이 일은 정말 이상해.' 하고 루카는 생각했습니다. '당연히

---

*카벙클: 이마에 붉은 보석이 박혀 있는 전설상의 동물. 위험을 느끼면 괴물로 변한다.

무언가를 느껴야 마땅한데, 아무 느낌도 없으니 말이야.' 그때 루카는 시야의 왼쪽 구석에 있는 계수기의 생명이 50개나 줄어든 것을 알아차렸습니다. '빨리 생각하는 게 좋겠어. 그러지 않으면 여기서 기회를 모두 잃어버릴 거야.' 그는 깨달았습니다. 그리고 전과 같은 위치에서 재편성했고, 곰돌이와 멍멍이도 마찬가지였습니다. 마법 세계의 주민들은 모두 무사했지만, 소라야는 큰 소리로 불평하고 있었습니다.

"내가 햇볕에 몸을 그을리고 싶었다면, 양지바른 곳에 가서 앉았을 거야. 제발 저 화염 방사기의 방향을 다른 쪽으로 돌려."

아무버지는 파나마 모자를 살펴보고 있었습니다. 그 모자는 아주 조금 그을린 것처럼 보였습니다.

"이건 옳지 않아." 그가 투덜거렸습니다. "나는 이 모자를 좋아해."

후아악! 용의 불길이 또 한 번 분사되었고, 또다시 생명 50개가 사라졌습니다.

"오, 제발." 소라야가 외쳤습니다. "날아다니는 양탄자가 섬세한 재료로 만들어져 있다는 걸 몰라?"

코끼리 새들도 몹시 흥분해서 외쳤습니다.

"기억은 연약한 꽃이야. 열기에는 잘 견디지 못해." 코끼리 수오리가 불평했습니다.

상황은 빠른 속도로 위기를 향해 치닫고 있었습니다.

"넛호그의 자매들은 아알림이 얼음덩어리 속에 가두어 놓았어. 넛호그가 아아그의 명령에 복종하게 하려고 말이야. 그 얼음덩어리들은 저 북쪽의 스니펠하임이라는 얼음 나라에 있지." 아무버지가 중얼거렸습니다.

후아악! '저것으로 150개의 생명이 순식간에 사라져 버리고, 남은 생명은 이제 겨우 465개뿐이야.' 루카는 일행과 함께 돌아오면서 생각했습니다. 그런데 문득 주위를 둘러보니, 소라야와 양탄자도 보이지 않았습니다. '소라야가 우리를 버렸군. 그건 이제 다 글렀다는 뜻이야.'

바로 그때, 멍멍이가 잘디바달에게 질문을 던졌습니다.

"넌 행복해?"

그러자 괴물은 깜짝 놀란 것 같았습니다.

"그게 무슨 질문이지?" 넛호그는 당황해서 운을 맞추는 것을 잊고 되물었습니다. "나는 지금 너희를 불태워 죽이는 과정에 있어. 이게 네가 나한테 묻고 싶은 거야? 그게 너한테 무슨 의미가 있는데? 내가 행복하다면, 너는 나 때문에 행복할까? 그리고 내가 행복하지 않다면, 너는 나를 동정할까?"

"예를 들면……" 멍멍이가 끈질기게 말했습니다. "너는 충분히 먹고 있냐? 너의 갈비뼈가 비늘을 뚫고 튀어나와 있는 게 보여서 말이야."

"그건 내 갈비뼈가 아니야." 넛호그는 그렇게 대답했지만, 거짓말로 둘러대는 것처럼 보였습니다. "그건 아마 내가 지난번에 먹어 치운 사람들의 해골일 거야."

"그건 나도 알아." 멍멍이가 말했습니다. "아아그는 서커스단 동물들에게 충분한 음식을 주지 않았듯이 너도 굶기고 있어. 뼈만 앙상한 용은 비쩍 마른 코끼리보다 훨씬 슬픈 광경이지."

"왜 시간을 낭비하고 있나?" 아아그 단장이 넛호그의 뒤에서 으르렁거렸습니다. "빨리 놈들을 끝장내."

"현실 세계에 있을 때 우리는 저놈에게 반항했어." 곰돌이가 말했습니다. "그때 저놈은 속수무책이었어. 그것으로 저놈은 끝장이 났지."

"저놈들을 요리해!" 아아그 단장이 외쳤습니다. "불에 굽고 볶고 태우고 구워! 저녁으로는 곰 내장탕을 먹자! 개고기! 사내아이의 볼살! 놈들을 요리해서 먹자!"

"내 자매들 때문이야." 넛호그가 곰돌이에게 우울하게 말했습니다. "자매들이 갇혀 있는 한, 나는 놈이 시키는 대로 할 수밖에 없어."

"너는 항상 선택권을 갖고 있어." 멍멍이가 말했습니다.

"게다가……" 하늘에서 어떤 목소리가 말했습니다. "이게 네가 찾고 있는 자매들 아닌가?"

'아르고'에 탄 사람들은 모두 하늘을 쳐다보았습니다. 솔로몬 왕의 양탄자인 레샴을 탄 오트의 욕설 여왕 소라야가 그들의 머리 위 높은 곳에 떠 있었습니다. 레샴은 부들부들 떨고 있는 거대한 세 괴물을 태울 수 있을 만큼 커져 있었습니다. 얼음 감옥에서 막 풀려난 괴물들은 너무 추워서 날지도 못하고, 건강이 좋지 않아서 변신도 하지 못했지만, 살아 있고 자유로웠습니다.

"바후트-사라! 바들로-바들로! 기야라-진!" 넛호그가 기뻐서 외쳤습니다. 구조된 세 자매는 약하지만 행복한 신음 소리로 대답했습니다.

아아그 단장은 넛호그의 등 위에서 분명히 겁에 질려 허둥대는 태도를 보이기 시작했습니다.

"우, 우리 모두 진정하자." 그가 더듬거리면서 말했습니다. "나는 명령에 따랐을 뿐이라는 것, 여기 있는 훌륭한 세 숙녀를 얼음 속에 가두고 넛호그 너와 함께 심장부로 통하는 문을 지키라고 나에게 지시한 것은 불의 수호자 아알림이라는 것을 모두 잊지 말자. 안보는 어려운 결정을 요구하는 가혹한 감독관이라는 것, 그 결과 더 많은 이익을 위해 무고한 자들이 고통받는 일도 일어날 수 있다는 것을 우리 모두 기억하자. 넛호그, 넌 이해할 수 있겠지? 안 그래?"

"나를 넛호그라고 부를 수 있는 건 내 친구들뿐이야." 넛호그는 말하고, 몸을 살짝 흔들어 아아그 단장을 등에서 떨쳐 냈습니다. 단장은 연기를 내뿜는 넛호그의 코밑에 쿵하는 소리와 함께 떨어져 나뒹굴었습니다. "그런데 너는 내 친구가 아니야. 그러니까 너한테는 내 이름이 잘디바달이야. 그리고 이런 말을 하기는 미안하지만, 나는 네 말을 이해하지 못해."

아아그 단장은 자기 운명에 직면하려고 일어섰습니다. 그는 온통 털로 뒤덮이고 불같은 열정은 전혀 없는 비참한 해적처럼 보였습니다.

"마지막으로 할 말은?" 잘디바달이 상냥하게 물었습니다.

아아그 단장은 잘디바달에게 주먹을 휘두르며 으르렁거렸습니다.

"나는 돌아올 거야!"

잘디바달은 비늘로 덮인 머리를 저었습니다.

"천만에. 너는 돌아오지 못할 거야." 그러고는 거대한 불길을 내뿜었습니다. 불길은 단장을 휘감았고, 불길이 서서히 잦아들었을 때 단장은 더 이상 거기에 있지 않았습니다. 성난 것처럼 보이는 재가 작은 더미를 이루고 있을 뿐이었습니다.

이렇게 아아그가 사라지고 그의 독수리 무리가 먼 하늘로 달아나 다시는 볼 수 없게 되자, 잘디바달은 이렇게 덧붙였습니다.

"물론 심장부에는 힘이 있어. 그 힘이 원하면 아아그를 되살릴 수도 있지. 하지만 아아그는 이곳에 친구가 별로 없어. 그리고 아아그는 마지막 기회를 써 버린 것 같아."

잘디바달은 코밑에 작은 더미를 이루고 있는 재를 입김으로 훅 불었습니다. 그러자 재는 사방팔방으로 부는 바람을 타고 흩어졌습니다.

"자, 젊은 분." 잘디바달이 루카를 똑바로 바라보면서 말했습니다. "멍멍이 씨와 곰돌이 씨, 내가 어떻게 도와 드릴 수 있을까요?"

잘디바달의 자매들은 양탄자 위에서 실험적으로 날개를 퍼덕거렸습니다. 그러고는 다시 날 수 있다는 것을 알고 무척 기뻐했습니다.

"우리도 여러분을 도울게요." 바들로-바들로가 말했습니다. 그러자 바후트-사라와 기야라-진이 동조하는 뜻으로 고개를 끄덕였습니다. 욕설 여왕 소라야는 기뻐서 손뼉을 쳤습니다.

"우리도 군대를 가진 것 같아."

모두 흥분에 휩싸여 있어서, 작은 벌레 하나가 최대한 빨리 날아서 달아나는 것을 아무도 알아차리지 못했습니다. 그 불벌레는 바람을 타고 번지는 들불처럼 순식간에 마법의 심장부 깊숙한 곳으로 들어갔습니다.

아무버지의 행동이 아무래도 이상하다고 루카는 생각했습니다. 그는 안절부절못하는 태도로 불에 그을린 파나마 모자의 챙을 끊임없이 긁어 대고 있었습니다. 그는 초조한 듯 이리저리 걸어 다니고 두 손을 맞비비고, 어쩌다 말을 해도 외마디로 끝나는 것 같았습니다. 때로는 거의 투명해 보였지만, 때로는 속이 꽉 찬 것처럼 보였습니다. 따라서 카하니의 집에 있는 아버지가 생명과 건강을 되찾기 위해 애쓰고 있는 게 분명했습니다. 어쩌면 그 노력이 아무버지의 기분에 나쁜 영향을 주고 있는지도 모릅니다. 하지만 루카는 다른 의혹을 품기 시작했습니다. '어쩌면 아무버지는 비뚤어진 즐거움을 얻기 위해 나를 갖고 노는지도 몰라. 저런 생물이 얼마나 뒤틀린 유머 감각을 갖고 있는지 누가 알겠어?' 아마 아무버지는 루카가 여기까지 오리라고는 예상치 못했을 것이고, 그들이 지금 생명의 불을 향해 날아가고 있다는 것도 사실은 그의 마음에 들지 않았을 것입니다. 아마 그는 정직하지 않았을 것이고, 이 탐색이 성공하기를 바라지 않았을 겁니다. 아무버지가 마지막 순간에 모든 것을 파괴하고 방해하려 들지 모르니까 주의 깊게 지켜볼 필요가 있다고 루카는 마음먹었습니다. 아무버지는 생김새도 허풍 대왕처럼 보였고 걸음걸이와 말투도 비슷했지만, 그런다고 아무버지가 루카의 아버지가 되는 것은 아니었습니다. 아마 곰돌이와 멍멍이가 옳았을 겁니다. 아무버지는 조금도 믿을 만하지 않았습니다. 아니면 그의 마음속에서는 다툼이 벌어지고 있는지도 모릅니다. 그가 흡수한 라시드다움이 그 흡수 작용을 한 죽음의 생물과 교전 중인지도 모릅니다. 어쩌면 죽는다는 것은 항상 이렇게 죽음과 삶 사이에 벌어지는 싸움인지도 모릅니다. '그 싸움에서 누가 이기느냐는 나중 문제야.' 하고 루카는 생각했습니다. '지금은 아무버

지를 우리 아버지로 생각하는 걸 그만두어야 해.'

소라야의 양탄자는 모든 여행자와 '아르고'가 올라탈 수 있도록 잠시 착륙했다가 다시 하늘 높이 올라갔습니다. 네 자매 변신가인 잘디와 사라, 바들로와 진은 용의 모습으로 레샴 주위에서 엄격한 편대를 이루어 양탄자의 사면에 각각 하나씩 자리를 잡고, 양탄자가 어떤 공격도 받지 않도록 호위했습니다. 루카는 아래를 내려다보고, 저 멀리 심장부의 중심(아직은 너무 멀리 있어서 보이지 않았습니다)에 있는 눈에 보이지 않는 지혜의 호수에서 시간의 강이 흘러나오는 것을 보았습니다. 시간의 강은 둥근 바다의 거대한 동그라미 속으로 흘러 들어갔다가 다시 흘러나오고 있었습니다. 그 바다의 밑바닥에는 바닥에서 먹이를 찾는 거대한 벌레인 '바텀피더'가 머리로 꼬리를 물어뜯을 수 있도록 동그라미를 몸으로 한 바퀴 감싸고 잠들어 있다는 것을 그는 알고 있었습니다. 그 순간 양탄자 바로 밑에 있는 동그라미 바깥쪽에는 '행실 나쁜 신들'(사람들이 한때 즐겨 이야기한 신화로만 존재할 뿐, 이제는 아무도 그 존재를 믿지 않는 신들)의 드넓은 영토가 있었습니다.

집에서 라시드 칼리파는 찌그러진 안락의자에 앉아 루카를 무릎에 앉히고 이렇게 말하곤 했습니다.

"그들은 이제 현실 세계에서는 아무런 힘도 갖고 있지 않아. 그래서 먼 옛날 사람들이 믿었던 신들, 북쪽의 고대 신들, 그리스와 로마의 신들, 남아메리카의 신들, 수메르와 이집트의 신들은 모두 마법 세계에 있단다. 그들은 아직도 신인 체하면서 옛날 놀이를 하고, 옛날에 치렀던 전쟁을 수없이 되풀이하고, 요즘에는 사실 아무도 그들에게 관심이 없거나 이름조차 기억하지 못한다는 것을 잊으려 애쓰면서, 끝없이 무한한 시간을 보내고 있단다."

"정말 슬픈 일이군요." 루카가 아버지에게 말했습니다. "솔직히 말하면 마법의 심장부는 용무가 끝난 초인적 영웅들을 위한 양로원 같아요."

"네가 그렇게 말하는 걸 그들이 듣지 못하게 해." 라시드 칼리파가 말했습니다. "그들은 모두 멋져 보이고 젊어 보이고 빛나 보이고 완벽해 보이니까. 신은 나름대로 특전을 누리지. 과거에 신이었던 존재도 마찬가지야. 그리고 마법 세계 안에서는 여전히 자신의 초능력을 사용할 수 있어. 그들의 벼락과 마법이 더 이상 효과를 발휘하지 못하는 건 현실 세계뿐이야."

"그들에게는 끔찍하겠군요. 그렇게 오랫동안 숭배와 찬미를 누리다가 유행에 뒤떨어진 헌 옷처럼 버림을 받다니."

"특히 멕시코에서 온 아즈텍족의 신들이 심하지." 라시드가 겁먹은 목소리로 말했습니다. "그 신들은 인간을 제물로 받는 데 익숙해져 있으니까. 살아 있는 사람의 목을 자르면 생피가 신들의 돌 잔 속으로 흘러 들어갔지. 그 쓸모없는 신들이 마실 피

는 이제 없어. 너도 뱀파이어 이야기를 들어 본 적이 있지? 뱀파
이어들은 대부분 죽지 않은 아즈텍의 신들이야. 그 신들은 피에
굶주려 있고 송곳니가 길게 나 있지. 후이트질로포츠틀리! 테즈
카틀리포카! 틀라후이즈칼판테쿠틀리! 마쿠이코즈-카쿠아우
틀리! 이츠틀라콜리우흐키-익스키밀리……."

"그만요, 그만하세요!" 루카가 간청했습니다. "사람들이 그 신
들을 경배하는 걸 그만둔 것도 당연해요. 아무도 그들의 이름
을 발음할 수 없었을 테니까요."

"아니면 그 신들이 아주 못되게 굴었기 때문인지도 모르지."
라시드가 말했습니다.

이 말이 루카의 관심을 끌었습니다. 못되게 구는 신들이라는
개념이 야릇했습니다.

"신은 자기를 숭배하는 사람들에게 모범을 보여야 하지 않나
요?" 루카가 물었습니다.

"옛날에는 그렇지 않았어." 라시드가 대답했습니다. "지금은
실업자가 되어 버린 그 옛날 신들은 대개 사람들만큼 못되게 굴
거나, 아니면 실제로 사람들보다 훨씬 못되게 굴었어. 그들은 신
이기 때문에 사람보다 훨씬 큰 규모로 못되게 굴 수 있었으니까
말이다. 그들은 이기적이고 무례하고 오지랖 넓고 허영심 강하
고 심보 고약하고 난폭하고 짓궂고 음탕하고 게걸스럽고 탐욕스
럽고 게으르고 부정직하고 교활하고 어리석은데, 이 모든 단점

이 최대한으로 과장되었지. 그들은 그런 초능력을 갖고 있었으니까. 그들이 탐욕스러울 때는 도시 하나를 통째로 집어삼킬 수 있었고, 화가 났을 때는 전 세계를 물에 잠기게 할 수도 있었어. 그들이 인간 생활에 간섭할 때는 사람을 비탄에 빠뜨리고 여자를 훔치고 전쟁을 일으켰지. 그들이 게으를 때는 천 년 동안이나 잠을 잤고, 그들이 장난을 치면, 아무리 사소한 장난이라 해도 사람들은 큰 고통을 받고 목숨까지 잃었어. 때로는 신이 다른 신의 약점을 알고, 늑대가 먹이의 목을 노리듯 상대의 약점을 노려서 죽이곤 했지."

"그 신들이 사라진 건 잘된 일인지도 모르겠군요. 하지만 마법의 심장부는 특별한 곳일 거예요. 분명해요."

"이 우주에 그보다 더 독특한 곳은 없단다."

"사람들이 아직도 믿고 있는 신들은 어때요? 그 신들도 마법의 심장부에 있나요?"

"아니야. 그 신들은 모두 우리와 함께 아직도 여기 있단다."

라시드에 대한 기억이 서서히 사라지고, 루카는 주마등같이 변하는 풍경 위를 날고 있었습니다. 풍경 속에는 부서진 돌기둥과 석상들이 점점이 흩어져 있고, 우화와 전설에서 나온 생물들이 그 사이를 걸어다니거나 뛰어다니거나 날아다니고 있었습니다. 저기—바로 저기!—에 몸통이 없는 거대한 다리 두 개가 있었습니다. 그건 왕중왕 오지만디아스*의 마지막 남은 흔적이었

습니다. 이곳에는 거대한 짐승이 그 석상 다리 쪽을 향해 구부
정하게 앉아 있었습니다. 그 짐승은 스핑크스와 비슷하지만 수
컷이고 반점 무늬가 있었습니다. 몸은 하이에나와 같았고, 하이
에나처럼 소름 끼치는 소리로 웃는 녀석이었습니다. 녀석은 지
나는 길에 마주친 집이나 신전, 언덕이나 나무 따위를, 순전히
파멸을 가져오는 그 열광적인 웃음소리 하나로 모조리 파괴해
버렸지요. 그리고 저기!―바로 저기!―에는 스핑크스가 있었습
니다! 예, 그건 분명히 스핑크스였어요. 여자 머리에 사자 몸뚱
이! 스핑크스가 어떻게 낯선 이들을 불러 세우고 그들에게 이야
기하기를 고집했는지 보세요.

"그건 정말 유감이야." 소라야가 말했습니다. "스핑크스는 모
든 사람에게 똑같은 수수께끼를 내지만, 아무도 대답하고 싶어
하지 않아. 그 대답은 옛날부터 누구나 알고 있었으니까. 스핑
크스는 정말로 새로운 행동을 취할 필요가 있어."

엄청나게 커다란 알 하나가 노른자 빛깔의 긴 다리로 그들 아
래를 지나갔습니다. 날개 달린 유니콘이 그들 옆을 날아갔습니
다. 몸이 세 부분으로 이루어진 기묘한 생물―악어·사자·하마
가 결합된 동물―이 둥근 바다를 향해 발을 끌며 걸어갔습니

*오지만디아스: 영국 시인 P.B. 셸리의 시에 나오는 고대 이집트의 왕. '오지만디아스'는
람세스 2세의 그리스식 이름이다.

다. 개의 형상을 한 하급 신을 보고 곰돌이가 흥분했습니다.

"저건 솔로틀*이야." 소라야가 경고했습니다. "솔로틀에게 가까이 가면 안 돼. 불운의 신이니까."

이 말에 곰돌이가 몹시 실망해서 불평했습니다.

"불운이 왜 하필이면 개죠? 현실 세계에서는 충실한 개가 주인한테 큰 행운인데. 그 불운의 신들이 결딴난 것도 당연해요."

루카는 마법의 심장부가 황폐해진 것을 알아차리지 않을 수 없었습니다. 이집트인들의 피라미드는 무너져 있었고, 북유럽 구역에는 거대한 물푸레나무가 쓰러져 있고, 거대한 뿌리 세 개는 하늘을 잡으려 하고 있었습니다. 저쪽에 있는 목초지가 정말로 위대한 영웅들의 영혼이 영생하는 천국이라면, 왜 풀이 저렇게 갈색으로 변했을까요?

"이곳은 정말로 상태가 좋지 않아요." 루카가 말했습니다.

소라야는 슬픈 얼굴로 고개를 끄덕였습니다.

"마법은 우주에서 사라지고 있단다. 이제 사람들은 우리를 더 이상 필요로 하지 않아. 아니, 화질은 선명한 고화질이고 기대치는 낮은 너희는 모두 그렇게 생각하지. 어느 날 너희가 잠에서 깨어나 보면 우리는 모두 떠나 버리고 없을 테고, 그러면 너희는 '마법'이라는 개념조차 없이 사는 게 어떤 건지 알게 될 거야. 하

---

*솔로틀: 아즈텍 신화에 나오는 죽음과 불운의 신. 개의 형상으로 묘사된다.

지만 시간은 계속 지나가고, 거기에 대해서 우리가 할 수 있는 일은 하나도 없어." 소라야가 갑자기 환해진 얼굴로 말했습니다. "'미인들의 결투'를 보고 싶지 않니? 지금이 마침 그 시간인 것 같은데."

양탄자가 거대한 경기장을 향해 내려가기 시작했습니다. 경기장 지붕에는 양파 모양의 황금 돔 일곱 개가 올라앉아 아침 햇살에 반짝이고 있었습니다.

"하지만 우리는 남신과 여신 들을 피해야 하지 않을까요?" 루카가 이의를 제기했습니다. "우리는 신들의 눈에 띄고 싶지 않고, 우리가 여기 온 걸 신들에게 알리고 싶지 않잖아요. 우리는 결국 도둑이니까요."

"신들은 우리를 보지 못해." 소라야가 대답했습니다. "신들은 현실 세계에서 온 사람의 존재를 알아차리지 못해. 그들이 너에게 더 이상 존재하지 않듯이, 너도 그들에게는 존재하지 않아. 너는 수많은 남신과 여신에게 곧장 걸어가서 야유를 퍼붓고 코를 꼬집어도, 그들은 아무 일도 없는 것처럼, 또는 파리 한 마리 성가시게 굴고 있는 것처럼 행동할 거야. 그리고 그들은 나처럼 이웃 동네에서 온 사람에게는 별로 관심이 없어. 우리는 그들 이야기의 일부가 아니니까, 그들은 우리가 중요하지 않다고 생각하지. 정말 어리석은 노릇이지만, 그게 그들의 방식이야."

'그럼 이건 일종의 유령 도시로군.' 하고 루카는 생각했습니다. '그리고 전능한 존재로 여겨지는 이 신들은 몽유병자나 그들 자신의 메아리에 불과해. 여기는 신화 테마파크 같은 곳이야. 다만 손님이 우리밖에 없고, 우리는 그들의 가장 귀중한 재산을 훔치러 왔을 뿐이지.'

이렇게 생각하고 나서 소라야에게 말했습니다.

"하지만 신들이 우리를 볼 수 없다면 생명의 불을 훔치는 것도 쉽지 않을까요? 그렇다면 빨리 가서 훔쳐야 하지 않겠어요?"

"심장부의 중심, 즉 둥근 바다 안에서는 지혜의 호수가 영원한 새벽에 감싸여 있어." 소라야가 말했습니다. "그곳 상황은 전혀 달라. 그곳엔 바보처럼 약탈이나 당하는 몽유병자 신들이 존재하지 않아. 그건 아알림, 그러니까 세 명의 조의 나라야. 그들은 시간 전체를 감독한단다. 그들은 불을 지키는 최후의 수호자들이고, 작은 것 하나도 절대로 놓치지 않아."

"세 명의 조라고요?" 루카가 되물었습니다.

"조-후아, 조-하이, 조-아이가." 소라야가 대답하고는, 속삭이는 소리로 덧붙였습니다. "과거, 현재, 미래. 모든 지식의 소유자들. 아알림. 시간의 삼위일체."

양파 모양의 황금 돔들은 이제 그들 밑에 있었지만, 루카는 오로지 생명의 불만 생각하고 있었습니다.

"그럼 우리는 어떻게 그 조들을 지나치죠?" 그도 속삭이는 소리로 말했습니다.

소라야는 두 팔을 벌리고 어깨를 으쓱하며 슬픈 미소를 지었습니다.

"너는 처음부터 알고 있었어. 지금까지 그 일을 해낸 사람이 아무도 없다는 걸. 하지만 이 근처를 살금살금 돌아다니는 사람이 있는데, 그가 우리를 도와줄 수 있을지도 몰라. 그 사람은 대개 납작 엎드려 있지만, 여기야말로 그를 찾기에 가장 좋은 곳이야. 그 사람은 미녀들의 싸움을 구경하기 좋아하거든."

소라야는 양탄자를 넓게 펼쳐진 진달래밭 뒤에 착륙시켰습니다. 진달래밭은 '아르고'를 충분히 감출 수 있을 만큼 넓었습니다.

"마법의 생물들은 좀처럼 진달래에 접근하지 않아." 소라야가 말했습니다. "진달래가 유독하다고 믿기 때문이지. 이 근처에 예티들이 있다면 그들은 물론 진달래꽃을 먹어 치우겠지만, 여기는 그 징그러운 설인의 나라가 아니야. 그러니까 '아르고'는 당분간 여기 놔둬도 괜찮을 거야."

이어서 그녀는 양탄자를 접어서 주머니에 넣고 양파처럼 생긴 돔을 머리에 인 건물로 걸어갔습니다. 네 자매는 금속 암퇘지로 변신하여 요란하게 쩔렁거리는 소리를 내면서 소라야 옆을 종종걸음으로 지나갔습니다. 아무버지, 루카, 기억의 새들, 곰돌이와 멍멍이는 결투장을 향해 걸어갔습니다. 경기장에서는 성난 외침 소리가 들려왔습니다. 여신들이 싸우는 소리였습니다.

"너무 바보 같아." 소라야가 말했습니다. "저 여신들은 누가 가장 아름다운지를 놓고 싸우는 거야. 그게 중요한 일이기라도 한 것처럼 말이야. 미의 여신들이 제일 나빠. 그들은 수천 년 동안 아첨을 받고 버릇이 없어졌어. 죽음을 피할 수 없는 인간들과 불멸의 신들이 미의 여신들을 위해 목숨을 바쳤고, 그 결과 미의 여신들은 자기들이 터무니없는 짓도 할 자격이 있다고 믿게 됐어. 그 터무니없는 짓이 뭔지 말해 줘도 너는 믿으려 하지 않을 거야. 그들은 최고로 좋은 것만 자기한테 어울린다고 생각하고, 설령 그게 남의 소유라 해도 상관하지 않아. 그래서 그게 어쨌다는 거지? 하는 식이야. 그들은 보석이든 궁전이든 사람이든, 그것을 소유하고 있는 주인보다 자기가 더 그것을 가질 자격이 있다고 확신하지. 하지만 지금 이곳은 그들이 가진 힘의 고물 수집장이야. 그들의 아름다움은 더 이상 전함을 발진시키지 못하고, 남자들이 사랑을 위해 죽게 하지도 못해. 그래서 이제 그들이 할 일은 허울뿐인 왕관, 아무 의미도 없는 '가장 아름다운 여신'이라는 타이틀을 얻기 위해 서로 싸우는 것뿐이야."

"하지만 그건 여왕님이에요. 여왕님이 가장 아름다워요. 여왕님의 붉은 머리카락이 바람에 날리는 걸 보세요. 그리고 여왕님의 눈, 여왕님의 얼굴은 완벽해요. 나는 여왕님이 사람들을 욕하고 있을 때도 그게 즐겁고, 여왕님의 목소리가 슬프게 들릴 때는 기분이 안 좋아요." 루카는 소라야에게 말하고 싶었습니다. 하지만 안타깝게도 그런 쑥스러운 말을 입 밖에 내기에는 수줍음이 많았습니다. 바로 그때 요란한 환호성이 터지기 시작했고, 환호는 점점 커졌습니다. 따라서 루카가 그 말을 입 밖에 냈다 해도 소라야는 아무 소리도 듣지 못했을 것입니다.

경기장에 모여든 관중은 우화와 전설에서 나온 환상적인 생물들의 집합이었습니다. 며칠 전만 해도 루카는 그것을 보고 깜짝 놀랐을 테지만, 지금은 기대감까지 품기 시작했습니다. '저것 좀 봐. 파우누스*들이 있네. 뿔이 나고 귀와 발굽은 염소 같은 목신들 말이야. 그리고 오만한 켄타우루스*들이 발을 구르고 있군.' 하고 루카는 생각했습니다. 그리고 마법 세계가 전혀 놀랍지 않게 느껴지는 데 놀랐습니다. '그리고 날개 달린 남자들, 저건 천사들일까? 여신들이 싸우는 걸 천사들이 구경하고 있다니, 그건 옳지 않은 것 같아. 그리고 결투 구경을 좋아하는 다른 팬들은 아마 아침 오락을 즐기러 나온 다양한 남신들과 하급 신들, 신들의 하인과 아이들과 애완동물들일 거야.'

바로 그때 첫 번째 여신이 경쟁에서 탈락했습니다. 그 여신은 거꾸로 공중제비를 돌며 허공을 날아 루카의 머리 위를 지나가면서, 화를 참지 못해 괴성을 질렀습니다. 그러더니 얼굴에 하얀

---

*파우누스: 로마 신화에서 사냥과 목축을 맡아보는 신. 반은 사람, 반은 동물의 모양을 하고 있다. 그리스 신화의 '판신'과 동일시되었다.
*켄타우루스: 로마 신화에 나오는 괴물. 상반신은 인간이고 하반신은 말인 야만적인 종족으로, 성질이 음란하고 난폭했다고 한다.

게 분을 바른 '게이샤'* 같은 미녀에서 이빨이 길고 흉측하게 생긴 데다 성질까지 못된 여자로 변신했다가 다시 게이샤의 모습으로 돌아가서, 경기장의 회전문을 홱 열어젖히고 사라졌습니다.

"저건 일본의 나찰인 '기시모진'* 같은데?" 아무버지가 여신들의 결투에 밝은 전문가 같은 태도로 말했습니다. (결투를 구경하면서 아무버지는 확실히 기분이 좋아졌습니다.) "방금 변신하는 것을 보고 알았겠지만, 사실 나찰은 여신이라기보다 악귀에 더 가까워. 여기 모인 무리 가운데 그녀와 같은 부류에게 따돌림당한 걸 너도 느꼈을 거야. 그러니까 그녀가 맨 먼저 탈락하리라는 것도 당연히 예상할 수 있겠지."

기시모진이 경기장에서 물러갈 때, 루카는 그녀가 높은 소리로 욕설을 퍼붓는 것을 들을 수 있었습니다.

"너희들은 머리가 바질 꽃잎처럼 일곱 조각으로 쪼깨질 것이다."

"저건 이른바 '아리수*의 저주'야." 아무버지가 루카에게 설명했습니다. "현실 세계에서는 무서운 저주지만, 애처롭게도 이 여

---

*게이샤: 일본에서 요정이나 연회에서 술을 따르고 전통적인 춤이나 노래로 술자리의 흥을 돋우는 직업을 가진 여성.
*기시모진: 불교에서 출산과 육아를 수호하는 여신.
*아리수(阿梨樹): 피라미드 모양으로 자라는 관목. 꽃봉오리가 필 때 일곱 장의 꽃잎으로 갈라진다.

신들에게는 전혀 효과가 없어."

루카는 결투 장면을 많이 볼 수는 없었지만, 자기를 높이 들어 올려 달라고 일행에게 부탁하고 싶지는 않았습니다. 그는 관중의 머리 위로 벼락이 던져지고 요란한 소리와 함께 폭발이 일어나 결투장을 환하게 밝히는 것을 보았습니다. 거대한 구름 같은 나비 떼와 새 떼가 서로 싸우고 있는 것도 보았습니다.

"옆에서 고대 수메르의 달의 여신 밀리타와 아즈텍의 뱀파이어 여왕 소치케찰 사이에 결투가 벌어지고 있군." 아무버지가 말했습니다. "그들은 둘 다 새와 나비를 수행원으로 거느리고 있는 게 마음에 안 드는 거야. 미의 여신들은 언제나 자기가 독특하기를 바라거든! 그래서 그들은 대개 상대에게 당장 덤벼들고, 날개를 퍼덕이는 친구들도 마찬가지야. 두 여신은 서로 상대를 때려눕히고, 최고의 여신들에게 독무대를 마련해 주지."

로마의 사랑의 여신 베누스는 일찌감치 싸움에 져서 비틀거리며 경기장을 떠났고, 가면서 잘린 두 팔을 다시 붙였습니다.

"로마의 신들은 여기 마법의 심장부에서는 서열이 낮아." 아무버지가 소음보다 더 큰 소리로 외쳤습니다. "우선 그들은 집이 없어. 그들의 추종자들은 올림포스 산이나 발할라 같은 신들의 거처를 생각해 내지 못했고, 그래서 로마의 신들은 솔직히 말하면 부랑자처럼 집을 찾아 떠돌아다니지. 게다가 그들이 그리스 신들을 흉내 낸 가짜에 불과하다는 것은 누구나 다 알고 있어.

오리지널 영화를 공짜로 볼 수 있는데, 누가 이류 리메이크 영화를 보고 싶어 하겠냐?"

루카는 신들 사이에도 서열이 있는 줄은 몰랐다고 역시 큰 소리로 외쳤습니다.

"그러면 서열이 제일 높은 건 누구죠? 전직 신들 가운데 어느 무리가 최고 신들이죠?"

"어느 무리가 가장 오만한지 말해 주마." 아무버지가 외쳤습니다. "그건 분명 이집트 신들이야. 그리고 이 결투에서는 이집트 여신인 하토르*가 우승할 때가 많아."

하지만 이번에 마지막까지 남은 것은 그리스 키프로스 섬의 아프로디테였습니다. 바빌론의 이슈타르*와 발키리*들의 여왕 프로이야*가 진흙 씨름판에서 싸우다가 둘 다 의식을 잃은 뒤, 도박꾼들에게 인기가 많은 암소 귀를 가진 하토르가 잠깐 무화과나무로 변신하는 실수를 저질렀고, 덕분에 아프로디테는 하토르를 도끼로 쓰러뜨릴 수 있었습니다. 그래서 결투가 끝났을 때, 미모의 최종 결정권자인 거대한 '거울'로 다가가서 '거울아,

---

*하토르: 이집트 신화에 나오는 미와 사랑의 여신. 암소의 귀를 지닌 형상으로 표현된다.
*이슈타르: 바빌로니아 신화에 나오는 미와 사랑의 여신.
*발키리: 북유럽 신화에서 오딘을 섬기는 전쟁의 처녀들.
*프로이야: 발키리들 가운데 미와 사랑의 여신.
*훔바바: 「길가메시 서사시」에 나오는 괴물 거인.

거울아, 벽에 걸린 거울아······' 운운하는 유명한 질문을 던진 것은 아프로디테였고, 전통에 따라 '당신이 제일 아름답다'는 칭찬을 받은 것도 아프로디테였습니다.

"그래." 아무버지가 말했습니다. "진흙탕 씨름은 좋은 운동이지. 내일이면 모두 다시 경기장으로 돌아올 거야. 이 근처에는 그들이 할 일이 그렇게 많지 않거든. 집에 틀어박혀 텔레비전을 보거나 체육관에 갈 수 있는 것도 아니고."

승자인 아프로디테는 우아하게 손을 흔들면서, 하지만 약간 로봇처럼 관중 사이를 지나갔습니다. 아프로디테는 루카한테서 1미터 정도밖에 떨어지지 않은 곳을 지나갔고, 루카는 아프로디테의 눈이 묘하게 흐려져 있고 초점이 무한에 맞추어져 있는 것을 보았습니다. '아프로디테가 실제 사람을 볼 수 없는 것도 당연해.' 하고 루카는 생각했습니다. '아프로디테의 눈은 오로지 자신만을 보기 위한 거니까.'

그는 소라야를 찾으려고 주위를 둘러보았지만, 소라야는 사라지고 없었습니다.

"아마 따분해졌을 거야." 아무버지가 말했습니다. "밖에 나가면 찾을 수 있겠지."

그들이 결투장을 떠날 때, 아무버지는 좀 더 주목할 만한 관객 몇 명을 루카에게 가리켜 보였습니다. 아시리아의 훔바바*는 뿔이 난 머리와 사자 발을 가졌고 비늘로 뒤덮인 알몸을 드러내고 있었습니다. 그의 꼬리는 살아 있는 뱀이었는데, 뱀은 끝이 갈라진 혀를 날름거리고 있었습니다.

"훔바바는 고추도 그렇군요." 루카가 즐거운 투로 말했습니다. "정말 대단해요. 고추가 뱀이라니. 그런 건 이제까지 본 적이 없어요."

이 새로운 광경 바로 뒤에 중앙아시아의 보라메즈 무리가 있었습니다. 보라메즈들은 다리가 고구마와 방풀나물처럼 길고 다육질인 두 종류의 뿌리채소로 만들어져 있는 것을 제외하면, 나머지는 모두 새끼 양처럼 보였습니다. '새끼 양 갈비살과 두 가지 채소로군.' 하고 루카는 생각했습니다. '냠냠. 이 동물들은 영양가 있는 완전한 식사가 될 거야.'

관중 속에는 머리가 세 개인 트롤*도 몇 명 있었고, 프로이야 여신이 우승하기를 바라고 있다가 실망한 발키리들도 많았습니다. 그들은 침착하고 부드러운 북유럽인 특유의 태도로 노래하듯 가락을 넣어서 서로에게 말했습니다.

"괜찮아. 내일이 있으니까."

소라야는 진달래밭 앞에서 기다리고 있었습니다. 그런데 천진난만해 보이는 그 모습이 여느 때와는 너무 달라서, 루카는 그

---

*트롤: 북유럽 신화에 나오는 요괴.

녀가 뭔가 못된 짓을 꾸미고 있는 게 아닐까 생각했습니다.

"무슨 일이에요?" 그는 말하기 시작했지만, 곧 전술을 바꾸었습니다. "아니, 그건 아무래도 좋아요. 우리는 지금 시간을 낭비하고 있어요. 계속 가요. 됐죠?"

"옛날 옛적에 가라오케라는 인디언 부족이 있었어." 소라야가 꿈꾸는 듯이 말했습니다. "하지만 그들은 불이 없어서 슬프고 추웠지. 노래도 전혀 부르지 못했어."

"지금은 옛날이야기를 하고 있을 때가 아니에요." 루카가 말했지만, 소라야는 무시하고 말을 이었습니다. "불은 에코아라크라는 신 같은 존재가 창조한 거였지." 그녀는 여전히 꿈꾸는 듯한 목소리로 말했습니다. 루카는 그 목소리가 아름답다는 것, 그리고 어머니의 목소리와 똑같다는 것을 인정할 수밖에 없었습니다. 그래서 그 목소리를 듣자 마음이 차분해졌습니다. "하지만 에코아라크는 불을 뮤직 박스 속에 감춘 다음 안전하게 보관하기 위해 늙은 마녀 두 명에게 그것을 맡기면서, 무슨 일이 있어도 그걸 가라오케에게 주지 말라고 지시했지."

"여기 어딘가에 이야기의 요점이 있었으면 좋겠군요." 루카가 소라야의 말을 조금 무례하게 가로막았지만, 그것은 그녀에게 미소를 짓게 했을 뿐입니다. 어쨌든 그것은 수달들이 습관처럼 하는 행동이었으니까요.

"불을 훔치겠다고 결심한 건 코요테였어." 소라야가 말했습니다.

그러자 개 곰돌이가 갑자기 활기를 띠더니, 기대에 찬 얼굴로 말했습니다.

"그건 영웅적인 프레리도그*에 대한 이야기죠?"

하지만 소라야는 곰돌이를 무시했습니다.

"코요테는 사자와 큰 곰과 작은 곰, 늑대, 다람쥐와 개구리의 도움을 받기로 했어. 그들은 마녀들의 천막과 가라오케 마을 사이에 일정한 거리를 두고 띄엄띄엄 자리를 잡은 다음 기다렸지. 코요테는 한 가라오케 인디언에게 마녀들을 찾아가서 그들의 천막을 공격하라고 지시했어. 인디언이 시키는 대로 하자, 마녀들은 빗자루를 들고 천막에서 나와서 그를 쫓아 버리려고 따라 갔지. 그 틈에 코요테는 천막 안으로 뛰어 들어가 코로 상자를 열고 활활 타고 있는 횃불을 훔쳐서 달아났어. 마녀들은 코요테가 불을 들고 달아나는 것을 보고는 인디언을 잊어버리고 대신 코요테를 쫓아갔지. 코요테는 바람처럼 달렸고, 달리다가 지치자 활활 타고 있는 횃불을 사자에게 넘겨주었어. 사자는 큰 곰한테 달려갔고, 큰 곰은 작은 곰한테 달려갔고, 작은 곰은 또 다음 주자한테 달려갔지. 마지막에 개구리가 불을 삼키고 마녀들이 따라올 수 없는 강물 속으로 첨벙 뛰어들었어. 그런 다음 건너편 강둑으로 뛰쳐나가 가라오케 마을의 메마른 숲에 불을 토

---

*프레리도그: 북아메리카 초원 지대(프레리)에 굴을 파고 무리를 지어 사는 설치류 동물.

해 냈지. 불은 딱딱 소리를 내며 타올랐고, 불길이 하늘까지 솟구쳤어. 그걸 보고 모두 환성을 질렀지. 그 직후에 인디언이 돌아왔어. 인디언은 마녀들의 천막 안으로 들어가 (마녀들이 코요테를 쫓고 있을 때) 뮤직 박스를 통째로 훔쳤지. 그랬더니 그 후 가라오케 마을은 줄곧 따뜻했고, 마법의 뮤직 박스는 특별히 고른 유행가를 온종일 쉬지 않고 연주했기 때문에 모든 사람이 노래를 부르게 됐어."

"좋아요." 루카가 미심쩍은 듯이 말했습니다. "아주 좋은 이야기이긴 하지만……."

그때 코요테가 진달래밭 뒤에서 어슬렁어슬렁 걸어 나왔습니다. 서부극에 나오는 악당처럼 거칠어 보였고, 말썽을 일으킬 준비가 되어 있었습니다.

"꼬마야, 안녕." 코요테가 넉살 좋고 삐딱하게 말했습니다. "여기 있는 내 친구 욕설 여왕은 네가 도움을 필요로 한다고 했어. 나한테 도와 달라고 해. 너에겐 무슨 도움이든 다 필요할 거야." 그는 자신 있게 늑대 같은 웃음소리를 냈습니다. "내 말 들어 봐, 불 도둑놈아. 불 도둑질에서 나보다 더 경험이 많은 놈은 한 녀석을 빼고는 아무도 없어. 그 녀석도 덩치가 컸지만, 지난번에 그런 일이 일어난 뒤로는 쓸모가 없어졌어. 어쩔 수 없는 일이지. 녀석은 기가 죽은 것 같아."

"무슨 일이 있었는데?" 루카는 물었지만, 사실은 별로 알고 싶지도 않았습니다.

"붙잡혔지." 코요테가 퉁명스럽게 말했습니다. "그 덩치 큰 녀석이 바위에 묶여 있었어. 거기에 사지를 벌리고 큰 대 자로 묶여서 무자비한 놈들의 처분에 맡겨져 있었지. 독수리가 온종일 녀석의 간을 쪼아 먹었고, 그렇게 망가진 간은 아알림의 마법 때문에 밤마다 상처가 아물고 크기도 다시 커졌어. 영원히 독수리가 녀석의 간을 계속 쒑어 먹을 수 있도록 말이야. 더 듣고 싶어?"

"아니, 됐어." 루카는 제 능력으로는 도저히 이해할 수 없다고 생각하면서 말했습니다. 그렇게 생각한 것도 이번이 처음은 아니었습니다. 하지만 그는 실제보다 훨씬 용감하게 들리는 목소리로 말을 이었습니다. "게다가 솔직히 말하면 나는 좀 수상쩍게 생각하고 있어. 마법 세계 역사상 생명의 불이 도둑맞은 적은 한 번도 없다고, 처음부터 다들 그렇게 말했지. 그런데 지금 너는 자기가 불을 훔쳤다고 말했고, 네가 말하고 있는 그 옛날 사람도 분명히 불을 훔쳤다는 거지? 그러면 뭐가 진실이야? 모두 나한테 거짓말을 한 거야? 그리고 불을 훔치는 건 실제로는 누가 인정한 것보다 훨씬 쉬운 일이야?"

그러자 소라야가 대답했습니다.

"우리가 너한테 사정을 좀 더 잘 설명했어야 하는 건데 그랬구나. 아무버지가 처음에 일을 제대로 했어야 하는 건데. 나도 마찬가지고. 네가 불만을 품는 것도 당연해. 그러니까 사실은 이래. 마법 세계는 때와 장소에 따라 다양한 형태를 취했고, 수없이 다양한 이름을 가졌어. 현실 세계 역사가 대대로 변해 왔듯이 마법 세계도 그동안 자신의 위치와 지형과 법칙을 바꾸었단다. 그 많은 시대와 장소 가운데 몇몇 경우에는 불 도둑들이 신들의 불을 훔치는 데 성공한 것도 사실이야. 하지만 마법의 심장부가 지금 여기에 현재와 같은 모양과 형식을 취한 뒤로는 아무도 성공하지 못했어. 그게 진실이야. 아알림은 항상 주변에 있었어. 어쨌든 과거와 현재와 미래에서 벗어날 길은 없잖아? 하지만 오랫동안 그들은 상황 처리를 그 시대의 신들, 네가 지금 여기서 보고 있는 전직 신들, 일을 항상 그렇게 잘하지는 못했던 비효율적인 신들에게 맡겨 놓았지. 이제 아알림은 상황에 대한 통제력을 스스로 장악했어. 모든 것이 재정리됐지. 생명의 불은 철벽으로 지켜지고 있어. 세 명의 조는 모든 것을 알고 있지. 조-후아는 과거를 아무리 사소한 것까지 모두 알고 있고, 조-하이는 현재 일어나는 사건을 아무리 사소한 것까지 모두 볼 수 있고, 조-아이가는 미래를 내다볼 수 있어. 그들이 불을 지키는 책임을 맡은 뒤로는 아무도 불을 훔치지 못했단다."

"아, 그렇군요." 루카는 맥빠진 기분을 느끼면서 말했습니다. 불을 훔치는 데 성공한 불 도둑들이 있었다는 사실을 알고 잠깐이나마 희망을 품었기 때문입니다. 코요테가 불을 훔칠 수 있었다면 나도 훔칠 수 있을 거라고 생각했습니다. 하지만 소라야가 진실을 설명하자, 확 타올랐던 희망은 물벼락을 맞은 불처럼 쉿 쉿 소리를 내며 꺼져 버렸습니다. 그는 코요테 쪽을 돌아보며 겸손하게 물었습니다.

"너는 어떤 도움을 줄 생각이었냐?"

"여기 있는 이 아름다운 여자는 너한테 친절하구나. 나도 옛날 친절하게 대해 준 이 여자한테 감사하고 있어." 코요테는 무언가를 씹으면서 말했습니다. "이 여자는 내가 너를 안내해서 중심 지역을 통과할 수 있을지도 모른다고 했어. 아마 그건 할 수 있을 거야. 이 여자는 감시자의 주의를 다른 데로 돌려 줄 누군가가 필요할 거라고 했어. 그건 상대를 유인하는 바람잡이 역할이야. 이 여자는 내가 옛날 패거리들을 불러 모아서 네가 그 정신 나간 짓을 하고 있는 동안 감시자의 주의를 다른 데로 돌리는 그 바람잡이 역할을 할 수 있을지 생각해 보라고 했어. 이 여자는 네가 영광을 향해 달려가는 동안 내가 아알림의 주의를 다른 데로 돌려 주기를 바라고 있어."

그때 소라야가 루카의 몸에서 모든 희망을 다 빼내 버리는 말을 했습니다.

"나는 너를 데려갈 수 없어. 아알림의 나라 안으로 데려다 줄 수는 없어. 현명한 솔로몬 왕의 양탄자가 자기네 영역으로 들어오는 것을 보면, 그리고 저 사람을 알아차리게 되면……" 그녀가 혐오스러운 표정을 띠고 아무버지에게 고개를 끄덕였습니다.

"물론 그들은 틀림없이 눈치를 채겠지만, 그렇게 되면 게임은 당장 끝날 거야. 그들은 말썽이 생길 것을 냄새 맡고 전력을 다해 우리를 공격할 테고, 나는 오랫동안 그들을 물리칠 수 있을 만큼 강하지 못해. 내가 코요테를 찾으려 했던 건 그 때문이야. 네가 계획을 갖고 있었으면 좋겠다."

"내가 같이 갈게." 개 곰돌이가 충성스럽게 말했습니다.

"나도 가겠어." 곰 멍멍이가 맏형처럼 걸걸한 목소리로 말했습니다. "누군가가 너를 돌봐 주어야 하니까."

기억의 새들이 물갈퀴가 있는 두 발을 어색하게 끌면서 걸어왔습니다.

"불을 훔치는 건 사실 우리한테 어울리는 일이 아니야." 코끼리 암오리가 말했습니다. "우리는 무언가를 기억할 뿐이지. 우리는 기억꾼일 뿐이야."

그러자 코끼리 수오리가 어색하게 덧붙였습니다.

"우리는 항상 너를 기억할 거야."

코끼리 암오리가 그를 성난 눈으로 노려보았습니다. 그러고는 제 짝의 옆구리를 거칠게 쿡 찌르면서 말했습니다.

"그 말은 우리가 소라야 여왕과 함께 네가 돌아오기를 기다리겠다는 뜻이야."

그러자 코끼리 수오리가 헛기침을 하고 나서 말했습니다.

"물론이지. 내가 잘못 말한 게 분명해. 물론 우리는 기다리고 있을 거야. 나도 그렇게 말할 작정이었어."

아무버지는 루카의 눈을 들여다볼 수 있도록 쪼그려 앉았습니다.

"소라야 말이 맞아." 그가 라시드 칼리파의 목소리 중에서도 가장 진지하고 다정한 목소리를 냈기 때문에 루카는 몹시 짜증이 났습니다. "나는 너와 함께 갈 수 없어. 저기 들어갈 수 없어."

"그 얘기도 진작 해 주었어야죠. 둘 다 마찬가지예요. 내가 당신들 없이 어떻게 이 일을 해내죠?"

"아직 우리가 있잖아." 변신의 재주꾼 잘디바달이 단호하게 말했습니다.

그녀의 자매들도 얼음의 시련에서 완전히 회복되어 열정적으로 고개를 끄덕였습니다. 그러자 금속성 돼지 귀가 그들의 머리 옆면에 부딪혀 짤랑거리는 소리를 냈습니다.

"우리는 심장부의 동물들이야." 바들로-바들로가 말했습니다. 어쨌든 루카는 그게 바들로라고 생각했지만, 모두가 변신을 거듭하고 있어서 네 자매 가운데 누가 누구인지 기억하기가 어려웠습니다. "맞아. 세 명의 조는 우리를 의심하지 않을 거야." 하고 말한 것은 아마 바후트-사라였을 것입니다.

"고마워." 루카는 진심으로 고마워하며 말했습니다. "하지만 너희가 용으로 변신할 수 있을까? 우리가 공격을 받으면, 금속

돼지보다는 용이 더 유용할지 몰라."

그러자 네 자매는 순식간에 용으로 변신을 끝냈습니다. 루카는 그들의 몸 빛깔이 저마다 달라서 구별하기가 한결 쉬워진 것을 보고 만족했습니다. 잘디는 붉은빛, 바들로는 초록빛, 사라는 파란빛, 네 자매 가운데 가장 몸집이 크고 열일곱 가지로 변신할 수 있는 기야라-진은 황금빛이었습니다.

"그럼 결정됐어." 루카가 말했습니다. "곰돌이, 멍멍이, 잘디, 사라, 바들로, 진, 그리고 나. 우리 일곱 명이 심장부의 중심으로 들어가는 거야."

"나를 넛호그라고 불러." 넛호그가 말했습니다. "우리는 이제 친구야. 그리고 나는 본명을 별로 좋아한 적이 없어."

코요테가 먹다 남은 찌꺼기를 퉤 뱉어 내고는 헛기침을 했습니다.

"이봐 꼬맹아, 여기서 뭐 잊어버린 거 없어? 아니면 너그럽고 진실한 내 제의를 공공연히 무시하여 나를 모욕할 작정이야? 내 제의는 선의에서 나왔는데도? 게다가 너는 무지하고 나는 특별한 전문지식을 갖고 있는데도?"

루카는 뭐라고 대답해야 할지 정말로 알 수가 없었습니다. 이 코요테는 소라야의 친구니까 믿을 수 있다고 생각했지만, 코요테가 정말로 필요할까요? 바람잡이를 이용하여 아알림의 주의를 어느 쪽으로도—엉뚱한 쪽으로라도—끌지 않고 몰래 살금살금 들어가는 게 가장 좋은 방법이 아닐까요?

"한 가지만 말해 주세요." 루카가 아무버지를 돌아보면서 말했습니다. 그는 아무버지가 점점 싫어지기 시작했습니다. "내가 앞으로 얼마나 많은 레벨을 통과해야 하죠? 여기 시야 오른쪽 구석에 한 자릿수 계수기가 있는데, 거기에는 7이라고……."

"7이면 훌륭해." 아무버지가 말했습니다. "사실은 아주 인상적이야. 하지만 네가 생명의 불을 훔치는 데 성공하지 못하면 8레벨을 끝마칠 수 없을 거야."

"분명히 합시다. 불을 훔치는 건 한 번도 성공한 적이 없어요. 적어도 마법 세계의 현행 체제에서는." 루카가 짜증스럽게 말했습니다. "현재 시행되고 있는 게임 규칙 아래에서는 성공한 적이 없죠."

"게다가 9레벨은 모든 레벨 중에서 가장 길고 힘들어." 아무버지가 덧붙였습니다. "9레벨에서 너는 붙잡히지 않고 출발점으로 돌아가서 현실 세계로 다시 뛰어들어야 돼. 그런데 마법 세계 전체가 무장하고 너를 추적할 거야. 그게 9레벨이야."

"멋지군요. 정말 고맙습니다." 루카가 말했습니다.

"천만에." 아무버지가 차갑고 냉정한 목소리로 말했습니다. "이게 애당초 네 생각이었다는 게 생각나는군. 네가 '갑시다' 하고 말한 게 분명히 생각나. 내가 틀렸냐?" 이렇게 말하고 있는 것은 분명 루카의 아버지가 아니었습니다. 그것은 그의 아버지한테서 생명을 모조리 빨아먹으려 하고 있는 존재였습니다. 이 모험은 아무버지가 자신의 진짜 목적이 이루어질 때까지 시간을 보내기 위해 계획한 게 아닐까 하는 의심이 어느 때보다도 강해졌습니다. 그것이 그의 '할 일'이었던 것입니다.

"아뇨." 루카가 말했습니다. "아니, 틀리지 않았어요."

바로 그때, 큰 소리가 들렸습니다.

큰 소리, 아주 큰 소리, 엄청나게 큰 소리였습니다.

사실 이 소리를 '크다'고 말하는 것은 쓰나미를 그냥 큰 파도라고 말하는 것과 마찬가지였습니다. 이 소리가 얼마나 큰지 설명하려면 이렇게 말해야 할 거라고 루카는 생각했습니다. 예를 들어 히말라야 산맥이 돌과 얼음 대신 소리로 만들어졌다면, 이 소리는 에베레스트 산이었을 거라고. 아니, 에베레스트는 아니더라도 8천 미터급 봉우리들 가운데 하나였을 것은 분명하다고. 루카는 지구상에 8천 미터급 봉우리가 14개 있다는 이야기를 아버지한테 들은 적이 있습니다. 아버지가 등산과는 거리가 먼 사람이었지만, 뭐든지 좋은 순서대로 열거한 목록을 좋아했습니다. 높은 산부터 순서대로 나열하면 다음과 같습니다. 에베레스트, K2, 칸첸중가, 로체, 마칼루, 초오유, 다울라기리, 마나슬루, 낭가파르밧, 안나푸르나, 가셔브룸 1봉, 브로드피크, 가셔브룸 2봉, 시샤팡마. 가장 큰 소리 14개의 목록을 만드는 것도 그렇게 쉽지 않다고 생각했지만, 이 소리는 3위 안에 들 거라고 확신했습니다. 따라서 그것은 적어도 칸첸중가와 같은 급이었습니다.

소리는 계속되었고, 루카는 귀를 틀어막았습니다. 마법의 심장부에 있는 그들 주위에서 대혼란이 벌어졌습니다. 군중은 사방으로 달려가고 있었고, 날짐승들은 하늘로 날아오르고 있었고, 헤엄치는 동물들은 물로 달려가고 있었고, 기수들은 말을 타러 달려갔습니다. 총동원령이 내려진 것 같다고 루카는 생각했습니다. 그때 갑자기 그 소리가 무슨 소리인지 깨달았습니다. 그것은 군대 동원령이었습니다.

"게임이 방금 바뀌었어, 꼬맹아." 코요테가 종종걸음으로 다가와서 루카의 귀에 대고 외쳤습니다. "너는 지금 도움이 필요해. 아주 절실히 필요하지. 이 근처에서 저 소리는 지난 수백 년 동안 아무도 들은 적이 없었어. 저건 큰 소리야. 저건 화재 경보야."

"경보를 울린 건 분명히 불벌레였을 거야." 루카는 당장 깨달았습니다. 고자질 잘하고 소문도 잘 퍼뜨리는 그 작은 불꽃을 까맣게 잊어버린 자신에게 정나미가 떨어졌습니다. 불벌레는 마법 세계에서 가장 작은 안보 정보원이지만, 가장 위험한 정보원인 것 같았습니다. "그 녀석은 아아그 단장의 어깨 근처를 맴돌다가 사라졌어. 우리는 거기에 관심을 두지 않았고, 이제 부주의했던 대가를 치르고 있는 거야."

마침내 화재 경보 사이렌이 잦아들었지만, 주위에서 벌어지는 신경질적인 활동은 오히려 더욱 광란 상태에 빠져들었습니다. 소라야는 루카를 진달래밭 뒤쪽으로 끌고 갔습니다.

"화재 경보가 울리는 건 두 가지를 의미해." 소라야가 말했습니다. "첫째는 누군가가 생명의 불을 훔치려 하고 있다는 걸 아 알림이 알았다는 뜻이고, 둘째는 마법의 심장부에 거주하는 모든 주민이 경보 해제 사이렌이 울릴 때까지 침입자들을 볼 수 있게 되었다는 뜻이야. 그 사이렌은 도둑이 잡히기 전에는 절대로 울리지 않아."

"그럼 이제 모두 나를 볼 수 있다는 뜻인가요?" 루카가 깜짝 놀라서 물었습니다. "곰돌이와 멍멍이도요?"

개와 곰도 이 말에 놀라서, 역시 진달래밭 뒤로 달려와 숨었습니다. 소라야는 고개를 끄덕이며 말했습니다.

"그래. 이제 네가 취해야 할 행동 방침은 한 가지뿐이야. 너는 계획을 포기하고 레샴에 올라타야 해. 나는 올라갈 수 있는 한도까지 올라가서 최대한 빨리 달릴 테고, 놈들이 너를 찾아내기 전에 출발점으로 너를 데려가려고 애쓸 거야. 놈들이 너희 셋을 잡으면 그 자리에서 당장 너희를 끝장낼지도 모르니까. 너희가 여기 있는 이유를 설명하라고 요구하거나 자기들이 그런 극단적인 조치를 취하는 이유도 대지 않고 다짜고짜 즉결 처분할지도 모르니까. 또는 너희를 재판에 회부한 뒤에 끝장낼지도 모르지. 어쨌든 모험은 끝나, 루카 칼리파. 지금은 집에 갈 시간이야."

루카는 한참 동안 아무 말도 하지 않았습니다. 그러다가 짤막하게 말했습니다.

"싫어요."

소라야는 손바닥으로 제 이마를 탁 때렸습니다.

"이젠 건방지게 말대꾸를 하고 있군. 싫다고 말하다니. 그럼 네 계획을 말해 봐, 꼬마 영웅씨. 아니, 말하지 마! 내가 알아맞혀 볼게! 너는 마법의 심장부에 있는 모든 신과 괴물 들한테 도전할 작정이야. 네가 공격에 동원할 수 있는 전력은 개 한 마리와 곰 한 마리, 용 네 마리뿐이야. 너는 지난 수백 년 동안 한 번도 도둑맞은 적이 없고 아무도 훔치려고 시도해 본 적도 없는 것을 훔쳐서 집으로 돌아갈 작정이지? 어떻게? 나는 이 근처에서 기다리다가 너를 태워 주어야 하나? 그래? 좋고말고. 그렇게 해. 어서 가. 그 교묘한 계획은 아주 잘되어 갈 것 같으니까."

"여왕님 말이 옳아요." 루카가 말했습니다. "하지만 코요테도 바람잡이 역할을 맡아서 나를 도와주기로 되어 있다는 걸 잊으셨군요."

"잠깐 기다려, 꼬맹아." 코요테가 겁먹은 표정으로 말했습니다. "잠깐만 기다려. 게임이 바뀌었다고 내가 말했잖아? 내 제의는 이제 더 이상 유효하지 않아."

"이것 봐. 화재 경보가 울리면 도둑들은 뭘 하지?"

"그야 살려고 달아나지. 수백 년 동안 아무도 그런 적이 없지

222   루카와 생명의 불

만, 화재 경보가 울리면 달아났어. 하지만 달아나도 소용이 없었어. 옛날 그 티탄족도 붙잡혀서 바위에 묶였고, 늙은 콘도르가 쪼아 먹기 시작……."

"독수리." 루카가 말했습니다. "아까는 독수리라고 했잖아."

"그 새가 무슨 새였나에 대해서는 의견이 분분해. 하지만 쪼아 먹은 것 자체는 의심할 여지가 없어."

"그러니까 예기치 않은 방향으로 달아나지 않으면, 달아나 봤자 아무 소용이 없군." 루카가 단호하게 말했습니다. "이제 화재 경보가 울렸으니까, 아무도 우리가 달아날 거라고 예상치 않을 방향은 어느 쪽이지?"

루카의 질문에 대답한 것은 아무버지였습니다.

"생명의 불이 있는 쪽. 심장부의 중심으로 들어가는 것. 위험을 향해 달아나는 것. 그래, 네 말이 옳아."

"그렇다면 그게 우리가 갈 길이에요."

7
생명의 불

마법 세계 전역에 적색 경보가 내려졌습니다. 자칼 머리를 가진 이집트의 신들, 사나운 전갈 인간과 재규어 인간, 사람을 잡아먹는 외눈박이 거인 키클롭스와 피리를 부는 켄타우루스들(이들의 피리 소리는 나그네들을 바위틈으로 끌어들여 영원히 가두어 놓을 수 있었습니다), 금과 보석으로 만들어진 아시리아의 보물 요정들(이들의 값비싼 몸은 도둑들을 독이 묻은 그물 속으로 유인할 수 있었습니다), 치명적인 발톱을 가진 날아다니는 그리핀들, 날지는 못하지만 흉악한 눈초리로 사방을 노려보는 괴물 바실리스크들, 구름 말을 타고 하늘에 떠 있는 발키리들, 황소 머리를 가진 미노타우로스들, 미끄러지듯 스르르 나아가는 뱀 여자들, 그리고 거대한 괴조들(이 새들은 선원 신드바드를 둥지까지 태우고 간 새보다도 컸습니다)이 화재 경보에 응하여 땅을 사납게 가로지르고 허공을 가르며 사냥을 거듭했습니다. 경보가 울린 뒤, 둥근 바다에서는 인어들이 비열한 침입자들을 파멸로 유인하기 위해 매혹적인 노래를 부르며 수면 위로 올라왔습니다. 거대한 섬 크기의 생물들—크라켄, 자라탄, 괴물 가오리—이 바다 수면에 달라붙어 꼼짝도 하지 않았습니다. 침입자가 잠시 쉬려고 그런 짐승들의 등 위에 자리를 잡으면, 괴물은 잠수하여 침입자를 익사시키거나, 아니면 몸을 홱 뒤집어서 거대한 입과 날카로운 이빨을 드러내어 한입에 삼켜버릴 것입니다. 그중에서도 가장 무서운 것은 거대한 바텀피더였습니다. 이 괴물은 여느 때에는 조용한 바다 깊은 곳에서 무턱대고 으르렁거리며 올라와, 감히 화재 경보를 유발하여 2천 년 동안의 잠을 방해한 악당들을 먹어 치우려고 했습니다.

그 세계의 혼란 속에서 불의 신들이 심장부의 중심으로 가는 유일한 다리인 비브기오르를 지키려고 당당하게 일어났습니다. 마법 세계를 갈라놓고 있는 바다에 무지개 모양으로 걸쳐져 있는 비브기오르 덕분에 선택받은 소수는 아알림의 나라에 들어갈 수 있었습니다. 일본의 태양의 여신 아마테라스는 남동생인 폭풍의 신과 다툰 뒤 토라져서 2천 년 동안 틀어박혀 있던 동굴에서 나왔습니다. 손에는 마법의 칼 구사나기를 들었고, 머리에서는 햇살이 창처럼 튀어나오고 있었습니다. 그녀 옆에는 불타는 아이 가구쓰치가 있었는데, 불에 타면서 태어났기 때문에 어머니인 이자나미 여신은 가구쓰치를 낳다가 죽고 말았습니다. 불타는 검을 든 수르트르도 있었고, 그의 반려자인 신마라도 불타는 검을 들고 바로 곁에 있었습니다. 아일랜드의 벨, 불타는 손톱을 가진 폴리네시아의 마후이카도 있었고, 올림포스의 대장장이 신 헤파이스토스는 로마의 대장장이 신인 창백한 불카누스를 옆에 거느리고 있었습니다. 인간의 얼굴을 가진 태양인 잉카의 인티, 피에 굶주린 아즈텍의 토나티우도 있었습니다. 토나티우는 한때 제5세계의 주인이었는데, 그를 만족시키려고 해마다 2만 명이 제물로 바쳐지곤 했습니다. 그리고 그 모든 신들 위로 하늘의 거대한 기둥처럼 높이 솟아 있는 것은 매 머리를 가진 이집트의 태양신 라였습니다. 그는 꿰뚫는 듯 날카로운 매의 눈으로 불을 훔치려는 도둑들을 찾고 있었습니다. 그의 어깨에는 이집트의 불사조인 왜가리 벤누가 앉아 있고, 손에는 강력한 무기인 태양 원반 와제트를 움켜쥐고 있었습니다. 이 거대한 신들이 다리를 지키면서 침입자가 오기를 기다리고 있었습니다. 구름이 그들의 이마를 스치고, 그들의 눈에는 살기가 가득했습니다.

  마법의 심장부 주민들은 침입자를 찾으면서 양쪽 방향으로 자유롭게 다리를 건넜습니다. 하지만 그들이 찾는 침입자가 라의 매 같은 눈을 벗어날 길은 전혀 없어 보인다고 루카는 생각했습니다. 일행과 함께 진달래 덤불 뒤에 숨어 있던 루카는 덤불이 점점 오그라드는 듯한 느낌, 덤불이 계속 줄어들어 피난처로는 점점 위험해지는 느낌을 받았습니다. 루카의 심장이 너무 빠르게 고동치고 있었습니다. 상황이 아주 위태로워지고 있었습니다.

"이 전직 신들의 좋은 점은 모두 자신들의 옛날이야기 속에 갇혀 있다는 거야." 소라야가 위로하듯 말했습니다. "불벌레가 아알림에게 가서 정확히 보고했겠지. 사내아이 하나, 개 한 마리, 곰 한 마리. 하지만 화재 경보가 울리면 여기 있는 전직 신들은 '유력한 용의자'를 찾기 시작하지."

"유력한 용의자가 누구예요?" 루카가 물었습니다. 그는 자기가 속삭이고 있다는 것, 소라야도 목소리를 낮춰 주기를 자기가 바라고 있다는 것을 깨달았습니다.

"이 신들이 신이었던 때와 장소에서 불을 도둑질한 자들을 말하는 거야." 소라야가 대수롭지 않다는 듯 한 팔을 휘두르면서 말했습니다. "너도 알겠지만……" 소라야는 욕설 여왕의 옛날 버릇으로 돌아가서 덧붙였습니다. "아니, 너는 너무 무식해서 모를지도 몰라. 네 아버지가 마땅히 가르쳐야 할 것을 가르치지 않았는지도 모르고. 어쩌면 네 아버지 자신도 모를걸." 그러고는 루카의 얼굴에 떠오른 표정을 보고, 기세를 누그러뜨리고 부드러운 목소리로 말했습니다. "알곤킨족 인디언들은 토끼를 시켜서 불을 훔치게 했어. 코요테에 대해서는 너도 이미 알고 있겠지. 비버와 변신하는 나나보조도 다른 인디언 부족들을 위해 불을 훔쳤어. 주머니쥐는 불을 훔치려다가 실패했지만, 할머니 거미가 체로키족을 위해 점토 항아리에 불을 담아서 훔쳐 냈지. 그 이야기를 하니까 생각나는데……" 소라야가 잠시 말을 끊었다가 덧붙였습니다. "너는 이게 필요할 거야."

소라야는 작은 점토 단지 하나를 두 손으로 받쳐 들고 있었습니다. 루카는 그 안을 들여다보았습니다. 단지 바닥에는 나뭇가지가 깔려 있고, 그 위에 감자처럼 보이는 것이 여섯 개쯤 작은 무더기를 이루고 있었습니다.

"이게 그 유명한 수달 단지 가운데 하나고, 단지 안에 있는 것은 그 유명한 수달 감자야. 일단 생명의 불이 수달 감자에 닿으면, 감자는 밝게 타오르고 쉽게 꺼지지 않을 거야." 소라야는 단지에 달린 가죽끈을 루카의 목에 걸어 주었습니다. "내가 어디까지 이야기했지?" 소라야가 잠시 생각하고 나서 말을 이었습니다. "아, 그래. 마우이는 불의 여신 마후이카의 손톱에서 불을 훔쳐서 폴리네시아인들에게 주었지. 그러니까 마후이카 여신은 분명히 마우이를 경계할 거야."

"당신은 최초의 도둑을 포함시키지 않았어." 코요테가 말했습니다. "가장 오래되고 가장 중요한 도둑. 우리 모두에게 영감을 주는 언덕의 왕. 그는 모든 인류를 위해 불을 훔쳤지."

"프로메테우스는 정말 야릇한 일이지만 네 친구의 형이었어."
소라야가 말했습니다. "죽었지만 슬퍼해 주는 사람도 없는 아아
그 단장 말이야. 프로메테우스와 아아그가 사이좋게 지냈다는
뜻은 아니야. 실은 서로 참을 수 없을 만큼 싫어하는 사이였지.
어쨌든 340만 년 전에 그 영감은 정말로 최초의 불 도둑이었어.
하지만 최초의 불 도둑에게 그런 일이 일어났으니까, 수색대는
또 늙은이가 불을 훔쳐 달아나리라고는 생각지 않을 테고, 그러
니까 아마 늙은이를 경계하지는 않을 거야."

"그는 용기를 잃었어요." 루카가 일깨웠습니다.

"내가 그걸 언급한 것은 옳았어." 코요테가 말했습니다. "위대
한 인물의 명예를 손상시키는 것은 적절치 않아. 하지만 헤라클
레스가 독수리를 쏘아 죽인 이후, 그 노인은 아주 조용히 살고
있어."

"또는 콘도르." 루카가 말했습니다.

"우리는 아무도 그때 거기에 없었으니까 독수리인지 콘도르
인지 확인할 수 없어. 노인네도 거기에 대해서는 별로 말하지
않았고."

"모두 이렇게 이리저리 뛰어다니며 소동을 벌이는 데에는 또
하나 좋은 점이 있어." 소라야가 루카의 귀에 대고 속삭였습니
다. "너도 뛰어다니면서 너를 찾고 있는 체하면, 다리에 가까이

접근할 수 있다는 거야."

"그들은 나와 동료들도 찾고 있을 거야." 코요테가 말했습니다. "그러니까 모두 흩어지는 게 상책이야. 내 근처가 다소 열기를 띨 것 같아. 너는 우선 내가 달리는 것을 확인한 뒤에 전속력으로 달려." 그는 더 이상 아무 말도 하지 않고 천천히 성큼성큼 달려갔습니다.

루카는 아무버지가 사라진 것을 문득 깨달았습니다. 조금 전만 해도 옆에서 파나마 모자를 만지작거리며 이야기에 귀를 기울이고 있었는데, 아무 소리도 없이 사라져서 어디에도 보이지 않았습니다. '아무버지는 뭘 하고 있는 거지? 정말 알고 싶군.' 하고 루카는 생각했습니다. "이런 식으로 사라지는 건 기분이 안 좋아."

"너한테는 아무버지가 없는 편이 나아." 소라야가 루카의 어깨에 손을 올려놓으면서 말했습니다.

그러자 붉은빛 용 닛호그가 의견을 이야기했고, 루카는 그 말에 아무버지를 마음에서 몰아냈습니다.

"옛날에 우리 자매인 기야라-진이 '말들의 왕'을 도와서 스니펠하임에서 도망치게 해 주었어." 닛호그는 자매인 황금빛 용을 고갯짓으로 가리키면서 말했습니다. "그래! 바로 그 강력한 슬리퍼를 말하는 거야. 소라야 여왕이 강력한 마법으로 해방시켜 줄 때까지 우리 자매들이 부당하게 갇혀 있었듯이, 다리가 여덟 개—네 모퉁이에 다리가 각각 두 개씩—인 그 거대한 백마도 아알림이 제멋대로 부당하게 거기에 가두어 놓았지. 세 명의 조는 어떤 시간에도 다리가 여덟 개인 말이 있을 자리는 없다고 판단했어. 폭군들처럼 어떤 토론도 하지 않고 그냥 그렇게 판단한 거야. 슬리피의 기분을 포함하여 남의 감정은 전혀 고려하지 않고. 세 명의 조는 자신들을 '세 가지 당연한 진리'라고 자랑스럽게 자칭하지만, 마음만 먹으면 잔인하고 제멋대로에다 고집불통이 될 수도 있어! 어쨌든 용의 불로 슬리피를 해방시킨 것은 여기 있는 진이었어. 진의 입김은 나나 바들로나 사라보다 훨씬 뜨겁거든. 우리 입김으로는 '영원한 얼음'을 녹일 수 없었는데, 그걸 녹일 수 있을 만큼 뜨겁다는 걸 입증했지. 그 보답으로 말들의 왕은 진에게 굉장한 선물을 주었어. 꼭 필요할 때, 딱 한 번 슬리피 자신과 똑같은 모습으로 변신할 수 있는 힘을 준 거야. 말들의 왕인 슬리피가 비브기오르 다리를 지나갈 때 감히 그를 검문할 신은 없겠지. 우리는 너희—루카와 개와 곰—를 한 쌍의 다리 사이에 각각 끈으로 묶고, 나머지 한 쌍의 다리는 당신을 위해 남겨 둘게요, 소라야 여왕님. 원하신다면…….”

“아니.” 소라야가 슬픈 얼굴로 말했습니다. “솔로몬 왕의 양탄자를 접어서 치운다 해도, 내가 옆에 있는 것은 너에게 도움이 안 될 거야, 루카. 나는 너무 오랫동안 그 냉정하고 고루하고 살인적이고 집요하고 파괴적인 조들한테 지나치게 공격적이었고,

그래서 그들은 나를 몹시 싫어해. 내가 네 옆에 있으면 너한테 오히려 더 해로울 거야. 나는 심장부의 중심에 두 번 다시 들어가지 않을 거야. 그게 진실이야. 나는 절대로 스니펠하임에서 빙하에 갇히고 싶지 않아. 하지만 나는 여기서 기다리고 있다가, 네가 그 작은 단지에 불타는 감자를 넣어서 돌아오면 얼른 너를 안전한 곳으로 데려다 줄게."

"나를 위해 이 일을 해 주겠다고?" 루카가 황금빛 용에게 물었습니다. "내가 승리하도록 도우려고 그 단 한 번의 변신 기회를 써 버리겠다고? 어떻게 감사해야 할지 모르겠군."

"우리가 존재하는 건 모두 소라야 여왕님 덕분이야." 기야라-진이 말했습니다. "네가 감사해야 할 사람은 소라야 여왕님이야."

"열두 살밖에 안 된 내가 그 유명한 비브기오르 다리, 마법 세계에서 가장 아름다운 다리, 순전히 무지개만으로 이루어진 다리, 모든 바람 가운데 가장 부드럽고 제피로스*의 입술에서 나온 서풍에 스친 다리를 건너게 될 줄이야, 누가 상상이나 할 수 있었겠어." 루카는 유감스러운 듯이 혼잣말을 했습니다. "하지만 내가 보고 느낄 수 있는 건 거대한 말의 넓적다리 안쪽에 돋아나 있는 짧고 뻣뻣한 털뿐이야. '보이지 않는 세계'의 역사상 가

---

*제피로스: 그리스 신화에 나오는 서풍(西風)의 신.

장 위대한 신들, 한때는 사람들의 숭배를 받았고 전능했던 신들이 저기에 있을 줄이야, 누가 생각이나 했겠어? 나는 그들의 이름과 함께 자랐고, 밤마다 잠자리에서 아버지가 들려준 끝없는 이야기에서 그들의 이름을 들었지. 구사나기의 검, 전직 신인 토나티우와 불카누스, 수르트르와 벨, 벤누 새, 최고신 라. 하지만 나는 그들을 잠깐도 볼 수 없고, 그들에게 나를 잠깐도 보여 줄 수 없어. 내가 지혜의 호수를 둘러싸고 있는 '완벽한 향기들의 정원', 모든 존재 중에서 가장 감미로운 냄새가 나는 곳에 들어가고 있다는 걸 누가 믿을 수 있었겠어? 하지만 내가 맡을 수 있는 냄새는 말 냄새뿐이야."

루카는 평생 한 번도 들어 보지 못한 소리를 들을 수 있었습니다. 매의 날카로운 비명 소리, 뱀이 쉭쉭거리는 소리, 사자의 포효 소리, 태양이 타오르는 소리─이 모든 소리가 상상할 수도 없고 참을 수도 없을 만큼 증폭되었습니다. 그리고 신들의 함성. 말들의 왕으로 변신한 기야라-진이 거기에 반응하여 히히힝 울면서 그녀(아니, 당분간은 그)의 발 여덟 개를 굴렀습니다. 그녀(아니, 당분간은 그)의 다리 사이에 숨은 침입자들은 부들부들 떨면서 몸을 움츠렸습니다. 루카는 곰돌이와 멍멍이가 어떤 기분일지 상상하고 싶지 않았습니다. 말의 몸통 아래, 사타구니에 끼어 있는 것은 개나 곰에게 전혀 어울리지 않았습니다. 그들은 자존심이 꽤나 상했을 게 분명합니다. 루카는 자기 때문에 그들이 수모를 겪어야 하는 것이 속상했습니다. 그들을 엄청난 위험 속으로 끌어들이고 있다는 것도 루카는 알고 있었지만, 해야 할 일을 할 수 있는 기회를 얻으려면 그 생각을 마음에서 몰아내야 했습니다. '나는 그들의 사랑과 충성심을 이용하고 있어.' 하고 루카는 생각했습니다. '순수한 선행, 완전히 옳은 행동 같은 건 존재하지 않는 것 같아. 내가 지극히 훌륭한 이유로 떠맡은 이 일조차도 그렇게 좋지만은 않은 선택, 어쩌면 나쁠 수도 있는 선택을 필요로 해.'

그는 아까 소라야 여왕과 기억의 새들에게 작별 인사를 했을 때 그들의 얼굴에 떠오른 표정을 마음의 눈으로 다시 한 번 보았습니다. 그들의 눈은 눈물로 젖어 있었고, 그것은 그를 두 번 다시 못 볼지도 모른다고 생각했기 때문이라는 것을 그는 알았습니다. 그는 이 생각도 마음에서 몰아낼 필요가 있었습니다. '나는 그들이 틀렸다는 것을 입증할 거야.' 하고 루카는 속으로 다짐했습니다. 어떤 일이 지금까지 한 번도 일어난 적이 없다면, 그것은 그 일을 해낼 수 있는 사람이 아직 나타나지 않았다는 뜻일 뿐입니다. '내가 얼마나 편협해졌는지 좀 봐. 나는 필연적인 단 하나의 존재가 됐어. 나는 과녁을 향해 빠른 속도로 날아가는 화살이야. 어떤 것도 내가 선택한 길에서 나를 빗나가게 하면 안 돼.'

하늘 어딘가에서 넛호그와 바들로와 사라가 용의 모습으로 편대를 이루어 날아가고 있었습니다. 이제 와서 돌아갈 수는 없었습니다. 그들 일곱 명은 범죄를 꿈꾸며 아알림의 성역으로 들어왔습니다. 아래 세상은 경이로운 것으로 가득 차 있었지만, 그것을 구경할 시간은 없었습니다. 루카는 아버지가 이야기를 들려주기 시작했을 때부터 지금까지 평생 동안 눈에 보이지 않는 두 번째 달에 있는 이야기 바다에서 지구로 떨어지는 말의 급류를 궁금하게 생각했습니다. 우주 공간에서 떨어지는 그 폭포는 어떻게 생겼을까? 멋진 광경일 게 분명합니다. 지혜의 호수로 떨어지면 폭발하듯 물이 튀겠지요? 하지만 지혜는 아무리 많은 말이 홍수처럼 쏟아져 들어와도 혼란을 일으키지 않고 그것을 흡수할 수 있기 때문에 지혜의 호수는 잔잔하고 조용하다고 아버지는 항상 말했습니다. 지혜의 호수 근처는 언제나 새벽이었습니다. 첫 새벽빛의 길고 창백한 손가락이 수면 위에 조용히 놓여 있었고, 은빛 태양이 지평선 위로 살짝 보였지만 아직은 떠오르지 않은 상태였습니다. 시간을 통제하는 아알림은 시간이 시작되는 순간에서 영원히 살기로 결정한 것입니다. 루카는 눈을 감아도 그것을 모두 볼 수 있었습니다. 그 장면을 묘사하는 아버지의 목소리를 들을 수 있었습니다. 하지만 그가 실제로 거기에 있는데도 그것을 볼 수 없다는 것은 그에게 좌절감을 안겨 주었습니다.

그런데 아무버지는 어디에 있을까요? '여전히 어디에도 보이지 않는군.' 루카는 사라진 유령이 어디에 있든 못된 짓을 꾸미고 있을 거라고, 시간이 갈수록 점점 더 확신하게 되었습니다. '이 일이 끝나기 전에 나는 그와 대결해야 할 거야. 그건 확실해.' 하고 루카는 생각했습니다. '그리고 그건 쉽지 않을 거야. 하지만 내가 한번 싸워 보지도 않고 순순히 아버지를 그에게 넘겨줄 거라고 생각한다면, 그는 깜짝 놀라게 될 거야.' 그 순간, 세상에서 가장 나쁜 생각이 강력한 주먹처럼 그를 때렸습니다. '아버지가 사라진 건 아버지가 벌써…… 이미…… 마침내…… 내가 구할 수 있기도 전에…… 가 버렸기 때문일까? 아버지를 흡수하고 있던 유령은 목적을 달성했기 때문에 사라진 걸까? 이 모든 노력이 허사로 끝났단 말인가?' 루카는 이 생각에 부들부들 떨기 시작했습니다. 눈이 눈물에 젖어 따끔거리고, 슬픔이 오싹할 만큼 차갑고 큰 파도가 되어 그에게 밀려들기 시작했습니다.

하지만 그때 무슨 일인가가 일어났습니다. 루카는 자기 안에서 일어나는 변화를 알아차렸습니다. 자신의 본성보다 더 강력한 무언가가 그를 장악한 듯한 느낌, 자신의 의지보다 더 강력한 어떤 의지가 최악의 상황을 받아들이기를 거부하고 있는 듯한 느낌을 받았습니다. 아니, '아버지의 삶은 아직 끝나지 않았어. 그럴 리가 없으니까 끝나지 않은 거야.' 루카 자신의 의지보다 더 강한 그 의지는 불길한 가능성을 거부했습니다. 그 의지는 루카가 포기하거나 위험 앞에서 움찔하거나 공포 앞에서 겁을 내는 것도 허락하려 들지 않았습니다. 그를 사로잡은 이 새로운 힘은 그가 해야 할 일을 해내는 데 필요한 힘과 용기를 그에게 불어넣고 있었습니다. 그것은 그 자신이 아닌 어떤 것, '밖'에서 들어온 존재처럼 느껴졌지만, 그 힘이 자신의 내면에서 나오고 있다는 것, 그것은 그 자신의 힘이고 그 자신의 결심이고 패배를 거부하는 그 자신의 강한 의지라는 것도 루카는 알고 있었습니다. 이것도 허풍 대왕 라시드 칼리파가 무서운 역경에 직면했을 때 자신 속에서 특별한 재능을 찾아내는 젊은 영웅들의 이야기를 수없이 들려주면서 그에게 가르치고 준비시킨 것이었으니까요. 라시드는 즐겨 말하곤 했습니다. "우리가 누구냐, 무엇을 할 수 있느냐 하는 중요한 질문의 대답은, 그 질문을 받을 때까지는 우리도 몰라. 질문을 받은 뒤에야 비로소 우리는 거기에 대답할 수 있는지 없는지를 알게 된단다."

아버지의 이야기만이 아니라 형 하룬이 실제로 보여 준 본보기도 있었습니다. 하룬은 옛날 이야기 바다에 떠 있을 때, 자신 속에서 그런 대답을 찾아냈습니다. '형이 여기서 나를 도와준다면 얼마나 좋을까.' 하고 루카는 생각했습니다. '하지만 형은 여기 없어. 멍멍이가 형 같은 목소리로 이야기하고 나를 돌봐 주려 애쓰기는 하지만, 사실 형은 여기 없어. 그러니까 나는 형이라면 어떻게 했을까를 생각하고 그대로 해야 돼. 나는 지지 않을

거야.'

어느 날 밤, 라시드 칼리파는 졸고 있는 루카에게 말했습니다.
"아알림은 자신들의 방식에 집착하고, 배를 흔들려고 하는 사
람들을 싫어해. 그들의 시간관념은 엄격하고 완고해. 어제, 다음
은 오늘, 그다음은 내일이야. 똑딱똑딱. 그들은 사라지는 초의
박자에 맞춰 행진하는 로봇들 같아. 과거인 조-후아는 과거에
살고, 현재인 조-하이는 지금 존재하고, 미래인 조-아이가는 우
리가 갈 수 없는 곳에 속해 있어. 그들의 시간은 감옥이고, 그들
은 간수이고, 초와 분은 감옥의 벽이야.
   꿈은 아알림의 적이야. 꿈속에서는 시간의 법칙이 사라지니
까. 우리는 알고 있어. 안 그러니, 루카? 아알림의 법칙은 시간
에 대해 진실을 말하지 않는다는 걸 말이다. 우리가 느끼는 시
간은 시계의 시간과 같지 않아. 우리가 신 나고 흥미진진한 일을
하고 있을 때는 시간이 쏜살같이 지나가고, 따분할 때는 시간이
천천히 간다는 걸 우리는 알고 있지. 몹시 흥분한 순간이나 무
언가를 기대하고 있을 때, 멋진 순간에는 시간이 멈춰 버릴 수
있다는 것도 우리는 알고 있어.
   우리의 꿈은 진짜 진실이야. 우리의 환상은 우리 마음에 대한
지식이야. 우리는 시간이 시계가 아니라 강이라는 걸 알고 있지.
그리고 시간은 거꾸로 흐를 수도 있고 그래서 세상이 후퇴할 수

도 있다는 것, 때로는 시간이 옆으로 펄쩍 뛰어서 모든 것이 순식간에 바뀔 수 있다는 것도 알고 있어. 시간의 강은 고리 모양으로 빙글빙글 돌 수도 있고 구불구불 나아갈 수도 있고 우리를 어제로 다시 데려가거나 모레로 데려갈 수도 있다는 걸 우리는 알고 있지.

세상에는 아무 일도 일어나지 않는 곳도 있고, 시간이 움직임을 완전히 멈춰 버린 곳도 있어. 평생 동안 열일곱 살에 머물러서 절대로 성장하지 않는 사람도 있어. 또는 태어난 그날부터 예순 살이나 일흔 살쯤 된 비참한 늙은이로 평생을 살아가는 사람들도 있단다.

사랑에 빠지면 시간이 존재하지 않는다는 걸 우리는 알고 있어. 시간은 되풀이될 수도 있어서, 평생 동안 단 하루에 갇혀 꼼짝 못할 수 있다는 것도 알고 있지.

시간은 시간 그 자체일 뿐만 아니라 이동과 공간의 한 측면이기도 하단다. 두 소년을 상상해 보렴. 너와 랫시트를 예로 들어 보자꾸나. 너와 랫시트는 둘 다 똑같은 시각을 가리키도록 맞춘 손목시계, 정확한 시각을 가리키는 손목시계를 차고 있어. 그런데 게으른 랫시트는 같은 장소, 예를 들면 바로 이곳에 100년 동안 앉아 있다고 상상해 보자. 그동안 너는 쉬지 않고 학교까지 달려갔다가 다시 이리로 돌아오는 일을 역시 100년 동안 수없이 되풀이한다고 하자. 100년 뒤에도 너희 손목시계는 둘 다

정확한 시각을 가리키고 있겠지만, 네 손목시계가 랫시트보다 6, 7초쯤 늦을 거야.

우리 중에는 완전히 순간에 사는 법을 배우는 사람들도 있어. 그런 사람들에게 과거는 그냥 사라져 버리고, 미래는 의미를 잃어버리지. 그들에게 존재하는 것은 현재뿐이란다. 그것은 곧 세 아알림 가운데 두 아알림은 필요 없다는 뜻이지. 또 우리 중에는 이미 지나가 버린 어제에 갇혀 있는 사람들도 있어. 잃어버린 사랑이나 어린 시절의 고향이나 무서운 범죄의 기억에 갇혀 있는 거지. 또 어떤 사람들은 더 나은 내일을 위해서만 살아. 그런 사람들에게 과거는 존재하지 않지.

나는 사람들에게 이것이 시간에 대한 진실이고, 아알림의 시계는 거짓말을 하고 있다고 말하면서 평생을 보냈어. 그래서 자연히 아알림은 내 원수가 되었지. 그건 괜찮아. 사실 나는 그들의 무서운 적이니까."

기야라-진은 달리기를 멈추고 천천히 걷다가 완전히 멈춰 서서 변신하기 시작했습니다. 다리가 여덟 개인 거대한 말이 점점 작아지더니, 털가죽은 사라지고 매끄럽게 빛나는 표면으로 바뀌었습니다. 말 냄새는 희미해지고, 루카의 콧구멍은 말 냄새보다 훨씬 고약한 돼지우리 냄새로 가득 찼습니다. 끝으로 여덟 개의 다리가 네 개로 줄어들었고, 그래서 루카와 곰돌이와 멍멍이는 묶인 끈에서 빠져나와 땅으로 굴러 떨어졌습니다. 땅바닥은 돌투성이였지만, 거기까지의 거리는 별로 멀지 않았습니다. 기야라-진이 말들의 왕으로 변신할 수 있는 것은 평생에 단 한 번뿐이었는데, 그 변신은 이제 끝났고 기야라-진은 다시 금속 암돼지로 돌아왔습니다. 하지만 루카는 그 극적인 변화에 주의를 기울이고 있지 않았습니다. 그는 입을 딱 벌리고 심장이 멎어 버릴 만큼 놀라운 광경을 바라보고 있었으니까요. 그는 그 광경을 보려고 그 먼 길을 온 컷입니다. 그는 거대한 지식의 산 기슭에 서 있었고, 그곳에서 1미터쯤 떨어진 곳에서는 지혜의 호수가 지식의 산의 발을 할짝할짝 핥고 있었습니다. 호수의 물은 영원히 아침으로 밝아지지 않는 시대의 새벽빛의 창백한 은빛 햇살 속에서 맑고 깨끗하고 투명해 보였습니다. 늘 그렇듯이, 멋진 그림자들이 수면을 가로질러 길게 뻗어 가면서 물을 어루만지고 매끄럽게 펴 주고 있었습니다. 그것은 유령 같은 광경이었습니다. 귀신이 붙어 있는 곳 같기도 하고, 으스스해서 좀처럼 잊히지 않는 곳 같기도 했습니다. 그 분위기에 어울리는 음악을 상상하기는 쉬웠습니다. 그것은 딸랑딸랑 울리는 수정 같은 멜로디, 바로 세계가 태어났을 때 연주된 전설적인 천체들의 음악이었습니다.

루카는 아버지한테 지혜의 호수와 그곳 주민들에 대한 이야기를 너무 자주 들어서 다 외울 정도였는데, 실제로 보니 아버지의 묘사는 놀랄 만큼 정확했습니다. 반짝반짝 빛나는 작은 캐니피시(영리한 물고기)들이 떼 지어 수면 아래를 헤엄치는 것을 볼 수 있었고, 화려한 빛깔의 스마티팬과 그보다 빛깔이 칙칙하고 깊은 물속에 사는 슈루드도 보였습니다. 수면 위를 낮게 날고 있는 것은 펠리컨 같은 부리를 가진 커다란 스콜라리아와 턱수염과 긴 부리를 가진 구루처럼 물고기를 사냥하는 새들이었습니다. 호수 바닥에 사는 사가시타라는 이름의 긴 덩굴 수초가 깊은 물속에서 흔들리는 것이 보였습니다. 루카는 호수에 떠 있는 작은 섬들도 알아보았습니다. 별난 야생 식물들이 자라는 '이론 제도', 복잡하게 뒤얽힌 숲과 상아탑들이 서 있는 '철학 제도', 그리고 헐벗은 '사실 제도'도 알아보았습니다. 저 멀리 루카가 그토록 보고 싶어 한 말의 급류가 보였습니다. 기적 중의 기적인 웅장한 폭포가 구름에서 떨어지면서, 마법 세계와 그 위에 있는 거대한 달 '이야기 바다'를 이어주고 있었습니다.

그들은 사냥꾼들을 피해 붙잡히지 않고 악명 높은 지식의 남면에 다다랐습니다. 하지만 루카의 머리 위로 우뚝 솟아 있는 것은 그가 상상했던 것보다 훨씬 험한 장애물이었습니다. 산의 깎아지른 절벽, 울퉁불퉁한 검은 암벽에서는 어떤 식물도 발판을 찾지 못했습니다. '식물도 발판을 찾지 못하는데 내가 어떻게 찾을 수 있겠어?' 하고 루카는 놀라서 생각했습니다. '어쨌든 이건 무슨 산이지?'

그는 대답을 알았습니다. 그것은 마법의 산이었습니다. 그 산은 자신을 지키는 법을 알고 있었습니다. 아버지는 말하곤 했습니다.

"지식은 기쁨인 동시에 폭발적인 지뢰밭이고, 해방인 동시에 덫이란다. 세상이 달라지고 이동하면 지식으로 가는 길도 이동하고 달라지게 마련이지. 하루는 길이 활짝 열려서 누구나 마음대로 들어갈 수 있지만, 이튿날에는 길이 닫히고 경비원이 지키고 있기도 하지. 어떤 사람은 그 산이 공원의 비탈진 풀밭이라도 되는 것처럼 가볍게 뛰어오르지만, 다른 사람들에게는 그 산이 넘을 수 없는 벽이야."

루카는 아버지가 즐겨 그랬듯이 정수리를 긁었습니다. '나도 그 다른 사람들 가운데 하나인 것 같아.' 하고 생각했습니다. '저건 내가 지금까지 본 비탈진 풀밭과는 전혀 달라 보이니까 말이야.' 사실대로 말하면 그 산은 등산 훈련을 쌓을 필요가 있는 것은 말할 것도 없고, 등산 장비가 없으면 도저히 올라갈 수 없을 것처럼 보였습니다. 그런데 루카는 훈련도 받지 않았고 장비도 없었습니다. 저 위 어딘가, 암벽 꼭대기에 있는 신전에서 생명의 불이 타오르고 있었지만, 그곳으로 통하는 동굴이 어디 있는지, 동굴을 찾으려면 어떻게 해야 하는지도 알 도리가 없었습니다. 루카의 조언자들은 이제 아무도 옆에 없었습니다. 소라야 여왕은 무지개 다리를 건너오지 않았고, 그보다 훨씬 믿을 수 없는

(하지만 엄청나게 많은 정보를 갖고 있는) 아무버지는 도움을 주지 않기로 결정한 게 분명했습니다.

"너는 아직 도움을 받을 수 있다는 걸 상기시켜도 될까? 그리고 너를 도와줄 존재는 날개를 갖고 있다는 걸 상기시켜도 될까?" 넛호그가 부드러운 어조로 말했습니다.

넛호그와 바들로와 사라는 여전히 용의 형상이었고, 진도 재빨리 용으로 변신했습니다.

"빠른 용 네 마리가 너를 도와주면, 불의 신전에 금방 도달할 수 있을 거야." 넛호그가 말했습니다. "특히 그 네 마리가 실제로 산꼭대기의 어디에 그 신전이 있는지를 우연히 알고 있다면."

"대충 알고 있지." 바들로가 좀 더 겸손하게 말했습니다.

"어쨌든 알고 있는 것 같아." 사라가 말했지만, 그 말은 별로 설득력 있게 들리지 않았습니다.

"어쨌든 출발하기 전에 '저것'을 누르는 게 좋겠어." 진이 좀 더 도움이 되는 말을 덧붙였습니다.

'저것'이란 남면에 박혀 있는 은 손잡이였습니다.

"저장 포인트처럼 보이는데?" 루카가 말했습니다. "그런데 왜 금이 아니라 은이지?"

"금 버튼은 신전 안에 있어." 넛호그가 말했습니다. "어쨌든 너는 지금까지 전진한 거리를 저장할 수 있어. 조심해. 지금부터는 네가 실수할 때마다 생명을 백 개씩 잃어버릴 수 있으니까."

그것은 두려운 일이라고, 루카는 은 버튼을 누르면서 생각했습니다. 이제는 실수할 여유가 거의 없었습니다. 남은 생명이 465개니까, 그에게 허용된 실수는 기껏해야 네 번뿐입니다. 게다가 그를 태우고 목적지까지 날아가 주겠다는 넛호그의 제의는 확실히 너그럽고 실제적이기도 했지만, 루카는 지식의 산에 대한 아버지의 말이 기억났습니다.

"그 산꼭대기에 올라가서 생명의 불을 발견하고 싶으면, 마지막에는 반드시 혼자 올라가야 해. 지식의 산에 도달할 수 있는 것은 네가 노력해서 권리를 얻었을 때뿐이야. 너는 열심히 노력해야 돼. 속임수로는 절대로 정상에 오를 수 없어."

아버지는 말을 계속했고, 루카는 이 마지막 대목이 참으로 중요하다고 생각한 것은 기억했지만, 정작 그 말의 내용은 생각나지 않았습니다. '그런 이야기를 밤중에 들은 게 문제야. 밤에는 언제나 피곤해서 곧 잠이 들어 버리니까.' 하고 루카는 생각했습니다.

"정말 고마워." 루카가 넛호그에게 말했습니다. "하지만 나는 혼자서 이 수수께끼를 풀고 저기 올라가야 해. 네 등에 타고 날아서 올라가는 건 아마 옳지 않을 거야."

무엇 때문인지, '옳지 않다(not right)'는 생각이 그의 머리에 박혀 버렸습니다. 이 말은 몇 번이고 되풀이해서 재생되었습니다. 그의 생각이 고장 난 레코드처럼 한 군데에서 꼼짝 못하게 되었거나, 아니면 어떤 고리 속에 갇혀서 계속 빙글빙글 돌고 있는 것 같았습니다. '옳지 않아.' '옳지 않아.' 옳지 않다는 건 무슨 뜻일까요? 대다수 사람들은 '그르다'라고 말하겠지요. 하지만 다른 뜻일 수도 있습니다.

"왼쪽."* 루카가 큰 소리로 말했습니다. "그게 답이야. 나는 오른쪽으로 가서 마법 세계에 빠져 버렸어. 내가 어떻게든 왼쪽으로 가면, 마법 세계를 빠져나갈 길을 찾을 수 있을지도 몰라."

루카는 집에서 형이 성가시게 되풀이한 수많은 경고를 생각해 냈습니다. 당시에는 형의 경고가 정말로 너무 막연하고 종잡을 수 없게 느껴졌지요. "왼쪽 길로 가지 않도록 조심해." 그게 형이 한 말이었습니다. '하지만 나는 놀림당하는 걸 좋아하지 않아.' 루카는 자신에게 상기시켰습니다. '그러니까 형이 한 말과는 반대로 해야 할 거야. 그래! 이번 한 번만 형의 충고를 듣지 않겠어. 우파적 사고방식을 가진 사람은 왼쪽에 있는 것이 무엇인지를 정말로 알 수 없고, 그 감추어진 길이야말로 내가 가야 할 곳으로 나를 데려다 줄 바로 그 길이야.'

어쨌든 어머니 소라야는 그의 편일 겁니다. "너는 왼쪽이 옳은 길이라고, 그리고 너를 제외한 우리는 옳지 않고 틀렸다고 믿

---

*왼쪽: 영어 'right'에는 '옳다'는 뜻 외에 '오른쪽'이라는 뜻도 있다. 그러니 'not right'는 '오른쪽이 아니다'이므로 '왼쪽'이라는 뜻이 된다.

는 게 아마 옳을 거야." 소라야는 그렇게 말했고, 그에게는 그것으로 충분하고도 남았습니다.

"나도 같이 가겠어." 개 곰돌이가 충직하게 말했습니다.

"나도 갈게." 곰 멍멍이가 곰돌이만큼은 열성적이 아닌 태도로 말했습니다.

그때 루카는 아버지가 '산'에 대해 한 말 중에서 정말로 중요한 부분을 생각해 냈습니다.

"지식의 산을 올라가려면 네가 누구인지를 알아야 한다."

이 이야기를 들은 것은 여기서 멀리 떨어진 집에서 오래전에 잠잘 때였는데, 그때 루카는 너무 졸려서 그 말을 잘 이해하지 못했습니다.

"그건 누구나 다 알고 있잖아요? 나는 그냥 나예요. 맞죠? 그리고 아빠는 아빠죠?"

아버지는 루카의 머리를 쓰다듬었습니다. 그것은 항상 루카의 마음을 달래 주고 졸음이 오게 했습니다.

"사람들은 자신에 대해 온갖 착각에 빠져 있단다. 재능이 없는데도 재능이 풍부하다고 생각하고, 실제로는 약한 자를 못살게 구는 골목대장일 뿐인데도 대단한 힘을 가졌다고 생각하고, 실제로는 나쁜 사람인데도 착하다고 생각하지. 사람들은 항상 자신을 속이고, 자기가 바보라는 것도 몰라."

"어쨌든 나는 나예요. 그것뿐이에요." 루카는 이렇게 말하자마자 잠들었습니다.

"저기 있다! 불 도둑놈이 저기 있다! 불 도둑놈이 저기 간다!"

"저건 코요테야! 코요테가 불타는 나무를 이빨 사이에 물고 있어!"

"코요테가 가는 걸 봐! 요리조리 몸을 피하는 걸 봐!"

"저놈을 막아라! ―저놈들은 절대로 코요테를 잡지 못할 거야!― 저 코요테를 막아라! ―저 코요테는 꼭 털 난 번개 같군!― 서라, 이 도둑놈아! 불 도둑놈을 막아라!"

루카는 몽상에서 빠져나와 코요테가 지식의 산기슭에 있는 그늘에서 불타는 나무를 입에 물고 나타나는 것을 보았습니다. 코요테는 산을 빙 돌아서 반대쪽으로 번개처럼 달려갔습니다. 코요테는 루카가 생각한 것보다 훨씬 빠르게 달렸습니다. 루카는 코요테가 그렇게 빨리 달릴 수 있을 줄은 몰랐지요. 코요테는 무지개 다리에서 돌밭을 가로질러 반대쪽으로 가고 있었습니다. 추적자들을 일부러 루카의 탈출로와 다른 방향으로 유인하여, 호수 너머에 있는 황무지로 들어갔습니다. 거의 사막이나 다름없는 그곳은 '시간 낭비'라는 이름으로 부르는 것이 더 적절했고, 오래전 슬래커위드(느림보 잡초)가 맹렬히 번식하는 바람에 황폐해진 넓고 메마른 땅이었습니다. 그때까지 마법 세계에 존재하지 않았던 이 잡초는 순식간에 퍼져서 우선 다른 식물들―

가장 억센 선인장 몇 종을 빼고는 모두—을 질식시키고 파괴한 다음, 자신을 어떻게 해야 좋을지 모르게 된 것처럼, 그리고 사실은 그것을 알아내고 싶은 마음도 전혀 없는 것처럼 기묘하게 자신을 파괴했습니다. 땅바닥에 그냥 심드렁하게 누워서 시들어 버린 것입니다. 뒤에 남은 것은 오래전에 죽은 동물들의 해골이 점점이 흩어져 있는 누런 황무지뿐이었습니다. 뱀들이 바위 밑에서 스르르 나타나고, 독수리들이 하늘을 날고 있었습니다. 사치와 호사에 익숙한 신들이 이 지역에 들어오기를 꺼린다는 것은 잘 알려져 있었습니다. 거기서는 공기도 천천히 움직이고, 산들바람은 진정한 방향감각도 없이 아무 데로나 불고, 그 바람 속에는 부주의와 게으름과 잠을 유발하는 무언가가 있다고 라시드 칼리파는 루카에게 말했습니다. 화재 경보에 응하여 경비에 나선 신들 가운데 코요테를 따라 기꺼이 황무지로 들어온 신은 얼마 되지 않았고, 달아나는 동물을 쫓는 그들의 걸음은 좀더 결의에 찼어야 마땅했지만, 의욕이 없는 것처럼 느리고 비틀거리기까지 했습니다. 하지만 코요테는 공기로 전염되는 무기력증에 면역이 되어 있는 것 같았습니다. '황무지가 코요테의 자연 서식지야.' 하고 루카는 생각했습니다. '코요테는 저기서 저 신들과 한바탕 치열한 경주를 벌이겠지.' 그리고 코요테가 선택한 경주로를 따라 사자와 큰 곰과 작은 곰, 늑대와 다람쥐와 개구리가 적당한 간격을 두고 배치되어 있었습니다. '시간 낭비' 지역이 그들에게 영향을 미칠까. 아니면 코요테가 해독제를 찾아 냈을까? 그것은 중요하지 않았습니다. 신들을 유인하는 바람잡이 릴레이는 이미 시작되었습니다.

그는 머리 속에서 코요테의 목소리를 들었습니다.

"힘껏 서둘러서 너의 영광이 계속되게 해."

흥분한 용들과 짖어 대는 개 한 마리와 으르렁거리는 곰 한 마리가 그를 둘러싸고 있었습니다.

"지금이 절호의 기회야." 넛호그가 말했습니다. "지금 아니면 안 돼. 네 말대로 왼쪽에서 길을 찾지 못하면, 우리를 타고 저기 까지 날아가서 기회를 잡는 게 좋을 거야. 움직여! 지금이 바로 진실의 순간이야!"

"코요테를 쫓고 있는 저 괴물들은 누구지?" 루카는 궁금했습니다.

"빨리 행동하지 않으면 저 괴물들이 곧 코요테 대신 너를 추적할 거야." 넛호그가 당황하여 불평했습니다. "저기 어떤 불사신 못지않게 잔인하고 난폭한 사투르누스가 있군. 그런데 사투르누스는 어린애를 잡아먹어. 전에도 제 자식을 잡아먹은 적이 있지. 그리고 몸에 뱀을 감고 있는 수염 난 녀석은 페르시아의 시간 신 주르반이야. 저 뱀이 너한테 달려들어 물 수 있는 거리 에 오는 것을 바라지는 않겠지? 저기 다그다가 가는군. 거대한 곤봉을 든 저 사나운 아일랜드 녀석을 봐! 그리고 시우테쿠틀리도 있군. 저 녀석은 대개 밤에만 돌아다니는데. 영보천존*까지 출동했군. 이번만은 거미줄 도서관에서 끌려 나왔어! 저들은 정말로 불 도둑을 막고 싶어 하는 모양이야. 코요테가 입에 물고 있는 불이 가짜라는 것, 생명의 불이 아니라 그냥 평범한 불이라는 것을 알면, 코요테가 바람잡이에 불과하다는 것을 알 것이고, 그러면 화가 머리끝까지 나서 진짜 불 도둑을 뒤쫓을 거야. 그러니까 네가 혼자 힘으로 이 산을 올라가는 법을 안다면, 빨리 서두르는 게 좋겠어."

어떤 일을 하기로 결심하는 것과 그 일을 실제로 행하는 것은 전혀 다르다는 사실을 루카는 곧 깨달았습니다. 사실 그는 왼쪽으로 방향을 바꾸려면 정확히 어떻게 해야 하는지도 전혀 몰랐습니다. 왼쪽으로 방향을 바꾸면 '반대 차원'으로 들어가게 될 것이고, 그 차원에서는 마법 세계를 포함한 세상 전체가 왼손잡이들의 고향이자 왼손잡이판 지구인 '거꾸로 행성'으로 바뀔 것입니다. 그는 왼쪽으로 쓰러지고 왼쪽으로 뛰어넘고 왼쪽으로 구르려고 애썼습니다. 제 발에 걸려 곱드러지려고 애쓰기까지 했지요. 곰돌이와 멍멍이에게 자기를 때려눕혀 달라고 부탁하기도 했습니다. 마지막에는 눈을 감고 왼쪽 세계가 그의 왼쪽 어깨

---

*영보천존: 천존(天尊)은 도교에서 가장 존귀한 천신에 대한 호칭이며, 원시천존·영보천존·도덕천존이 있고, 이들 세 천존을 삼청(三淸)이라고 부른다.

를 미는 것을 느끼려 했습니다. 그때 왼쪽 세계를 이쪽에서 밀면, 눈에 보이지 않는 경계 너머로 쓰러져 그가 들어가야 하는 곳에 다다를 수 있을 테니까요. 하지만 어떤 방법도 효과가 없었습니다. 그는 너무 많이 넘어져서 어깨와 엉덩이에 멍이 들고 왼쪽 다리는 타박상을 입고 긁혀서 만신창이가 됐습니다.

"도무지 모르겠어." 그는 거의 절망한 투로 말했습니다.

"왼쪽 길로 가려면 그 길이 거기에 있을 거라고 믿어야 해." 넛호그가 부드럽게 말했습니다.

바로 그때 화재 경보가 요란하게 울려 퍼지고, 불 도둑을 잡았다는 발표가 나왔습니다. 이어서 다시 비통한 경보가 두 번 울리더니, 사냥이 아직 끝나지 않았다는 발표가 이어졌습니다. 넛호그는 첫 번째 경보를 듣자마자 잽싸게 무슨 일인지 조사하러 갔다가 돌아와서 상황을 보고했습니다. 유인용 불이 코요테한테서 사자한테로 넘어간 뒤 계속 연계되어 개구리한테 이르자, 그 용맹한 개구리는 불을 삼키고 둥근 바다에 뛰어들었다는 것입니다. 그러자 화가 난 바텀피더는 개구리를 한입에 꿀꺽 삼켜서 '바람잡이 경주'를 끝장냈습니다. 4초 뒤에 바텀피더는 침으로 뒤덮인 개구리를 뱉어 낸 다음, 이놈은 가짜 도둑이라는 것을 마법 세계 전역에 알리기 위해 있는 힘껏 소리쳤습니다.

"그들은 지금 모두 이쪽으로 오고 있어." 넛호그가 헐떡이며 말했습니다. "솔직히 말하면 그들은 지독히 화가 나 있으니까,

우리가 너를 태우고 날아가도록 허락하지 않을 거면 최소한 달려서라도 도망쳐. 걸음아 날 살려라 하고 달려."

'그래. 아무래도 달려야겠어.' 하고 루카는 생각했습니다. '어쨌든 나는 처음에 발이 걸려 비틀거리다가 오른쪽으로 그 마법의 걸음을 떼어 놓았을 때도 달리고 있었어.' 마법의 물리학 법칙을 확신하기는 어려웠습니다. 평범한 물리학도 어려웠으니까요. 하지만 아버지가 "시간은 시간 그 자체일 뿐만 아니라 이동과 공간의 한 측면이기도 하다"고 말한 게 그거였을까요? 그게 요점이었던 게 아닐까요? '그럼 시간이 이동과 공간에 영향을 받는다면……' 하고 루카는 생각했습니다. '오른쪽 차원과 왼쪽 차원 사이의 공간을 포함하는 공간은 시간과 이동의 한 측면이어야 해. 맞지? 그건 그러니까, 네가 이동하는 데 걸리는 시간이 얼마나 긴지에 따라 달라져. 다른 말로 표현하면, 네가 얼마나 빨리 달리느냐가 중요해.'

땅이 흔들리기 시작했습니다.

"지진이야?" 루카가 외쳤습니다.

"아니." 넛호그가 슬픈 듯이 말했습니다. "지진보다 훨씬 나빠. 저건 수백 명의 성난 신들이 빠르게 이동하는 소리야. 저 많은 신들을 막으려면 용 네 마리로는 턱없이 부족할 거야."

멍멍이가 갑자기 결연하게 나서더니, 루카에게 말했습니다.

"너는 가. 지금 당장 가. 어서 출발해. 빨리 떠나. 가서 그 일을 해. 곰돌이와 내가 당분간은 저들을 막을 수 있을 거야.”

“어떻게?” 넛호그가 회의적인 투로 물었습니다.

“우리가 제일 잘하는 일을 하면 돼.” 멍멍이가 말했습니다. “곰돌아, 준비됐지?”

“준비됐어.” 곰돌이가 말했습니다.

루카는 상의할 시간이 없다는 것을 알았습니다. 그래서 왼쪽으로 몸을 돌리고 왼쪽 어깨를 아래로 기울이고 왼쪽 발을 앞으로 내밀고, 목숨이 거기에 달려 있는 것처럼 전속력으로 달리기 시작했습니다. 사실 그의 목숨은 거기에 달려 있었습니다.

그는 뒤도 돌아보지 않고 달렸습니다. 뒤에서 시끄러운 소리가 들렸습니다. 그 소리는 점점 가까워지고 훨씬 커져서 귀청이 떨어져 나갈 정도가 되었습니다. 제트엔진 천 개가 고막 바로 옆에서 으르렁거리는 소리 같았습니다. 그는 이미 흔들리고 있던 발밑 땅이 걷잡을 수 없는 공포에 사로잡힌 것처럼 뒤흔들리기 시작한 것을 느꼈습니다. 하늘이 어두워지고, 하얀 번갯불이 먹구름을 가르기 시작한 것도 보았습니다. ‘좋아. 그러니까 저 신들은 쇼를 할 수 있군.’ 하고 그는 용기를 잃지 않으려고 혼잣말을 했습니다. ‘하지만 저들은 이제 더 이상 어디의 신도 아니고 누구의 신도 아니야. 저들은 서커스에서 곡예를 하거나 동물원 우리에 갇혀 있는 동물일 뿐이야.’ 하지만 그보다 자신 없는 목소리가 그의 오른쪽 귀에 속삭였습니다. ‘그럴지도 모르지만,

아무리 동물원이라도 사자 소굴 한복판에 뛰어들면 안 돼.' 그는 머리를 흔들어 이 생각을 떨쳐 버린 다음, 고개를 숙이고 더 열심히 뛰었습니다. 지금 그의 염두에 있는 것은 넛호그의 충고—'왼쪽 길로 가려면 그 길이 거기에 있을 거라고 믿어야 한다.'—뿐이었습니다. 그때 갑자기 시끄러운 소리가 멈춘 것 같았고, 땅도 더 이상 흔들리지 않았습니다. 그는 자기가 달린다기보다, 빠른 속도로 물에 떠내려가고 있는 듯이 느껴졌습니다. 그때 그는 심연을 보았습니다.

아버지는 말하곤 했지요.

"네가 아주 불운하다면, 지식의 산 뒤에서 '시간의 심연'으로 알려진 바닥없는 구덩이를 발견하게 될 거다."

한편 전직 신들의 무리는 우레 같은 소리와 함께 지식의 산에 도착하여, 지금은 사라진 아아그 단장의 서커스단인 '거대한 불고리'에서 가장 밝게 빛났던 두 스타가 노련한 연예인들처럼 침착하게 그들을 기다리면서 바깥쪽에 있는 관중에게 진정하라고 몸짓하는 것을 보았습니다. 노래하는 개 곰돌이와 춤추는 곰 멍멍이가 그들을 뒷받침해 주는 가수들과 함께 자리를 잡고 공연을 시작한 참이었습니다. 가수들은 거대한 금속 암퇘지로 변신한 용 자매 4중창단이었습니다. 그 광경은 너무 특이해서, 버림받은 신들을 그 자리에 멈춰 세우기에 충분했습니다. 최고신 라가 손을 들자, 이집트와 아시리아, 북유럽, 그리스, 로마, 아즈텍, 잉카를 비롯한 세계 각지의 모든 전직 신들이 덜컹거리며 서투르게 걸음을 멈추었습니다. 끼익하는 소리와 서로 부딪히는 소리와 욕설이 주위를 가득 채웠습니다. 키클롭스들은 뜻하지 않게 서로의 눈을 팔꿈치로 찔렀고, 불의 신들이 들고 있던 불타는 칼은 보물 요정들의 머리카락을 그슬렸고, 바실리스크는 그리핀을 노려보아 본의 아니게 그리핀을 돌로 바꾸어 버렸습니다. 미의 여신들―아프로디테, 하토르 등―이 제일 큰 소리로 불평을 했습니다. 지위가 낮은 초자연적 존재들은 불사신들이 많이 모여 있는 기회를 이용하여 우연인 것처럼 미의 여신들의 엉덩이를 움켜쥐었습니다. 그리고 미노타우로스들은 왜 아름다운 숙녀들의 발을 밟고 있었을까요? 미의 여신들은 경쟁 신화에 나오는 뱀 머리의 신들이 그들의 토가를 쳐다보는 것을 전혀 달가워하지 않았습니다. 제발 공간을 좀 달라고 그들은 요구했습니다. 좀 더 자기들을 존중해 달라고 요구했습니다. 그런데 쉿! 그들은 조용히 하라고 쉿 소리를 냈습니다. 여기에 연기자들이 있었고, 그들은 공연을 시작할 준비가 되어 있었습니다.

"ꝏ&◎▱." 라가 말했습니다. "◆〰ꝭ〰 ⠭◎♌ ♌︎꩜◆◆꩜ ▯ ꩜m ℣▱▱♌⚟."

"도대체 저게 무슨 소리야?" 곰돌이가 물었습니다.

"상형문자를 말하고 있어." 넛호그가 말했습니다. "저 말은

'좋아. 잘하는 편이 좋을 거야.'라는 뜻이야."

"춤을 추기 시작해." 개 곰돌이가 곰 멍멍이에게 말했습니다.
"어느 때보다도 잘 추어야 돼."

"너는 노래를 시작해." 멍멍이가 곰돌이에게 으르렁거리며 말
했습니다. "목숨을 걸고 노래해. 네 목숨이 거기에 달려 있는 것
처럼."

"사실 거기에 네 목숨이 달려 있어." 넛호그와 사라, 바들로와
진이 입을 모아 말했습니다. 그러고는 넛호그가 덧붙였습니다.
"게다가 우리 목숨까지 달려 있어. 하지만 압박감을 느끼지는
마. 행운을 빌게."

그래서 멍멍이는 춤을 추기 시작했습니다. 처음에는 소프트
탭댄스에서 발을 끄는 동작으로 시작하여 율동적인 탭댄스로
넘어갔다가 아프리카의 고무장화 춤을 추기 시작했습니다. 일단
몸이 풀리자 그는 브로드웨이 스타일로 넘어갔고, 마침내 그의
장기이자 모든 탭댄스 중에서도 가장 정력적인 카리브 주바를
추기 시작했습니다. 관중은 열광하여 박수갈채를 보냈습니다.
그는 자신이 원하는 대로 관중을 이끌었습니다. 그가 발로 땅바
닥을 구르면 전직 신들도 똑같이 따라 했습니다. 그가 손뼉을
치면 버림받은 신들도 따라서 손뼉을 쳤습니다. 그가 주바를 추
면서 빙글빙글 돌았을 때, 그 고대의 유물들은 자기가 아직도
거리낌 없이 춤을 출 수 있다는 것을 알았습니다! 최고신 라도

다른 신들과 함께 손뼉을 쳤습니다. "✿□◆　○◑⚹&♏　○◹　□◑■◆•　•◑■◆　◆□　♑♏◆　◆□　◑■♒　♒◑■　♏♏.☞." 라는 고함을 질렀고, 기야라-진이 그 상형문자를 통역했습니다.

"라가 이랬어. '너는 내 바지가 일어나서 춤추고 싶어 하게 만드는구나.'"

그러자 멍멍이가 고개를 저으며 지적했습니다.

"하지만 라는 바지를 입고 있지 않아."

"허리에 천 쪼가리를 둘렀을 뿐인데, 사실 저건 몸을 별로 가려 주지 않아." 곰돌이도 동의했습니다. "하지만 그런 일로 다투지는 말자."

"이젠 네 차례야." 멍멍이가 곰돌이에게 말했습니다.

"좀 노골적인 아첨을 해 보면 어떨까?" 개가 곰에게 속삭였습니다. "어쨌든 저것들은 누군가의 숭배를 받아 본 지 한참 됐으니까 말이야."

곰돌이가 헛기침을 하고는, 별로 경건하지도 않은 노래를 즉석에서 달콤한 송가로 바꾸어 울부짖는 듯한 소리로 바빌론과 이집트, 아스가르드, 그리스와 로마 신들을 찬미하기 시작했습니다. '내가 이슈타르 여신에게 소원을 빌 때……', '그것은 아름다운 프레이르 신……', '장황한 찬사는 나일강 변의 멤피스로 간다……' 등등. 쇼는 순조롭게 되어 가는 것 같았습니다. 그가 멋지게 마무리를 하기 시작하자, 금속 암퇘지들이 뒤에서 우우 하는 소리와 쨍그렁 소리로 코러스를 넣었습니다.

"그대들은 신이오." 곰돌이가 노래하면, 쨍그렁 소리를 내는 코러스는 뒤에서 "오오(쨍그렁), 오오(쨍그렁), 오오(쨍그렁)." 하고 노래했습니다.

"그대들은 9레벨." 곰돌이가 노래했습니다. "오오(쨍그렁), 오오(쨍그렁), 오오(쨍그렁)."

"그대들은 나의 멋진 신들,
나는 정말로 그대들을 찬미하고 싶어요!
정말로 그대들 때문에 깜짝 놀랐어요!
이제 정말로 그대들을 찬미하고 싶어요!
나의 신들이여, 너무 멋져 보이니까요."

"오오(쨍그랑), 오오(쨍그랑), 오오(쨍그렁)."

"내 상냥한 신들은……."

"오오(쨍그랑), 오오(쨍그랑), 오오(쨍그렁)."

"오오, 나의 신들이여……."

성난 고함 소리와 황금색 불빛이 곰돌이의 노래를 중단시켰습니다. 최고신 라가 음악의 마법을 깨고 하늘로 올라가더니, 맹렬히 빛과 열을 내면서 지식의 산 꼭대기를 향해 총알처럼 날아갔습니다. 나머지 신들도 라를 따라 하늘 높이 올라갔습니다. 세계 역사상 가장 웅장한 불꽃놀이가 펼쳐지고 있는 듯했습니다. 곰돌이는 쓸쓸해 보였습니다.

"관중을 잃었어." 그가 슬픈 얼굴로 말했습니다.

그러자 멍멍이가 그를 위로했습니다.

"어쩌면 잘된 일인지도 몰라. 우리 덕분에 루카가 시간을 벌었을 테니까."

다리가 여덟 개인 거대한 백마가 성난 듯 콧김을 내뿜으며 그들을 향해 전속력으로 달려왔습니다.

"그래, 너희가 시간을 벌어 주었는지 보러 가자. 어때?" 백마가 말했습니다. "내 말은 너희 둘 다 체포되었다는 뜻이야." 그것은 말들의 왕인 진짜 슬리퍼였습니다. 슬리퍼는 그들을 보는 것이 전혀 기쁘지 않은 듯했습니다. 그가 기야라-진 자매에게 말했습니다. "너희들도 붙잡혔다고 생각해야 돼. 너희에 대해서는 나중에 어떻게 할지 결정하겠지만, 반역은 경범죄가 아니라는 걸 명심해 둬."

루카는 시간의 심연이 앞에 있는 것을 보고도 속도를 늦추지 않았습니다. 이제 마침내 그는 왼쪽 어깨에 가벼운 압력을 느낄수 있었으니까요. 그것은 왼쪽 차원이 '바로 거기에' 있다는 것, '바로 그의 옆에' 있다는 것을 말해 주었습니다. 그래서 그는 더 빨리 달렸고, 심연 가장자리에서 왼쪽으로 몸을 던졌습니다.

그리고 '바닥없는 구덩이'로 떨어졌고, 어둠 속을 곤두박질치면서 수백만 개의 빛나는 파편으로 쪼개졌습니다. 정신을 차려보니, 계수기의 생명이 100개나 줄어들었습니다. 그는 다시 심연으로 달려갔습니다. 그리고 부드러운 압력이 느껴지는 그 지역에서 다시 왼쪽으로 몸을 던졌고, 다시 어둠 속을 곤두박질쳐 내려오면서 몸이 수많은 파편으로 분해되었습니다.

세 번째에도 다시 똑같은 일이 일어났습니다. 빛나는 파편들이 다시 모이고, 겨우 몇 분 만에 통틀어 300개의 생명이 증발하여 남은 생명이 165개밖에 안 된다는 것을 알았을 때, 그는 울화통을 터뜨렸습니다.

"솔직히 말하면 그건 애처로운 일이야, 루카 칼리파." 그는 자신에게 소리쳤습니다. "여기까지 와서 진지해지지 못하면 너는 이제 곧 끝장이 날 테고, 그런 일을 당해도 싸."

바로 그때 붉은 다람쥐 한 마리가 심연 가장자리에 나타나더니, 오른쪽에서 왼쪽으로 그의 앞을 가로질러 달려가 자취도 없이 사라졌습니다. '오, 맙소사.' 하고 루카는 생각했습니다. '왼손잡이―아니, 왼발잡이인가?―다람쥐라는 게 있는지는 모르지만, 있다면 그 다람쥐는 분명 왼손잡이였어. 애쓰지도 않고 그처럼 쉽게 왼쪽 길로 건너뛰다니, 정말 놀라워. 왼쪽 길이 거기에 있다는 것을 진심으로 믿으면, 긴급한 필요성을 느낄 때마다 전혀 어렵지 않게 그 길로 달려갈 수 있는 게 분명해.' 그래서 루카는 다람쥐를 본받아 왼쪽으로 돌아서서 한 걸음을 내디뎠습니다. 그러자 비틀거리거나 넘어질 필요도 없이 그는 왼손잡이판 마법 세계로 들어갈 수 있었습니다.

그곳에서는 산이 완전히 달랐습니다! 사실 그것은 더 이상 산이 아니라 초록빛 언덕에 불과했습니다. 언덕에는 참나무와 느릅나무와 플라타너스와 미루나무와 꽃이 핀 덤불이 점점이 흩어져 있고, 덤불 주위에서는 꿀벌들이 윙윙거리고 벌새들이 법석거리고 종달새들이 아름답게 지저귀고 있었습니다. 머리에 볏이 달린 주홍빛 후투티들은 풀밭에서 왕자님처럼 뽐내며 걸어다니고, 그 언덕을 돌아서 왼쪽으로 구불구불 뻗어 있는 예쁜 길이 하나 있었습니다. 그 길은 루카를 꼭대기까지 데려다 줄 것처럼 보였습니다.

'나는 늘 알고 있었어. 왼손잡이 세계에서 내가 가야 할 길을 찾을 수만 있다면, 그 세계는 오른손잡이 세계보다 내가 훨씬 다루기 쉬우리라는 걸 말이야.' 루카는 즐겁게 생각했습니다. '이 근처 어딘가에 문손잡이가 있다면, 그 손잡이는 틀림없이 왼쪽으로 돌아갈 거야. 세계가 변화를 위해 우리 왼손잡이들에

게 적합하도록 조정되면, 지식 자체도 그렇게 거대하고 무서운 산은 아닐 것 같아.'

붉은 다람쥐는 낮은 나무 그루터기 위에서 도토리를 야금야금 갉아먹으면서 그를 기다리고 있었습니다.

"소라야 여왕님이 보내는 인사야." 다람쥐가 정식으로 절을 하면서 말했습니다. "내 이름은 라타타트야. 그래. 욕설 여왕님은 네가 길 안내받는 걸 고맙게 여길지도 모른다고 하셨어."

"여왕님은 어디에나 친구가 있는 모양이군." 루카는 경탄했습니다.

"우리 빨강 머리들은 단결하기를 좋아해." 라타타트는 기뻐서 털을 곤두세우며 말했습니다. "그리고 우리 가운데 일부는 여왕님의 신임이 두터운 수달 명단에 오랫동안 이름을 올린 '명예로운 수달'들, 여왕님의 비밀 비상 비행 중대원이야. (자랑하고 싶지는 않지만 사실이야.) 말하자면 여왕님이 우리를 가동시킬 필요가 생길 경우에 대비하여 우리의 비밀 침대 속에 숨어서 여왕님의 전용 라인에 접속된 상태로 일주일에 7일, 하루 24시간 내내 여왕님의 호출에 응할 태세를 갖추고 있는 요원들이지. 하지만 이 토픽에 대해 오랫동안 이야기하고 싶은 마음은 굴뚝같아도, 너는 서두르고 있는 것 같으니까……" 그녀는 루카가 대답하려고 입을 벌린 것을 알아차리고 얼른 말을 이었기 때문에, 루카는 벌렸던 입을 다시 다물 수밖에 없었습니다. "우리가 할 수 있을 때, 수달의 발로 이른바 이 산을 올라가자."

　루카는 그 언덕을 거의 깡충깡충 뛰다시피 하여 올라갔습니다. 그의 결의와 기쁨은 그만큼 컸습니다. 그는 왼쪽으로, '어려움 산'에서 '쉬움 언덕'으로 건너뛰었고, 생명의 불은 그가 움켜쥘 수 있는 곳에 있었습니다. 이제 곧 그는 최대한 빨리 집으로 달려가서 생명의 불을 아버지의 입 안에 부어 넣을 것이고, 그러면 라시드 칼리파는 틀림없이 깨어날 것입니다. 그러면 새로운 이야기들이 생겨날 것이고, 어머니 소라야는 노래를 부를 것입니다. 그때 다람쥐인 라타타트가 말했습니다.

　"경비원들이 있으리라는 건 알고 있겠지?"

　"경비원?" 루카는 우뚝 멈춰 서서 비명을 지르다시피 했습니다. 또다시 장애물을 만나리라고는 전혀 예상치 못했기 때문입니다. 적어도 여기 왼쪽 차원에서는 장애물이 전혀 없을 줄 알았습니다! 상처에서 피가 흘러나가듯 행복감이 그에게서 빠져나갔습니다.

　"설마 생명의 불이 무방비 상태로 방치되어 있을 거라고 기대하는 건 아니겠지?" 라타타트가 약간 우둔한 학생에게 잔소리를 하듯 엄격하게 말했습니다.

　"이 마법 세계에는 불의 신들도 있냐?" 루카가 물었습니다. 그러고는 자기가 너무 어리석게 느껴져서 얼굴을 붉혔습니다. "그래, 당연히 있겠지. 하지만 지금은 그 신들이 모두 다른 곳에 있지 않을까? 무지개 다리를 지키거나…… 수색을 나가서…… 나를 찾고 있거나?"

"불의 신들만이 아니라 불을 지키는 경비대도 있어." 라타타트가 말했습니다.

요즘에는 생명의 불을 지키는 일이 세계의 모든 죽은 종교, 그러니까 신화에서 가장 강력한 수호령들에게 맡겨졌다고 다람쥐는 설명했습니다. 머리가 쉰 개나 되는 그리스의 개이고 원래는 저승의 문지기였던 점박이 케르베로스. 사자의 얼굴과 발, 독수리의 발톱과 날개를 가진 수메르의 신 안주. 목이 잘렸지만 여전히 살아 있는 북유럽의 거인 미미르(머리가 너무 오랫동안 불을 지키고 있었기 때문에 지식의 산 속으로 자라 들어가서 산의 일부가 되어 버렸습니다). 네 자매 용을 합친 것만큼 크고 그보다 백 배쯤 힘이 센 거대한 용 파프니르. 소를 치는 아르구스 파놉테스(눈이 백 개나 되기 때문에 모든 것을 보고 아무것도 놓치지 않았습니다). 이 다섯 수호령이 생명의 불을 지키는 일을 맡았는데, 이들은 시간이 갈수록 점점 더 흉포해졌습니다.

"아아, 그래." 루카는 자신에게 짜증이 나서 말했습니다. "그걸 예상했어야 하는 건데. 너는 모든 걸 다 알고 있으니까, 그 문제를 해결하려면 어떻게 해야 하는지도 말해 줄 수 있겠지?"

"교활해야 돼." 라타타트가 말했습니다. "너는 어때? 교활해?

이 문제를 해결하려면 아주 교활해야 하니까. 예를 들면 헤르메스는 아르구스의 눈 백 개가 모두 감겨서 잠들 때까지 자장가를 불러 줘서 속인 적이 있지. 오, 그래. 생명의 불을 훔치려면 교활하고 영악하고 엉큼하고 교묘하고 기묘하게 뒤틀린 타입이어야 해. 혹시 너도 그런 타입이니?"

"아니." 루카는 절망조로 말하고, 풀이 돋아난 비탈에 주저앉았습니다. "유감이지만 나는 그런 타입이 아니야."

그때 하늘이 어두워졌습니다. 번득이는 번갯불과 함께 시커먼 구름이 머리 위에서 점점 짙어졌습니다. 구름 한복판에서 무시무시한 목소리가 나왔습니다.

"ㅅ ᒣ᚛᚛ ᚛ᚑ, ᚛᚛᚛᚛ᚑ ᚛ᚑᚑᚑᚑᚑ ᚛᚛ᚑᚑᚑᚑ ᚑᚑᚑᚑ ᚛᚛᚛ ᚛ ᚛ᚑ."

조그만 라타타트가 두려워서 딱딱 마주치는 이빨 사이로 그 말을 통역했습니다.

"'그렇다면 너한테는 이 마지막 단계가 좀 힘들 것이다.'"

신들이 지식의 산 꼭대기를 향해 말벌 떼처럼 올라올 때, 화재 경보 해제 사이렌이 울려 불 도둑을 잡았다는 소식을 마법의 심장부 전체에 알렸습니다. 개 곰돌이와 곰 멍멍이는 말들의 왕을 타고 산꼭대기로 끌려가다가 요란한 사이렌 소리를 듣고 갑자기 우울해졌습니다. 넛호그와 자매들은 꼬리를 다리 사이에 끼우고 그들과 나란히 날아가고 있었습니다.

"이런 말을 하기는 유감스럽지만 춤은 끝났어. 행동의 결과에 책임을 져야 할 때야." 넛호그의 말에 곰돌이와 멍멍이의 두려움은 더욱 확고해졌습니다.

그 순간, 신들의 무리 전체가 갑자기 왼쪽으로 방향을 틀었습니다. 그리고 푸른 하늘을 마치 종이라도 찢듯이 찢어 버리고, 먹구름 가득한 다른 하늘 속으로 급히 들어가는 것을 보고 곰돌이와 멍멍이는 깜짝 놀랐습니다. 말들의 왕과 그의 포로들은 신들을 따라 거대한 구멍을 통해 왼쪽 세계로 들어갔습니다. 거기서 변형된 지식의 산을 처음 본 곰돌이와 멍멍이는, 그것을 보자마자, 비록 하늘은 어둡고 위협적인 데다 그 순간에는 너무 황량해 보였지만, 그보다 아름다운 초록빛 언덕은 세상에 없을 거라고 생각했습니다. 지식의 산 꼭대기에는 꽃이 흩뿌려진 풀밭이 펼쳐져 있고, 가지를 활짝 펼친 물푸레나무 한 그루가 솟아 있었습니다. 하지만 그 나무는 그렇게 아름다운데도 이름이 '공포의 나무'였고, 가지 밑에는 루카가 서 있었습니다. 루카의 어깨 위에는 붉은 다람쥐 한 마리가 앉아 있고, 목에는 수달 단지가 매달려 있었습니다. 그를 포획한 수메르의 천둥신 안주가 그를 지키고 있었습니다. 사자의 머리와 독수리의 몸뚱이를 가진 안주는 그 거대한 발톱으로 소년을 갈기갈기 찢고 싶은 욕망을 간신히 억누르고 있는 것처럼 보였습니다. 불을 지키는 나머지 수호령들—머리가 여럿인 케르베로스, 몸통은 없고 머리뿐

인 미미르, 거대한 용 파프니르, 백 개의 눈을 가진 아르구스 파
놉테스—도 성난 얼굴로 가까이에 있었습니다. 그 거대한 나무
옆에는 기둥이 가느다란 대리석 신전이 서 있었습니다. 신전은
정원에 세워진 초라한 창고만큼 작았습니다. 신전 안에 불이 켜
져 있었는데, 그 불은 충격적일 만큼 강렬한 빛과 열을 내어, 불
을 훔치는 데 실패한 도둑을 붙잡아, 재판을 눈앞에 둔 순간의
그 험악한 분위기 속에서도 신전 주위의 공기를 따뜻한 온기와
빛과 에너지로 가득 채우고 있었습니다. 그리고 기둥으로 받쳐
진 신전 입구 위에는 황금 공 하나가 놓여 있었는데, 도저히 통
과할 수 없는 이 레벨을 끝냈을 때의 저장 포인트였습니다.

"저게 바로 생명의 불의 빛이야." 곰 멍멍이가 개 곰돌이에게
조용히 으르렁거리는 소리로 말했습니다. "그렇게 파란만장한
여행의 목적지라고 하기에는 너무 소박한 집이군. 이렇게 가까
이 왔는데 정말 슬픈 일이야. 우리가……."

"그 말은 하지 마. 아직 끝나지 않았어." 곰돌이가 날카롭게
멍멍이의 말을 가로챘습니다. 곰돌이는 짖는 듯한 소리로 말했
지만, 사실 마음속으로는 이제 다 끝났다고 생각했습니다.

재판이 시작되었습니다.

"◗☉☎◗◆✐." 최고신 라가 으르렁거리는 소리로 말했습니
다. 그가 재판을 맡은 것 같았습니다.

"마아트!" 신들이 으르렁거렸습니다. 아니, 어떤 신이냐에 따

라 으르렁거리거나 외치거나 짹짹거리거나 쉿쉿거렸습니다.

"◆◎◎◎◆ ≋◎◆ ♌ℳℳ■ ⚿✠◆□◆□◆ℳ⚿ ◎■⚿
◗◆◆◆ ♌ℳ □ℳ◆◆□□ℳ⚿✐." 라가 외쳤습니다.

"마아트는 침범당했고 회복되어야 한다." 신들의 목소리가 울려 퍼졌습니다.

"✳≋ℳ□ℳ✗□□ℳ ●ℳ◆ ◆◎◎◆ ♌ℳ ⚿□■ℳ
▣." 라가 고함쳤습니다.

"그러므로 마아트가 이루어지게 하라."

"마아트가 뭐니?" 루카가 다람쥐 라타타트에게 물었습니다.

"에헴." 라타타트가 눈썹을 치켜 올리고는 구레나룻을 교수처럼 씰룩거리면서 말했습니다. "그건 우주의 신성한 음악을 가리키는 거야. 그래! 그리고 세계의 구조, 모든 힘 중에서도 가장 기본적인 시간의 본질, 거기에 간섭하는 것은 범죄……."

"간단히 말하면 안 돼?" 루카가 요구했습니다.

"좋아." 라타타트가 조금 실망한 표정으로 말했습니다. "그럼 간단히 말할게. 라의 말은 요컨대 질서가 어지럽혀졌고 정의가 실현되어야 한다는 뜻이야."

루카는 자신이 몹시 짜증 나 있다는 것을 갑자기 깨달았습니다. 한물간 퇴물들의 패거리가 어떻게 감히 나를 심판한단 말인가? 내가 아버지의 목숨을 구하려고 애쓰면 안 된다고 말하는 그들은 누구인가? 바로 그 순간, 루카는 친구들이 거기에 도착하는 것을 보았습니다. 사랑하는 개와 곰, 그리고 충실한 네 자매 용이 체포된 것을 보자 그는 더욱 짜증이 났습니다. 이 초자연적인 은퇴자들이 정말 뻔뻔스럽다고 생각했습니다. 뭐가 뭔지 그들에게 확실히 보여 주어야겠다고 마음먹었습니다.

"

□□□□□□□□ □□□ □□□ □□□□ □□ □

□□□□ □□□□□ □ □□□ □□□□□ □

□□□□□□□□□ □□ □□&□ □□ □□□□□

□□□□ □□□□□□□□ □□□□□□ □□□ □□

□□□□□□□ □□□ □□ □□□□□□ ." 최고신 라가 부르짖었습니다.

"저 말을 내가 다 통역해야 해?" 라타타트가 마지못해 말했습니다.

"그래." 루카는 강력하게 요구했습니다.

"너한테는 다행한 일이지만······" 라타타트가 가볍게 한숨을 쉬면서 말했습니다. "나는 기억력이 뛰어나고, 게다가 성격도 친절해. 하지만 너는 말의 내용이 마음에 들지 않을 거야. 자, 들어. 현실 세계의 주민들은 생명의 불을 이용할 수 없다는 것을 그들에게 최종적으로 보여 주어야 한다. 생명의 불은 죽은 자를 살릴 수 없다. 죽은 자들은 '사자의 서'*에 들어갔고, 따라서 이미 존재가 아니라 말에 지나지 않기 때문이다. 하지만 죽어 가는 자에게는 새로운 생명을 주고, 건강한 자에게는 장수와 심지어는 신들만의 전유물인 영생까지도 유발할 수 있다. 생명의 불

---

*사자의 서: 고대 이집트에서, 죽은 사람들을 매장할 때 함께 묻었던 문서. 일종의 '사후세계 안내서'라고 할 수 있다.

은 경계를 넘어 현실 세계로 들어가면 안 된다. 하지만 그 금단의 경계 너머로 생명의 불을 가져가려는 도둑이 여기 있다. 본보기로 처벌해야 한다."

"아, 그래?" 루카가 말했습니다. 그가 스스로 피운 불이 가슴속에서 타올라 눈을 통해 이글거렸습니다. 아무버지가 사라진 뒤 그를 사로잡은 이상한 내면의 힘이 다시 올라와, 그가 필요로 하는 힘을 주었습니다. "공교롭게도 나는 무슨 말을 해야 할지 정확히 알고 있어." 루카는 그것을 깨달았습니다. 그래서 그는 모여 있는 전직 신들에게 큰 소리로 외쳤습니다. 그 목소리가 너무 커서, 전직 신들은 으르렁거리거나 쉿쉿거리거나 쩍쩍거리거나 히힝거리거나 그 밖에 그들이 습관적으로 내는 온갖 기묘한 소리를 내는 것을 그만두고 조용히 귀를 기울였습니다.

"이젠 내가 말할 차례예요." 루카는 모여 있는 초자연적 존재들에게 고함을 쳤습니다. "나는 그 온갖 허튼소리에 대해 할 말이 많습니다. 주의해서 듣는 게 좋을 겁니다. 잘 들으세요. 나의 미래만이 아니라 당신들의 미래도 거기에 달려 있으니까요. 나는 이 마법 세계에 대해 당신들이 모르는 것을 알고 있는데, 이게 당신들의 세계가 아니라는 겁니다! 마법 세계는 아알림의 것도 아닙니다. 아알림이 누구든, 지금 어디에 숨어 있든, 그들의 것이 아닙니다. 이건 우리 아버지의 세계예요. 다른 사람들이 생각해 낸 다른 마법 세계들도 있을 테지요. 동화의 나라들과 나니아들, 천국과 지옥 사이의 중간계, 뭐 그런 것들…… 그리고 나는 잘 모르지만, 스스로 생각해 낸 세계들도 있을지 모릅니다. 그것도 가능하다고 생각해요. 당신들이 가능하다고 말하면 나도 굳이 반대하지는 않겠습니다. 하지만 이 세계, 남신들과 여신들, 도깨비와 박쥐, 괴물과 끈적끈적한 점액질 생물은 라시드 칼리파의 세계입니다. 널리 알려진 '공상의 바다', 놀라운 '허풍 대왕' 말입니다. 처음부터 끝까지 모두 라시드 칼리파가 생각해 낸 겁니다. 1레벨에서 9레벨까지 갔다가 다시 1레벨로 돌아가죠. 하나에서 열까지 모두 라시드 칼리파의 것입니다.

라시드 칼리파는 마법 세계를 이런 식으로 만들었고, 거기에 형태와 법칙을 주고, 여기 있는 당신들을 모두 데려와서 살게 했습니다. 라시드 칼리파는 평생 동안 당신들에 대해 공부했고, 당신들에 대해 생각했고, 당신들에 대해 꿈까지 꾸었습니다. 이세계가 지금과 같은 상태인 것은, 오른손잡이의 세계든 왼손잡이의 세계든, 아무도의 세계든 엉터리의 세계든, 라시드 칼리파의 머릿속에 있는 세계이기 때문입니다! 그리고 나는 이 세계에 대해 알고 있습니다. 내가 오른쪽으로 넘어졌다가 왼쪽으로 넘어와서 여기에 도달할 수 있었던 것은 아마 그 때문일 겁니다. 내가 이 세계를 이미 알고 있는 것은 태어나서부터 지금까지 날마다 잠자리에서, 그리고 아침 식탁과 저녁 식탁에서 그 이야기를 들었기 때문입니다. 뿐만 아니라 카하니 시와 알리프바이 나라 전역에서 아버지가 청중에게 들려준 과장된 이야기로, 또한 아버지가 나만을 위해 내 귀에 속삭여 준 비밀 이야기로도 이 세계에 대해 들었기 때문입니다. 따라서 이 세계는 어떤 의미에서는 나의 세계이기도 합니다. 그리고 내가 너무 늦기 전에 생명의 불을 아버지에게 가져가지 않으면, 아버지만 끝장나는 게 아니라는 것은 분명한 사실입니다. 여기 있는 것들도 모두 사라질 거예요. 당신들이 정확히 어떻게 될지는 나도 모르지만, 적어도 더 이상은 이렇게 안락한 세계에서 살지 못할 겁니다. 사실은 아무도 당신들을 아랑곳하지 않고 콧방귀도 안 뀌는데 당신들이 계속 중요한 존재인 척하며 살 수 있는 곳이 바로 여기죠. 최악의 경우, 당신들은 완전히 사라질 겁니다. 아예 존재한 적도 없는 것처럼 획! 사라질 거예요. 솔직히 말해서, 요즘 세상에 당신들의 이야기가 계속 이어지게 하려고 정말로 애쓰는 사람이, 라시드 칼리파를 빼면 얼마나 되겠어요? 불 속에서 사는 샐러맨더*, 또는 못생긴 게 너무 슬퍼서 실제로 몸이 녹아 눈물이 되어 버리는 스큉크*에 대해 아는 사람이 얼마나 될까요?

정신 차리고 상황을 직시하세요, 퇴물 여러분, 여러분은 절멸했어요! 죽었다고요! 신과 불가사의한 생물로서는 더 이상 존재

---

*샐러맨더: 뱀의 형상을 한 전설상의 동물.
*스큉크: 미국 펜실베이니아 주 숲 속에 산다는 전설상의 동물.

하지 않습니다! 여러분은 생명의 불이 경계를 넘어 현실 세계로 들어가면 안 된다고 했죠? 하지만 감히 말하겠는데, 그 생명의 불이 현실 세계의 특정인에게 아주 빨리 도착하지 않으면 여러분은 끝장나고 맙니다. 여러분의 황금 알은 이미 프라이가 되었고, 마법의 거위도 요리되었습니다."

"와아." 다람쥐 라타타트가 루카의 귀에 속삭였습니다. "너는 지금 확실하게 저들의 주의를 끌었어."

버림받은 신들은 모두 충격을 받고 놀라서 입을 다물었습니다. '공포의 나무' 아래 서 있는 루카는 그들이 충격에서 깨어나게 하면 안 된다는 것을 알았습니다. 게다가 그는 아직도 할 말이 많았습니다.

"여러분이 누군지 말해 줄까요?" 루카가 큰 소리로 외쳤습니다. "우선 여러분이 뭐가 아닌지부터 일깨워 드리죠. 여러분은 이제 더 이상 어디의 신도 아니고 누구의 신도 아닙니다. 삶과 죽음, 구원과 저주를 내리는 힘도 더 이상 갖고 있지 않습니다. 여러분은 황소로 변신해서 지상의 여자를 납치할 수도 없고, 전쟁에 개입할 수도 없고, 과거에 즐겼던 어떤 놀이도 이제는 즐길 수 없습니다. 여러분 자신을 보세요! 여러분은 진정한 힘을 겨루는 대신, 미인 대회나 열고 있습니다. 솔직히 말하면 그건 좀 약한 쪽이에요. 내 말 잘 들으세요. 여러분은 오직 '이야기'를 통해서만 현실 세계에 들어올 수 있고 힘을 다시 가질 수 있어요.

여러분의 이야기가 잘 말해지면, 사람들은 여러분을 믿죠. 믿는다고 해도 옛날처럼 여러분을 숭배하는 것이 아니라, 이야기를 믿는 것처럼—행복하게, 흥분해서, 이야기가 끝나지 않기를 바라면서—여러분을 믿는 거예요. 여러분은 '영생'을 원하시죠? 그걸 여러분에게 줄 수 있는 건 이제 우리 아버지 같은 사람들뿐이에요. 우리 아버지는 사람들이 여러분에 대해 모두 잊어버렸다는 사실을 잊게 만들 수 있고, 다시 여러분을 흠모하고 여러분이 하는 일에 관심을 가지고 여러분이 끝장나지 않기를 바라게 할 수 있습니다. 그런데 여러분은 나를 막으려는 건가요? 오히려 내가 여기에 온 목적을 완수해 달라고 간청해야 합니다. 당연히 나를 도와주어야 합니다. 생명의 불을 내 수달 단지 속에 넣어 주고, 그 불이 내 수달 감자에 확실히 옮겨붙게 하고, 나를 집까지 호위해 주어야 합니다. 내가 누굽니까? 나는 루카 칼리파예요. 여러분에게는 내가 유일한 기회란 말입니다."

그것은 루카의 연기자 생활에서 가장 훌륭한 연설이었고, 그가 지금까지 서 본 무대 가운데 가장 중요한 무대였습니다. 그는 몸속에 있는 열정과 기술을 모두 사용했습니다. 그것은 사실이었지만, 과연 청중의 마음을 움직였을까요? '그럴 수도 있고, 아닐 수도 있어.' 하고 그는 걱정스럽게 생각했습니다.

곰돌이와 멍멍이는 아직 말들의 왕에 올라탄 채 루카에게 힘을 주려고 큰 소리로 외치고 있었습니다.

"효과가 있어!"

하지만 신들의 침묵이 너무 깊어져 숨이 막힐 만큼 답답해졌기 때문에, 결국에는 곰돌이조차도 입을 다물었습니다. 그 무서운 침묵은 안개처럼 계속 짙어졌고, 어두운 하늘은 점점 더 어두워져, 루카는 불의 신전에서 나오는 불빛 말고는 어떤 빛도 볼 수 없게 되었습니다. 그 어른거리는 불빛 속에서 그는 주위를 둘러싼 거대한 그림자들이 천천히 움직이는 것을 보았습니다. 그림자들은 공포의 나무와 그 밑에 수메르 천둥신의 감시를 받으며 서 있는 어린 포로에게 점점 가까이 다가오고 있는 것 같았습니다. 그림자들은 점점 가까이 다가오면서 하나의 거대한 주먹을 이루었습니다. 그 주먹은 루카를 움켜쥐고, 스펀지에서 물을 쥐어짜듯 지금 당장이라도 그에게서 생명을 쥐어짜 낼 것 같았습니다. '이제 시작이군.' 하고 루카는 생각했습니다. '내 연설은 효과가 없었어. 신들은 내 말을 믿지 않았어. 그러니까 이제 다 끝난 거야.' 곰돌이와 멍멍이를 다시 한 번만 끌어안을 수 있다면 얼마나 좋을까. 사랑하는 사람들이 내 손을 잡아 줄 수 있다면 얼마나 좋을까. 이 막다른 궁지에서 빠져나갈 수 있다면 얼마나 좋을까. 그러면 얼마나 좋을까……

지식의 산이 격렬하게 흔들리기 시작했습니다. 눈에 보이지 않는 거인들이 산비탈에서 쿵쿵 뛰고 있는 것 같았습니다. 공포의 나무 줄기가 위에서 아래까지 쪼개지더니, 나무가 땅바닥에 쓰러졌습니다. 루카와 천둥신은 요란한 소리를 내며 떨어지는 나뭇가지에 하마터면 깔릴 뻔했습니다. 떨어지는 나뭇가지 하나가 미미르의 머리를 때렸습니다. 미미르는 아파서 비명을 질렀습니다. 신들과 괴물들 사이에서 고통과 당혹과 공포의 외침 소리가 수없이 터져 나왔습니다. 바로 그때 가장 무시무시한 사건이 일어났습니다. '모든 것이 완전히 사라지는' 순간이 몇 초씩 잠깐 되풀이된 것입니다. 루카와 곰돌이와 멍멍이—현실 세계에서 온 세 방문객—는 빛깔도 없고 소리도 없고 움직임도 없고 법칙도 없고 아무것도 없는 무시무시한 '부재' 속에 그대로 남아 있었습니다. 잠시 후 마법 세계가 다시 돌아왔지만, 거기에 있는 모든 존재들은 무서운 사실을 깨닫기 시작했습니다. 마법 세계가 곤경에 빠졌다는 사실입니다. 그 세계의 가장 깊은 토대가 흔들리고, 그 세계의 지형은 불확실해지고 있었고, 그 세계의 존재 자체가 점멸 스위치로 켰다 껐다 하는 것처럼 간헐적인 일이 되기 시작했습니다. 스위치가 꺼지는 순간이 더 길어지기 시작하면 어떻게 될까요? 꺼지는 순간이 켜지는 순간보다 오래 지속되기 시작하면 어떻게 될까요? 마법 세계가 존속하는 시간이 1초도 안 되는 짧은 순간으로 줄어들거나 아예 완전히 사라져 버리면 어떻게 될까요? 불 도둑이 방금 한 말이 모두 적나라한 사실이라면 어떻게 될까요? 그들은 모두 신이었던 과거의 영광과 찌꺼기만 남은 자존심 나부랭이를 넝마처럼 몸에 걸치고,

루카의 말을 믿기를 지금까지 거부했습니다. 그들의 생존이 병들어 죽어 가는 한 남자의 꺼져 가는 생명과 연결되어 있다는 것이 있는 그대로의 적나라한 사실일까요? 이런 의문들이 마법 세계의 모든 주민을 괴롭히고 있었지만, 공포에 질려 정신없이 빠르게 돌아가고 있는 루카의 마음속에는 더 단순하고 더 무시무시한 한 가지 의문밖에 없었습니다.

아버지가 죽으려나?

천둥신 안주가 무릎을 꿇고 애처로울 만큼 슬픈 목소리로 루카에게 간청하기 시작했습니다.

"⸙⸙⸙⸙ ⸙, ⸙⸙: ⸙⸙⸙, ⸙⸙⸙, ⸙⸙⸙, ⸙⸙ ⸙ ⸙ ⸙ ⸙ ⸙ j⸙⸙⸙ ⸙, ⸙⸙⸙, ⸙ ⸙ ⸙ ⸙ ⸙, ⸙ ⸙⸙⸙: ⸙ : ⸙ ⸙ ⸙ ⸙, ⸙... ⸙⸙⸙ ."

라타타트는 너무 겁이 나서 수메르 신의 말을 통역할 때 목소리가 떨렸습니다.

"우리를 구해 주세요, 나리! 제발 부탁입니다. 나리, 우리는 옛날이야기에 불과한 존재는 되고 싶지 않습니다. 우리는 다시 숭배를 받고 싶어요. 우리는…… 신이고 싶어요."

'뭐, 나리라고?' 하고 루카는 생각했습니다. '확실히 말투가 달라졌군.' 희망이 그의 몸에 밀려들어 절망과 싸웠습니다. 그는 최후의 노력을 해 보려고 온 힘을 끌어모았습니다. 그리고 최대한 힘차게 말했습니다.

"싫으면 관두세요. 이보다 좋은 제안은 두 번 다시 받지 못할 테니까."

그에게 다가오던 어둠이 멈추었습니다. 신들의 분노가 약해졌습니다. 그들의 공포에 압도당한 분노는 산산조각이 나서 완전히 사라지고, 비참한 공포가 그 자리를 대신 차지했습니다. 분노의 먹구름이 갈라지고 햇빛이 돌아왔습니다. 그러자 좀 전에 신들이 들어온 하늘의 틈새가 아까보다 열 배나 커졌다는 것, 실제로 지평선에서 지평선까지 하늘 전체가 갈라져 있다는 것, 신화에 등장하는 존재들의 상태가 나빠지고 있다는 것—늙고, 갈라지고, 희미해지고, 약해지고, 줄어들고, 존재 능력을 잃고 있다는 것—을 누구나 볼 수 있었습니다. 아프로디테, 하토르, 베누스를 비롯한 미의 여신들은 쭈글쭈글 주름진 손과 팔을 보고, 거울을 모조리 박살 내라고 외쳤습니다. 매의 머리를 가진 이집트 최고신 라의 거대한 형상이 천둥신 안주처럼 무릎을 꿇었습니다. 이윽고 라의 몸은 고대 기념비처럼 바스러지기 시작했습니다. 다른 신들도 모두 라를 본떴습니다. 아니, 적어도 그들 가운데 무릎을 꿇은 신들은 라를 본떴습니다. 최고신 라는 공손하고 겁먹은 목소리로 낮게 말했습니다.

"✦ℳ⊠●● ◆🐟&ℳ ✕◆🐚."

"뭐래?" 루카가 라타타트에게 물었습니다. 라타타트는 루카의 어깨 위에서 펄쩍펄쩍 뛰면서 큰 소리로 깩깩거리기 시작했습니다.

"받아들이겠대, 너의 제의를……." 라타타트는 안도감과 두려움이 섞인 목소리로 깩깩거렸습니다. "너는 이제 불을 가져갈 수 있어. 서둘러! 뭘 기다리고 있는 거야? 네 아버지를 구해! 우리 모두를 구해! 거기 그냥 서 있지 말고 어서 움직여!"

그때 그림자들이 하늘을 가로질러 그들의 머리 위를 날아갔습니다.

"저것 봐!" 오트의 욕설 여왕이 반가운 목소리로 말했습니다. "나는 내 충성스러운 수달 공군을 이끌고 무능하지만 이상하게 호감이 가는 꼬마를 구출하는 작전, 실패할 게 뻔하지만 용감한 구출 작전을 벌일 생각이었어. 너는 무모하지만, 결국 나는 명예 수달 라타타트만 내 대리인으로 너한테 보내 놓고 옆에서 방관하며 너를 네 운명에 맡겨 둘 수는 없었어. 하지만 네가 혼자 힘으로 아주 잘 해낸 것을 보고 상당히 놀랐어. 네가 얼마나 어리석은 아이인지 생각하면 정말 놀라운 일이지."

지식의 산 위에 펼쳐진 하늘은 이제 구름이 걷혔지만, 역시 쇠퇴하고 있었습니다. 거기에 수달 공군 전체가 날아다니는 양탄자를 타고 떠 있었습니다. 양탄자에는 썩은 채소와 가려움 가루를 탑재한 종이비행기가 잔뜩 준비되어 있었고, 선두에 있는 솔로몬 왕의 양탄자 레샴에는 소라야 여왕이 바람잡이 역할을 맡았던 코요테와 코끼리 새들과 함께 타고 있었습니다.

"우리도 왔어!" 그들은 아래를 내려다보며 소리쳤습니다. "우리는 중요한 일을 기억만 하고 싶지 않아. 우리도 중요한 일을 하고 싶다고!"

나이가 많고 몸집이 믿을 수 없을 만큼 큰 낯선 남자도 그들과 함께 있었습니다. 그 남자는 완전한 알몸이었고, 몸통에 흉터가 많았습니다.

루카는 그 낯선 남자가 누군지 누군가에게 물어볼 시간도 없었고, 말들의 왕 슬리피의 등에서 뛰어내려 자기 곁으로 달려온 곰돌이와 멍멍이를 끌어안을 시간도 없었습니다.

"나는 불을 가지러 가야 해." 그가 외쳤습니다. "1분 1초가 중요해."

곰돌이가 당장 반응을 보였습니다. 곰돌이는 목이 부러질 만큼 빠른 속도로 돌진하여 불의 신전에 들어갔다가 몇 초 뒤에 활활 타는 나무를 이빨 사이에 물고 돌아왔습니다. 루카는 지금까지 그렇게 밝고 활기차고 매력적이고 희망에 찬 불을 본 적이 없었습니다. 멍멍이는 불의 신전 기둥을 기어 올라가, 커다란 앞발로 출입구 위의 황금 공을 최대한 세게 두드렸습니다. 루카는 숨길 수 없는 '딩' 소리를 들었고, 시야의 오른쪽 구석에 있는 숫자가 8로 올라가는 것을 보고, 곰돌이의 입에서 불타는 나무를 낚아채어 수달 단지 속에 쑤셔 넣었습니다. 그러자 작은 수달 감자들이 나무 막대기처럼 기분 좋게 낙관적으로 활활 타오르기 시작했습니다.

"가자!" 루카가 단지를 다시 목에 걸면서 외쳤습니다. 단지의 온기가 그에게 위안을 주었습니다. 소라야는 루카와 곰돌이와 멍멍이가 뛰어오를 수 있도록 양탄자를 아래쪽으로 기울여 주었습니다.

"마법 세계에서 이보다 빠른 수송 수단은 없어." 소라야가 외쳤습니다. "작별 인사를 하고 떠나자."

그러자 닛호그 자매들과 다람쥐 라타타트가 외쳤습니다.

"시간이 없어! 안녕! 행운을 빌게! 어서 가!"

그래서 그들은 떠났습니다.

소라야의 양탄자는 하늘에 뚫린 틈새를 통해 돌진했습니다.

"너는 오른손잡이 세계에서 들어왔으니까, 그쪽으로 돌아가야 할 거야." 소라야가 루카에게 말했습니다. 수달 공군 전체가 뒤따라왔지만, 솔로몬 왕의 양탄자는 최고 속도로 날고 있어서 나머지 양탄자들은 금세 뒤처졌습니다.

"걱정하지 마라." 소라야가 가장 쾌활한 목소리로 말했습니다. "늦지 않게 너를 데려다 줄 테니까. 어쨌든 너는 네 아버지만이 아니라 우리 세계 전체를 구해야 하니까."

8
시간과의 경주

하늘이 무너지고 있었습니다. 그들은 하늘에 난 구멍을 통해 날고 있었습니다. 하늘의 일부가 떨어져 나오더니, 밑에 있는 마법의 심장부로 추락했습니다. 루카(그는 다시 소라야의 마법 담요에 포근하게 싸여 있었습니다)는 소라야가 양탄자 주위에 둘러친 보호용 거품 안에 있어서 바람을 느낄 수 없었지만, 아래 세상에 바람이 미치는 영향을 볼 수는 있었습니다. 나무란 나무는 모조리 뿌리가 뽑혀, 거대한 민들레꽃에서 불려 나간 홀씨처럼 허공을 날아갔습니다. 날개가 가죽으로 된 사나운 용들이 어린애 장난감처럼 여기저기로 내던져지고 있었습니다. 마법 세계에서 가장 취약한 지역인 '거미줄 하늘'은 반짝이는 거미줄이

55개 층으로 겹쳐져서 만들어진 곳인데, 세찬 바람에 벌써 갈가리 찢겨 있었습니다. 거미줄에서 수천 년을 살아남은 영보천존의 전설적 도서관인 '태청관'은 더 이상 존재하지 않았습니다. 거기에 있던 옛날 서적들은 찢어진 책장을 날개처럼 퍼덕이며 하늘 높이 올라갔습니다.

"변화의 바람이 불고 있다." 코끼리 수오리가 외쳤습니다.

그러자 암오리는 애석해했습니다.

"오늘 파괴되고 있는 지혜에 비하면 우리가 가진 지식은 아무것도 아니야."

바람 속에서 마치 살아 있는 듯한 비명 소리가 들렸기 때문에, 루카는 그들의 말을 거의 들을 수 없었습니다. '바람 비명꾼들이 풀려났다'고 설명해 준 것은 코요테였습니다. 코요테는 '바람 비명꾼들이 비명을 지르기 시작하면, 무엇 때문에 모든 피조물이 침착성을 잃기 쉬운지'도 설명했습니다. 루카는 바람 비명꾼들이 누구인지 또는 무엇인지 묻고 싶지 않았습니다.

루카는 코요테와 코끼리 새들, 개 곰돌이와 곰 멍멍이와 함께 날아다니는 양탄자의 앞쪽 가장자리에 긴장한 얼굴로 앉아서, 격동하는 세계가 쏜살같이 지나가는 것을 보고 있었습니다. 그들 뒤쪽, 양탄자 한복판에는 소라야가 눈을 감은 채 두 팔을 뻗고 서서, 레샴이 지금까지 한 번도 도달해 보지 않은 속도를 내도록 강요하고 있었습니다. 루카가 만나 본 적이 없는 거대한 알몸의 노인이 소라야 뒤에 무릎을 꿇은 채 두 손을 소라야의 어깨에 올려놓고 힘을 실어 주고 있었습니다.

"저 노인이 바로 그분이야." 코요테가 루카의 귀에 속삭였습니다. "그분, 최초이자 가장 위대한 불 도둑. 네 이야기를 듣고 도와주러 나오셨지. 이렇게 오랜 시간이 지난 뒤에 말이야. 그건 좋은 일이지. 우리 모두에게 명예로운 일이야."

그들은 하늘을 날아서 마법의 심장부 밖으로 나왔습니다. 눈 아래 갈림길이 있었습니다. 강물이 부글부글 끓어오르다가 위로 튀어 올라서 하늘에 걸려 있는 벽을 이룬 다음, 다시 홍수가 되어 떨어졌습니다.

"그러니까 이게 9레벨이구나." 루카는 자신이 말하는 소리를 들었습니다. 소라야가 차갑게 대답했습니다.

"천만에. 이건 세계의 끝이야."

'벗어날 수 없는 소용돌이'와 '엘티엠포'의 덫은 점점 더 빨리 돌면서, 점점 더 강력한 힘으로 사물을 빨아들이고 있었습니다. 소라야는 양탄자를 위험할 만큼 높이, 지표면에서 99킬로미터 떨어진 상공, 카르만 라인에서 1킬로미터도 떨어지지 않은 높이까지 올릴 수밖에 없었지만, 아직도 소라야가 양탄자를 위험할 만큼 높이, 지표면에서 99킬로미터 떨어진 상공, 카르만 라인에서 1킬로미터도 떨어지지 않은 높이까지 올릴 수밖에 없는 순간이 있었지만, 아직도 소라야가 양탄자를 위험할 만큼 높이, 지

표면에서 99킬로미터 떨어진 상공, 카르만 라인에서 1킬로미터도 떨어지지 않은 높이까지 올릴 수밖에 없는 순간이 있었지만, 아직도 소라야가 양탄자를 위험할 만큼 높이, 지표면에서 99킬로미터 떨어진 상공, 카르만 라인에서 1킬로미터도 떨어지지 않은 높이까지 올릴 수밖에 없는 순간이 있었지만, 아직도—그들은 거의 시간의 덫에 걸려들었지만, 덫에서 빠져나와 아이의 새총에서 발사된 돌멩이처럼 소라야가 통제할 수 없는 방향으로 날아갔습니다. 날아다니는 양탄자는 동전처럼 빙글빙글 돌고 있었고, 양탄자에 타고 있는 승객들은 죽어라고 서로에게 매달렸습니다. 루카는 대정체지 위를 지나가는 것을 알아차리지 못했고, 그들은 시간의 안개에 다다랐습니다. 시간의 안개도 곤경에 빠져 있었습니다. 전에는 꿰뚫을 수 없는 회색 벽이었던 그곳에 커다란 구멍과 균열들이 나타났습니다. 안개 속에 들어간 뒤에도 양탄자는 여전히 빙글빙글 돌고 있었고, 기억의 새들은 망각이 두려워서 울음을 터뜨렸고, 코요테는 울부짖었습니다. 상황이 이렇게 걷잡을 수 없게 돌아가자, '노인'이라고 불린 티탄족의 프로메테우스가 일어나서 처음으로 입을 열었습니다. 노인은 권력의 언어를 사용하여 말했습니다.

"쿨로!" 그가 소용돌이치는 안개를 향해 고함을 질렀습니다. "나는 안개 속에서 죽으려고 제우스의 새로부터 벗어난 게 아니다! 썩 꺼져라, 더러운 커튼아. 우리는 가던 길을 계속 가련다."

그러자 당장 양탄자는 안개 속에서 빠져나왔고, 루카는 그들이 있는 곳을 볼 수 있었습니다.

유쾌한 광경은 아니었습니다. 그들은 강에서 멀리 떨어진 곳까지 바람에 날려 왔습니다. 꿈의 도시가 그들 밑에 있었고, 소라야가 양탄자의 방향을 바로잡으려고 애쓰는 동안, 루카는 꿈의 도시의 망루들이 카드로 지은 궁전처럼 무너지고 집들이 지붕도 없는 폐허가 되어 누워 있는 것을 볼 수 있었습니다. 그는 집에서 쫓겨난 꿈들도 많이 보았습니다. 편안한 어둠 속에서 닫힌 커튼 뒤에서만 번창하는 꿈들이 밝은 거리로 비틀거리며 나와서 불빛 속에 쓰러져 시들어 가는 것이 보였습니다. 악몽들은 꿈의 도시의 도로들을 무턱대고 질주했고, 몇몇 시민만은 거기에 영향을 받지 않은 것 같았습니다. 하지만 그 몇몇 시민들조차 마치 자기 세계에 살고 있는 것처럼, 주위의 혼란에는 전혀 관심을 기울이지 않고 멍하니 돌아다니고 있었습니다. 저건 백일몽들이 분명하다고 루카는 짐작했습니다.

마법 세계가 붕괴한 것은 라시드 칼리파의 목숨이 마지막 내리막길을 미끄러져 가고 있다는 뜻일 수밖에 없었기 때문에, 루카는 무척 겁이 났습니다. 그래서 루카는 '잃어버린 어린 시절의 나라'의 들판과 농장들이 허물어지는 것을 보고 놀라면서도, '기억된 푸른 언덕들'의 숲에서 타오르고 있는 산불 연기를 보면서도, 희망의 도시가 무너진 것을 목격했을 때에도 그의 머릿속에는 '내가 제때에 돌아가게 해 줘. 제발 너무 늦지 않게 해 줘. 내가 늦기 전에 집에 돌아가게 해 줘.' 하는 생각뿐이었습니다.

그때 그는 바달가르의 구름 요새가 빠른 속도로 그들을 향해 다가오는 것을 보았습니다. 그 거대한 요새는 무사했고, 요새를 떠받치고 있는 구름은 부글부글 끓으며 매우 빠르게 움직이고 있었습니다. 루카는 마지막 전투가 아직 끝나지 않았다는 것을 깨닫고 가슴이 철렁 내려앉았습니다. 그는 목에 걸고 있는 수달 단지를 왼손으로 움켜잡았습니다. 단지의 따뜻한 기운이 그에게 조금 힘을 주었습니다. 그는 소라야에게 도달할 때까지 양탄자 위를 네 발로 엉금엉금 기어갔습니다. 잔물결을 일으키며 빠르게 날아가고 바람에 흔들리는 양탄자 위를 두 발로 걷는 것은 불가능했습니다. 소라야에게 이르자 루카는 이미 대답을 알면서도 물었습니다.

"저 요새는 누가 맡고 있나요? 우리를 해치지 않을까요?"

소라야의 얼굴과 몸은 긴장으로 가득 차 있었습니다.

"우리가 수달 공군보다 빠르지 않았으면 좋겠는데." 소라야가 혼잣말처럼 말했습니다. "어쨌든 수달 공군은 이 적을 상대로 하는 싸움에서는 별로 쓸모가 없었을 거야." 그러고는 슬픈 얼굴로 루카를 돌아보며 대답했습니다. "나도 속으로는 이런 일이 일어날 줄 알고 있었어. 어디서, 어떻게, 언제 일어날지는 몰랐지만, 그들이 물러서지 않으리라는 건 알고 있었지. 저게 아알림이야. 생명의 불의 수호자이며 시간의 주인들인 조-후아, 조-하이, 조-아이가. 그보다 더 냉혹한 3인조는 보지 못할 거야. 걱정한 대로 배신자이자 변절자가 저기 함께 있군. 저것 봐. 저기 흉벽 위에. 저 주홍색 부시 셔츠, 저 낡아 빠진 파나마 모자. 악당이 너의 원수들 틈에 끼어 있어."

그것은 바로 아무버지였습니다. 그는 이제 투명한 유령이 아니라, 속이 꽉 찬 보통 사람처럼 보였습니다. 루카의 마음속에서는 분노와 고통이 서로 싸웠지만, 그는 그 감정을 둘 다 물리쳤습니다. 지금은 마음을 진정시켜야 할 상황이었습니다. 요새 도시 바달가르가 그들 위에 있었고, 가까이 다가올수록 점점 더 커졌습니다. 바달가르를 떠받치고 있는 구름이 솔로몬 왕의 양탄자 주위에 넓게 퍼졌습니다. 구름이 그들을 에워싸자, 요새의 벽도 길게 늘어나면서 그들을 에워쌌습니다. 루카는 일행이 하늘의 감옥에 갇혔다는 것을 깨달았습니다. 머리 위의 공기는 맑았지만, 위쪽으로 달아나려고 하면 눈에 보이지 않는 장벽이 가로막을 거라고 루카는 확신했습니다. 그들은 시간의 포로가 되었고, 양탄자는 흉벽 바로 밑에 정지했습니다. 흉벽 위에서는 루카가 아무버지라고 생각한 인물이 경멸의 눈길로 그들을 내려다보고 있었습니다.

"나를 봐." 그가 말했습니다. "나를 보면 알겠지만, 너는 이미 너무 늦었어."

루카는 자제하려고 애써야 했지만, 간신히 아무버지에게 소리를 질렀습니다.

"그건 사실일 리가 없어요. 사실이라면 당신은 더 이상 여기에 없을 테니까. 안 그래요? 당신이 목적을 달성하면 어떤 일이 일어나는지에 대해 사실을 말했다면, 당신은 '뱅'과는 반대되는 그걸 했을 테고, 그러면 당신은—당신이 그걸 뭐라고 불렀든지 간에—'안 되'었을 테고, 그런데 당신은 그걸 하고 싶지 않다고 말했으니까……."

"'안 되'는 게 아니라 '안 있'는 거야." 아무버지가 루카의 말을 바로잡았습니다. "너도 지금쯤은 용어들을 제대로 알아야지. 그런데 언제 내가 그걸 하고 싶지 않다고 말했지? 내가 거짓말을 한 거야. 피조물이 자기가 창조된 목적을 완수하고 싶어 하지 않을 이유가 어디 있어? 네가 춤을 추기 위해 태어났다면 너는 춤을 추겠지. 네가 노래를 부르기 위해 태어났다면, 입을 다물고 가만히 앉아 있지는 않을 거야. 네가 만약 남의 목숨을 먹기 위해 생겨났다면, 그 일을 끝낸 뒤에 오는 '안 있음'은 최고의 업적, 더없이 만족스러운 클라이맥스야. 그래! 황홀한 일이지."

"솔직히 말하면 당신은 죽음을 사랑하는 것처럼 들리는군요." 루카는 말하고 나서야 자기가 한 말의 뜻을 이해했습니다.

"그래. 이제야 알았군. 나는 어느 정도 자기애를 갖고 있다고 고백하겠어. 고귀한 자질은 아니야. 그 점은 인정할게. 하지만 되풀이해 말하면 그건 황홀한 일이야. 이런 경우에는 더욱 그렇지. 네 아버지는 지금까지 전력을 다해서 나와 싸웠어. 그건 너한테 분명히 말해 두지. 네 아버지한테 찬사를 보내겠어. 네 아버지는 계속 살아 있어야 할 강력한 이유가 있다고 생각하는 게 분명해. 아마 너도 그 이유의 하나일 거야. 하지만 나는 지금 네 아버지의 목을 잡고 있어. 그런데 네가 옳아. 네가 너무 늦었다는 내 말은 이번에도 거짓말이었어. 이걸 봐."

그는 오른손을 들어 올렸고, 루카는 그의 가운뎃손가락이 절반쯤 사라진 것을 볼 수 있었습니다.

"네 아버지한테 남은 생명은 이것뿐이야. 우리가 이야기하고 있는 동안에도 네 아버지는 점점 비어 가고 나는 점점 채워지고 있어. 네가 여전히 얼쩡거리다가 대사건을 목격하게 될지도 몰라. 너는 목에 건 수달 단지 속에 생명의 불을 갖고 있다 해도 네 아버지를 구하려면 늦지 않게 집에 돌아가야만 한다는 사실을 잊어버릴 수도 있어. 그런데 그 단계까지 간 건 축하해! 8레벨이라니! 정말 대단한 성과야. 하지만 잊지 마라. 시간은 내 편이라는 걸."

"당신은 성질이 더러운 사람이라는 게 증명됐어요. 틀림없어요. 당신에게 속다니, 나도 정말 바보였어요."

아무버지가 차가운 웃음소리를 냈습니다.

"하지만 네가 나와 동행하지 않았다면 이런 재미는 볼 수 없었을 거야. 너는 기다리는 시간을 훨씬 즐겁게 해 주었어. 그 점은 정말로 고맙게 생각한다."

"당신에게는 그게 다 게임일 뿐이었군요." 루카가 외쳤지만, 아무버지는 반 토막밖에 남지 않은 손가락을 그에게 흔들었습니다.

"아니, 아니야." 그가 꾸짖듯이 말했습니다. "절대로 단순한 게임은 아니야. 생사가 달린 문제지."

곰 멍멍이가 뒷발로 일어나서 으르렁거렸습니다.

"나는 더 이상 저놈을 참을 수가 없어. 내가 해치우게 해 줘."

하지만 아무버지는 멍멍이가 닿을 수 없는 성벽 위에 있었고, 거기로 올라갈 수 있는 길은 없는 것 같았습니다. 그때 티탄족 노인이 깊게 울려 퍼지는 목소리로 말했습니다.

"저놈은 나한테 맡겨." 몸에 흉터 가득한 노인이 말하면서 소라야 뒤에 무릎을 꿇고 있던 자세에서 몸을 일으켰습니다. 일어나고, 일어나고, 또 일어났습니다. 티탄족이 원래의 크기로 커지면 우주가 흔들립니다. (우주도 눈을 돌리려 합니다. 이런 식으로 확장된 알몸은 보통 크기의 알몸보다 훨씬 크고, 그래서 무시하기가 더 어렵기 때문이지요.) 오래전, 노인의 삼촌은 이런 식으로 일어나서 하늘 자체를 파괴했습니다. 그 후 그리스의 신들과 열두 티탄족 거인들이 싸웠고, 거인들이 쓰러지자 땅이 흔들렸습니다. 그리스의 영웅들과 고대인들은 노인의 옷차림을 항상 경멸했지만, 노인은 그 전쟁의 참전 용사이자 영웅이었습니다. 이제는 몸을 일으킨 노인이 너무 커졌기 때문에, 점점 커지고 있는 노인의 발 때문에 다른 승객들이 양탄자에서 밀려 나가기 전에 소라야는 서둘러 양탄자를 최대한의 크기로 늘려야 했습니다. 노인이 거대한 왼손을 뻗어 아무버지를 움켜잡자, 아무버지의 얼굴이 겁에 질렸습니다. 그 겁먹은 표정을 보고 루카는 기뻤습니다.

"나를 놔줘." 아무버지가 꽥 소리를 질렀습니다. 그의 목소리가 이제는 사람 목소리가 아닌 것처럼 들린다고 루카는 생각했습니다. 그 목소리는 마귀 같고 악마 같았지만, 지금 이 순간에는 겁에 질린 비명이었습니다.

"나를 놔줘." 아무버지가 비명을 질렀습니다. "너는 이런 짓을 할 권리가 없어!"

노인은 경기장만 한 크기로 입을 벌리고 싱긋 웃었습니다.

"하지만 내게는 왼쪽이 있지.* 너도 알다시피 우리 왼손잡이들은 서로 단결해."

이렇게 말하면서 노인은 손을 최대한 뒤로 뺐습니다. 아무버

---

*내게는 왼쪽이 있다: 앞에서 아무버지가 "너는 이런 짓을 할 권리가 없어!"(You have no right to do this!)라고 말하자, 'right'에는 '권리'라는 뜻 외에 '오른쪽'이라는 뜻도 있으므로, 거기에 대응하여 "I have a left."라고 대꾸한 것이다.

지는 그의 손아귀에서 발길질을 하고 꽥꽥 소리를 질렀습니다. 노인은 생명을 빨아먹는 그 기만적이고 무시무시한 생물을 하늘로 멀리 던져 올렸습니다. 아무버지는 대기권 언저리까지 날아간 다음, 세계가 끝나고 외계의 암흑이 시작되는 카르만 라인을 넘어 대기권 밖으로 나갔습니다.

"우리는 모두 덫에 걸렸어." 멍멍이가 투덜거리는 말투로 지적했습니다. 티탄족 노인의 강력한 활동 때문에 자기가 관심권에서 밀려난 듯한 기분을 느꼈기 때문입니다. 이어서 멍멍이는 지나치게 큰 소리로, 그리고 지나치게 도전적인 태도로 덧붙였습니다. "어쨌든 그 아알림들은 어디 있지? 너무 겁이 나서 감히 우리와 대면하지 못하는 게 아니라면, 우리 앞에 모습을 드러내라고 해."

"무엇을 바랄 때는 조심해." 소라야가 서둘러 말했지만, 너무 늦었습니다.

라시드 칼리파는 언젠가 루카에게 이런 말을 한 적이 있습니다. "아알림이 실제로 물리적 형상을 갖고 있는지는 알려져 있지 않단다. 어쩌면 몸을 갖고 있을지도 모르지. 아니면 필요할 때는 몸을 가질 수 있지만, 다른 때는 육신을 떠난 실체로서 공간에 퍼져 있을지도 몰라. 어쨌든 시간은 어디에나 존재하니까 말이다. 어제가 없는 곳, 오늘 살고 있지 않은 곳, 좋은 내일을 바라지 않는 곳은 어디에도 없어. 어쨌든 아알림은 대중 앞에 나타나기를 꺼리는 것으로 유명해. 아알림은 막후에서 조용히 일하기를 더 좋아하지. 남의 눈에 잠깐 띄었을 때는 항상 수도승처럼 두건 달린 망토 속에 숨어 있었어. 지금까지 그들의 얼굴을 본 사람은 아무도 없고, 누구나 그들이 지나가는 것을 두려워하지. 일부 특별한 아이들을 제외하면……."

"일부 특별한 아이들은……" 루카는 아버지의 말을 떠올리면서 큰 소리로 말했습니다. "그냥 태어난 것만으로도 시간의 힘에 저항할 수 있고, 우리 모두를 다시 젊게 해 줄 수 있는 아이들이에요." 이 말, 또는 아주 비슷한 말을 처음 해 준 것은 어머니였지만(그가 이것을 아는 이유는 어머니가 늘 그렇게 말했기 때문입니다), 그 생각은 곧 거짓말 같은 이야기가 무진장 저장되어 있는 라시드의 이야기 창고에 들어가게 되었습니다.

"그래." 아버지가 뻔뻔스럽게 웃으면서 인정했습니다. "나는 그 생각을 네 엄마한테서 훔쳤어. 잊지 마라. 이왕 도둑이 되려면 좋은 걸 훔쳐."

생명의 불을 훔친 도둑 루카는 생각했습니다. '나는 아버지 충고에 따라 행동했어요. 아버지, 제가 훔친 걸 보세요. 그런데 그것 때문에 제가 지금 어떤 꼴이 됐는지 보세요.'

두건을 쓰고 바달가르의 구름 요새 흙벽 위에 서 있는 세 형상은 거대하지도 않고 인상적이지도 않았습니다. 그들의 얼굴은 보이지 않았고, 아기를 안고 있는 것처럼 팔짱을 끼고 있었습니다. 그들은 아무 말도 하지 않았지만, 말할 필요도 없었습니다. 소라야의 얼굴에 떠오른 표정을 보고 코요테의 비굴한 넋두리—"제기랄! 내가 지금 하늘에 떠 있는 양탄자 위에 있지 않다면, 모든 걸 운에 맡기고 필사적으로 달아날 텐데."—를 듣고 코끼리 새들이 부들부들 떨면서 말하는 소리—"좋아. 어쩌면 우리는 모험을 하고 싶지 않은지도 몰라. 우리는 그냥 살고 싶고, 남들이 기대하는 대로 무언가를 기억하고 싶은 것뿐인지도 몰라."—를 들으면, 그들이 출현한 것만으로도 마법 세계의 주민들이 공포에 사로잡히는 것은 분명했습니다. 위대한 티탄족인 그 반백의 노인까지도 신경이 곤두선 듯 안절부절못하고 있었습니다. 루카는 그들이 모두 스니펠하임을 생각하고 두려움에 싸여 있다는 것, 단단한 얼음 속에 영원히 갇히게 될까 봐 겁내고 있다는 것을 알았습니다. 아니, 어쩌면 그들은 간을 쪼아 먹는 새들을 걱정하고 있었는지도 모릅니다. '으흠!' 하고 루카는 생각했습니다. '우리 마법의 친구들은 이 상황에서는 별로 쓸모가 없을 것 같아. 어떻게든 여기서 벗어나는 건 현실 세계 팀에 달려 있어.'

그때 아알림이 입을 열었습니다. 이 세상의 목소리 같지 않은 섬뜩하고 낮은 목소리 세 개가 일제히 말하자, 세 배의 차가움이 천하무적의 칼 세 자루처럼 무정하게 느껴졌습니다. 용감한 소라야조차도 움찔했습니다.

"시간의 목소리를 듣게 될 줄은 꿈에도 몰랐어." 소라야가 외치고는 두 손으로 귀를 틀어막았습니다. "오오! 도저히 참을 수 없어! 저 소리를 견딜 수가 없어!" 그녀는 고통에 겨워 무릎을 꿇었습니다. 다른 마법의 존재들도 소라야처럼 괴로워하며 양탄자 위에서 고통으로 몸부림을 쳤습니다. 하지만 노인만은 예외였습니다. 간을 쪼아 먹는 제우스의 새의 처분에 맡겨져 있었던 그 영원한 시간 이후, 고통을 참는 노인의 인내심은 엄청나게 커진 게 분명했습니다. 멍멍이는 아알림의 목소리를 대단하게 생각지 않는 것 같았고, 곰돌이는 목털을 곤두세우고 화가 나서 으르렁거리며 이빨을 드러냈습니다.

"너희는 우리를 베틀에서 끌어냈어." 칼 같은 목소리가 부드럽게 말했습니다. "우리 셋은 베 짜는 직공이야. 우리는 '날들의 베틀'로 '시간의 실'을 잣고, '생성'을 짜서 '존재'라는 섬유를 만들어 내고, '정보'를 짜서 '지식'이라는 옷감을 만들어 내고, '수행'을 짜서 '완수'라는 옷을 만들어 내지. 이제 너희는 우리를 베틀에서 끌어냈고, 상황은 어수선해. 혼란은 우리를 불쾌하게 만들지. 불쾌감도 우리를 불쾌하게 해. 따라서 우리는 갑절로 불쾌해." 그리고 잠시 말을 끊었다가 다시 이었습니다. "너희가 훔친 것을 돌려놓으면, 목숨만은 살려 줄지도 몰라."

"당신들 주위에서 일어나고 있는 일을 보세요." 루카가 소리

첫습니다. "저게 안 보여요? 이 세계 전체를 덮친 재앙이 안 보여요? 저걸 구하고 싶지 않아요? 내가 하려는 일이 바로 그거예요. 당신들은 내가 집에 돌아갈 수 있도록 길을 비켜 주기만 하면 돼요."

"이 세계가 살든 죽든, 우리한테는 조금도 중요하지 않아." 하는 대답이 돌아왔습니다.

루카는 충격을 받았습니다.

"상관하지 않는다고요?" 그는 믿을 수 없어서 물었습니다.

"연민은 우리 일이 아니야." 아알림이 대답했습니다. "사람들이 원하든 원치 않든, 세월은 무정하게 흘러가지. 모든 것이 지나갈 수밖에 없어. 오직 시간 자체만 오래가지. 이 세계가 끝나도 다른 세계가 이어질 거야. 행복, 우정, 사랑, 고통, 아픔은 벽에 어른거리는 그림자처럼 일시적인 환상일 뿐이야. 초는 분으로 전진하고, 분은 날로 전진하고, 날은 해로 전진하지. 아무 감정도 없이 무정하게. 관심 따위는 존재하지 않아. 오직 이 지식만이 지혜이고, 이 지혜만이 지식이야."

초가 정말로 전진하고 있었습니다. 그리고 카하니의 집에서는 라시드 칼리파의 생명이 점점 약해지고 있었습니다. 라시드는 "아알림은 내 원수들이야."라고 말했고, 실제로 그랬습니다. 루카의 마음속에서 열정이 솟아났고, 성난 사랑에서 우러나온 비명이 그의 입에서 터져 나왔습니다.

"그렇다면 나는 아아그 단장을 저주했듯이 당신들을 저주하겠다!" 루카가 세 명의 조에게 고함을 쳤습니다. "아아그 단장은 동물들을 우리에 가두고 잔인하게 학대했어. 솔직히 말하면 당신들도 똑같아. 당신들은 모든 생물을 우리에 가두었다고 생각하고, 그래서 우리를 무시하고 괴롭히고 당신들 뜻대로 하도록 강요해도 된다고 생각하지. 당신들은 당신들 자신을 빼고는 어떤 것에도 신경 쓰지 않아. 나는 당신들을 저주하겠어. 당신들 셋을 전부 다! 어쨌든 당신들은 뭐지? 조-후아, 과거는 가 버렸고 다시는 돌아오지 않을 거야. 과거가 계속 살아 있다면 그건 우리 기억 속에만 살아 있을 뿐이야. 물론 기억의 새들의 기억 속에도 살아 있지. 과거가 어리석은 두건을 뒤집어쓰고 이 구름 요새의 흉벽 위에 서 있지 않은 건 확실해. 조-하이, 당신에 관해서 말한다면, 현재는 거의 존재하지 않아. 아직 소년인 나도 그걸 알아. 현재는 내가 눈을 한 번 깜박일 때마다 과거로 사라지지. 그렇게 일시적인 것이 나를 지배할 수는 없어. 그리고 조-아이가? 미래? 잠깐만 시간을 줘. 미래는 꿈이야. 미래가 어떻게 될지는 아무도 몰라. 확실한 것은 우리, 그러니까 곰돌이와 멍멍이, 우리 가족, 내 친구들이 미래를 만든다는 것뿐이야. 그 미래가 어떤 것이든, 좋든 나쁘든, 행복하든 슬프든, 우리는 미래를 만들고, 미래가 어떤지를 당신이 우리한테 말해 줄 필요는 없어. 시간은 덫이 아니야, 이 사기꾼들아. 시간은 내가 걸어가는 길일 뿐이고, 나는 지금 바빠. 그러니까 어서 길을 비켜. 여기 있는 우리는 모두 당신들을 너무 오랫동안 두려워했어. 그들이 두려움을 버리고, 기분 전환을 위해 당신들을 잠시 정지시키기를. 지금은 나를 귀찮게 하지 마. 나는 당신들을 향해 손가락으로 딱 소리를 내겠어."

일이 그렇게 됐습니다. 어머니는(그리고 나중에는 아버지도) 그가 시간의 힘에 저항할 수 있을 거라고 말했고, 그 말대로 그는 시간의 힘에 저항했습니다. 하지만 저항하기 위해 그가 가진 무기라고는 최근에 배운 손가락 기술—손가락으로 딱 소리를 내는 것—뿐이었습니다. 그것은 사실 그렇게 대단한 무기는 아니었습니다. 하지만 그의 저주가 아알림을 막고, 아알림이 머리를 한데 모으고 '무력하게'(루카에게는 그렇게 느껴졌습니다) 소곤거리고 중얼거린 것은 재미있지 않습니까? 그런 일이 가능할까요? 아알림이 루카의 유명한 저주 능력에 맞설 힘이 없을 수 있을까요? 루카가 시간의 희생자가 되지 않을 특별한 아이들 중의 하나라는 것을 아알림이 알 수 있었을까요? 이것이 라시드 칼리파가 만든 마법 세계라면 아알림도 라시드의 창조물이고 따라서 라시드의 법칙에 지배를 받았을까요? 루카는 마법사가 주문을 걸듯 아주 신중하게 왼손을 머리 위로 높이 들어 올린 다음, 손가락을 힘껏 울려서 딱 소리를 냈습니다.

그러자 그들을 둘러싸고 있던 바달가르의 구름 요새가 싸구

려 극장의 무대장치처럼 흔들리기 시작하더니, 날아다니는 양
탄자 위에서 포로들이 놀라서 지켜보는 가운데 공중 감옥을 둘
러싸고 있는 벽의 큰 부분이 갈라지고 쓰러지기 시작했습니다.

"벽이 바깥쪽에서 공격당하고 있어!" 루카가 외쳤습니다. 예
기치 않은 공격에 대처하려고 아알림이 시야에서 사라지자 양
탄자의 승객들은 환호를 지르기 시작했습니다.

"누구지?" 기력을 회복한 소라야가 물었습니다. 그녀는 한때
나마 마음이 약해졌던 순간을 생각하고 몹시 당혹스러워하는
것 같았습니다. "수달 공군일까? 그렇다면 자살 공격을 하고 있
는 것 같아."

알몸의 티탄족 노인이 고개를 저었습니다. 그 커다란 얼굴에
천천히 미소가 번져 갔습니다.

"수달들이 아니야. 신들이 반역했어."

"신들이 역겹다고요? 우리도 대체로 같은 의견이지만, 무례하
게 굴 필요는 전혀 없죠." 코끼리 새들이 말했습니다.

"내 말은 신들이 반기를 들고 일어났다는 뜻이야." 노인이 한
숨을 내쉬면서 말했습니다.

그렇게 신들은 반란을 일으켰습니다. 루카는 나중에 이 사건
들을 돌이켜 보았지만, 신들이 무엇 때문에 반란을 일으켰는지
알 수가 없었습니다. 잊힌 신들의 생존이 그의 아버지에게 달려
있다는 것을 납득시키기 위해 '고통의 나무' 밑에서 연설한 것이

반란을 일으켰는지도 모르고, 현실 세계와 마법 세계에 대한 아
알림의 목 조르기를 풀기 위해 저주한 것이 반란을 일으켰는지
도 모르고, 은퇴한 불사신들이 더 이상은 안 된다고 결정했을
때 마침 루카와 친구들이 현장에 있다가 그 결과를 목격한 것이
반란을 일으켰는지도 모릅니다. 이유가 무엇이든, 마법의 심장
부에 사는 전직 신들은 성난 벌 떼처럼 하늘에 뚫린 구멍을 통
해 날아 들어와 바달가르의 구름 요새 위에 내려앉았습니다. 이
집트의 고양이 여신 바스트, 아카드의 천둥신 하다두, 하늘의
기둥을 깨뜨릴 수 있을 만큼 단단한 머리를 가진 중국의 홍수신
공공, 그리스의 밤의 여신 닉스, 북유럽의 야만적인 늑대 펜리
스, 멕시코의 깃털 달린 뱀 케트살코아틀, 그 밖에도 다양한 악
마와 발키리, 도깨비와 마귀와 거물들—라, 제우스, 틀랄록, 오
딘, 안주, 불카누스 등—이 구름 요새를 불태우고, 해일을 요새
성벽에 내던지고, 벼락으로 성벽을 파괴하고, 성벽에 박치기를
하고, 아프로디테를 비롯한 미의 여신들은 시간이 그들의 얼굴
과 몸매와 머리카락을 황폐하게 만드는 것을 큰 소리로 불평했
습니다.

구름 요새를 보호하는 힘의 장이 있었다 해도, '마법의 공격'*

---

*마법의 공격: (원작자의 주) 정식 명칭은 '마법 세계의 심장부 주민들이 아알림의 독재
를 타도하고, 그 대신 꿈꾸는 시간과 지각, 멍하니 보내는 시간, 지연, 망설임, 노화에
대한 광범위한 혐오 등을 감안하여 시간과 좀 더 합리적인 관계를 맺는 것'이었다.

은 그것이 감당할 수 없을 만큼 강력했습니다. 그리고 모든 전직 신들의 힘이 모여 아알림의 본거지를 파괴하고 큰 소리로 절규하는 듯한 고양이 울음소리가 들리자, 루카는 소라야에게 외쳤습니다.

"지금이 기회예요!"

그러자 양탄자는 당장 하늘 높이 올라가, 빠른 속도로 승객들을 멀리 데려갔습니다.

탈출은 쉽지 않았습니다. 아알림은 마지막 저항을 하고 있었습니다. 그들의 시대는 끝나고 있었지만, 그들에게는 아직 부려 먹을 수 있는 충직한 하인들이 있었습니다. 루카는 실실라 강둑에서 현실 세계로 다시 건너뛰어야 했기 때문에, 소라야가 강둑으로 항로를 막 잡았을 때, 기묘한 외다리 새들의 편대가 위에서 양탄자를 공격했습니다. 그것은 중국의 전설적인 새 상양이었습니다. 상양은 강물을 모두 부리 속에 담아 와서 레샴 위에 쏟아부었습니다. 그것은 루카의 목에 걸려 있는 수달 단지 속의 불을 끄려는 수작이었습니다. 양탄자는 쏟아지는 물의 무게 때문에 옆으로 휘청거리고 아래로 뚝 떨어졌습니다. 하지만 양탄자는 놀라운 회복력을 보이면서 자세를 바로잡고 앞으로 날아갔습니다. 상양의 공격은 계속되었습니다. 다섯 번, 여섯 번, 일곱 번, 홍수가 하늘에서 떨어졌습니다. 양탄자의 승객들은 고꾸라지고 서로 부딪히고 양탄자 가장자리까지 위험하게 굴러가곤

했습니다. 그래도 보호막인 거품은 양탄자를 단단히 지켜 주었습니다. 마침내 물이 바닥나자 새들은 성질을 내며 날아가 버렸습니다.

"그래. 이번 공격에 저항한 건 좋지만, 그걸로 문제가 끝난 건 아니야." 소라야가 환호하는 루카에게 경고했습니다. "아알림은 생명의 불이 현실 세계로 넘어가는 것을 막기 위해 다시 한 번 필사적인 노력을 했어. 우리가 구름 요새를 떠날 때 공중을 가득 채웠던 그 끔찍하고 애처로운 고양이 울음소리는 너도 들었지? 그건 아알림이 마지막 카드를 쓴 거였어. 이런 말을 하는 건 유감이지만, 그 소리는 끔찍한 '비 고양이'들을 불러내는 호출 신호였단다."

비 고양이들—드디어 고양이처럼 교활하고 심술궂은 문제에 대해 이야기할 때가 됐으니까!—이 곧 하늘에서 떨어지기 시작했습니다. 그들은 비 호랑이와 비 사자, 비 재규어, 비 치타 등, 다양한 반점과 줄무늬를 가진 커다란 고양잇과 동물들이었습니다. 그들은 비 자체로 만들어져 있었습니다. 아알림이 비에 마법을 걸어 칼처럼 날카로운 이빨을 가진 야수들로 바꾼 것입니다. 그들은 고양이가 높은 곳에서 떨어지듯 민첩하게 사뿐히 떨어졌고, 눈에 보이지 않는 양탄자를 보호하고 있는 거품에 닿으면 발톱을 찔러 넣고 버텼습니다. 곧 거품 전체에 비 고양이들이 수백 마리, 그리고 얼마 후에는 수천 마리가 우글거리게 되었습니다. 그들의 발톱은 길고 강력했습니다. 그 발톱으로 거품에 상처를 내면 거품은 큰 손상을 입었습니다.

"보호막이 찢어지지 않을까 걱정이야." 소라야가 외쳤습니다. "우리가 맞서 싸우기에는 상대가 너무 많아."

"안 그래요! 이리 내려와, 겁쟁이들아! 뭐가 뭔지 우리가 알려줄게!" 곰돌이는 위에서 발톱을 휘두르고 있는 고양이들을 향해 용감하게 짖어 댔고, 노인은 다시 몸을 최대한 키울 준비를 했지만, 루카는 그 모든 것이 속 빈 강정에 지나지 않는다는 것을 알았습니다. 마법에 걸린 흉포한 고양잇과 동물 수천 마리는 거대한 티탄족 노인을 쉽게 압도할 테고, 곰돌이와 멍멍이는 (어쩌면 코요테까지도) 전력을 다해 싸울 테고, 소라야는 많은 비책을 갖고 있을 게 분명하지만, 결국 그런 불공평한 싸움에서 승리할 가능성은 전혀 없었습니다. '우리가 장애물을 깨부수었다고 생각할 때마다 넘을 수 없는 또 다른 장애물이 앞에 나타나고 있어.' 하고 루카는 생각했습니다. 그는 소라야의 손을 꽉 잡았습니다.

"내게는 생명이 165개밖에 남지 않았어요. 그걸로는 이 마지막 시련을 통과하기 힘들 것 같아요. 그러니까 우리가 여기서 진다 해도, 여왕님께 고맙다는 말을 하고 싶어요. 여왕님이 도와주지 않았다면 나는 지금의 절반도 오지 못했을 테니까요."

오트의 욕설 여왕은 그의 손을 꽉 맞잡고 그의 어깨 너머를

보다가 갑자기 활짝 웃었습니다.

"아직은 그렇게 낙담할 필요 없어, 이 바보야. 너는 적이 부족한 것 같지 않은데, 그런데도 많은 적을 새로 만들고 있을 뿐만 아니라…… 뒤를 돌아봐. 아주 강력한 친구들도 새로 얻고 있으니까 말이다."

거대한 구름이 솔로몬 왕의 양탄자 뒤에 둑처럼 생겨나고 있었습니다. 하지만 소라야는 그게 단순한 구름이 아니라고 신이 나서 지적했습니다. 그것은 마법 세계의 '바람신'들이었습니다.

"바람신들이 여기 왔다는 건 네가 해야 할 일을 하도록 너를 집에 데려다 주기로 신들이 결정했다는 뜻이야." 소라야가 안심시키는 말투로 말했습니다.

루카는 구름 둑 안에 있는 바람신들의 얼굴을 보았습니다. 그들은 볼을 부풀려서 있는 힘껏 바람을 불어 내고 있었습니다.

"중국의 세 바람신이 저기 있군." 소라야가 흥분한 투로 말했습니다. "치파, 풍파파, 반고! 그리고 저기 날아가는 바람 사자들, 타이완의 금문도에서 온 풍사야가 보이지? 중국인들은 대개 바람신에 대해 말하기를 거부하거나 그들이 존재한다는 것조차 인정하려 들지 않지만, 그들은 여기서 함께 일하고 있어! 모두 힘을 합쳐 너를 지원하는 건 정말 놀라운 일이야! 일본에서는 푸진이 왔군. 푸진은 절대 아무 데도 가지 않아. 저것 봐. 미국의 모든 신들, 이로쿼이족의 가오, 수족의 타테, 체로키족의 사나운 정령 오나위 웅기가 저기 있네! 수족과 체로키족은 동맹을 맺은 적이 한 번도 없었어. 그런데 이로쿼이족 연합과 연합해서—오, 저런! 캘리포니아 추마시족의 바람신 춤까지도 일광욕을 그만두고 나타나셨군. 그는 대개 느긋해서 기껏해야 가벼운 산들바람밖에 일으키지 않아. 아프리카의 바람신들도 왕림하셨군. 저건 요루바족의 바람 여신인 얀산이야! 중남미에서는 니퀴란족의 바람신 에칼초트, 마야족의 파우아툰, 주니족의 우나신테, 카리브해의 과반세스…… 그들은 너무 늦어서, 솔직히 말하면 바람을 다 불어 버린 줄 알았는데 아직도 숨이 남아 있는 모양이야! 그리고 사모아의 뚱보 파아티우도 저기 있고, 안다만 제도의 배불뚝이 불루가도 저기 있고, 폴리네시아의 태풍신 아라 티오티오, 하와이의 파카아도 왔군. 아르메니아의 바람신 아이스, 슬라브족의 여신 빌라, 날개만 퍼덕여 바람을 일으키는 북유럽의 날개 달린 거인 흐레스벨그, 한국의 영등할망—이 여신은 떡을 입에 가득 채워 주지 않으면 더 센 바람을 보내는 욕심 많은 여신이지! 그리고 미얀마의 음본, 엔릴……."

"그만, 제발 그만하세요." 루카가 애원했습니다. "저 바람신들의 이름이 뭔지는 중요하지 않아요. 지금 그들이 하고 있는 일만으로도 충분해요." 그들은 비 고양이들을 바람으로 날려 보내고 있었습니다. 비 고양이들은 큰 소리로 으르렁거리고 울부짖으면서 양탄자를 둘러싼 거품을 놓치고 어디론가 날아가, 무너진 하늘 깊숙한 곳에 거꾸로 처박혔습니다. 양탄자에 탄 승객들은 모두 기쁨의 환성을 질렀고, 바람신들은 이제야 제대로 활동을 시작했습니다. 양탄자는 놀라운 속도로 날아가기 시작했고, 소라야가 온갖 기술을 발휘해도 그 절반의 속력도 내지 못했을 것입니다. 밑에 있는 마법 세계와 위에 있는 하늘은 흐릿한 형체가 되었습니다. 루카가 볼 수 있었던 것은 양탄자와 그 뒤에 한 덩어리로 무리지어 그를 집으로 날려 보내고 있는 바람신들뿐이었습니다.

"늦지 않게 나를 돌려보내 줘." 루카는 다시 한 번 간절히 염원했습니다. "제발 내가 늦지 않게 해 줘. 내가 제때에 돌아가게 해 줘."

바람이 약해지고, 양탄자가 착륙하고, 바람신들이 사라지고, 루카는 집에 돌아왔습니다. 그는 실실라 강둑에 착륙할 줄 알았는데, 예상과 달리 집 앞 골목길에 있었습니다. 멍멍이와 곰돌이가 이야기하는 것을 맨 처음 들은 바로 그곳, 아무버지를 처음 만나 그 엄청난 모험을 시작한 바로 그곳에 있었습니다. 세상의 빛깔들은 여전히 이상해서, 하늘은 여전히 너무 푸르고 흙은 지나치게 황톳빛이고 집은 여느 때보다 훨씬 선명한 분홍빛과 초록빛을 띠고 있었습니다. 양탄자가 이곳에 착륙하는 것도 정상은 아니었습니다. 양탄자에 타고 있는 마법 세계의 욕설 여왕과 티탄족 노인, 코요테와 코끼리 새 두 마리도 모두 눈에 띄게 불편해 보였습니다.

"진실은 우리가 여기 경계에 속하지 않는다는 거야." 루카와 멍멍이와 곰돌이가 레샴에서 먼지투성이 골목길로 내려서자 소라야가 말했습니다. "너는 가야 하니까 어서 가. 그래야 우리도 떠날 수 있어. 저 집에 살고 있는 또 다른 소라야한테 가. 그리고 그 수달 감자를 네 아버지 입에 넣을 때, 그걸 너한테 준 사람이 오트의 욕설 여왕이었다는 걸 잊지 마. 나중에 네가 자라서 청년이 되면, 그 여왕을 가끔이라도 생각해 줘. 나를 완전히 잊어버리지는 마."

"절대로 잊지 않을 거예요." 루카가 말했습니다. "하지만 마지막으로 한 가지만 물어봐도 돼요? 수달 감자를 맨손으로 집어도 되나요? 그걸 우리 아버지 입에 넣으면, 아버지가 다 타서 형체도 없게 되지 않을까요?"

"생명의 불은 만지는 사람을 다치게 하지 않아." 오트의 소라야가 말했습니다. "오히려 상처를 치료해 주지. 그 불타는 감자가 너무 뜨거워서 집어 들지 못하는 일은 없을 거야. 그리고 그건 네 아버지한테도 해를 끼치지 않을 거야. 그런데 그 단지 안에는 수달 감자가 여섯 개 들어 있어. 그러니 너희가 한 개씩 먹으면 돼."

"그럼 안녕히 가세요." 루카가 말하고는 노인에게 돌아서서 덧붙였습니다. "아아그 단장이 그렇게 된 것은 유감이라고 말할 작정이었어요. 아아그 단장은 어쨌든 어르신의 형제니까요."

그러자 노인은 어깨를 으쓱하고 말했습니다.

"유감스러워할 거 없다. 나는 아아그를 좋아한 적이 없으니까."

인사가 끝나자, 욕설 여왕 소라야는 곧바로 두 팔을 들어 올렸습니다. 솔로몬 왕의 양탄자는 하늘로 올라가더니, 작별 인사로 조용히 쉭 하는 소리만 내고는 사라졌습니다.

루카는 자기 집 현관문을 바라보고, 현관 앞 계단에 커다란 황금 공 하나가 아침의 첫 햇살을 받아 반짝반짝 빛나고 있는 것을 보았습니다. 9레벨을 끝냈을 때 누르는 저장 포인트였습니다. 게임은 끝났습니다. 아니, 그것은 결코 게임이 아니라, 아무버지가 말했듯이 생사가 달린 문제였습니다.

"가자. 집으로 가!" 루카가 멍멍이와 곰돌이에게 외쳤습니다.

그는 저장 포인트로 달려갔지만, 그곳에 막 다다른 순간 발이 걸려 비틀거렸습니다. 그는 자기가 그러리라는 것을 이미 알고 있었습니다. 그는 어색하게 오른쪽으로 몸을 기울이면서 왼쪽 다리로 저장 포인트를 간신히 걷어찼습니다. 루카는 그의 성과를 확인해 주는 그 감출 수 없는 '딩' 소리를 마지막으로 들었습니다. 그리고 시야에서 모든 숫자가 사라지는 것도 보았습니다. 그는 잠깐 야릇한 어지러움을 느꼈습니다. 그러다가 균형을 되찾았고, 황금 공이 사라지고 세상의 빛깔이 정상으로 돌아온 것을 알았습니다. 그는 마법 세계를 떠나, 그가 있어야 할 곳으로 돌아온 것을 깨달았습니다.

"내가 떠났을 때와 똑같은 시간인 것 같은데, 아무 일도 일어나지 않은 것 같아. 물론 실제로는 일어났지만." 그가 중얼거렸습니다.

수달 단지는 여전히 그의 목에 매달려 있었습니다. 가슴에 수달 단지의 온기를 느낄 수 있었습니다. 그는 숨을 한 번 깊이 들이마시고 집 안으로 뛰어 들어가서 최대한 빨리 계단을 올라갔습니다. 곰돌이와 멍멍이도 그를 따라갔습니다.

집의 달콤한 냄새가 돌아온 그를 환영했습니다. 어머니의 향수 냄새, 부엌의 1001가지 수수께끼, 깨끗한 시트의 상쾌함, 그가 태어났을 때부터 지금까지 그 벽 사이에서 일어난 모든 일들의 축적된 향기, 그리고 그가 태어나기 전부터 공기 속에 감돌던 더 오래되고 더 모호한 냄새들. 계단 꼭대기에 형 하룬이 야릇한 표정을 띠고 서 있었습니다.

"너 어딘가에 갔다 왔구나. 그렇지?" 하룬이 말했습니다. "무슨 짓을 한 게 분명해. 얼굴만 봐도 알 수 있어."

루카는 형 옆을 지나 잽싸게 뛰어가면서 말했습니다.

"솔직히 말하면 지금은 설명할 시간이 없어."

하룬은 돌아서서 그를 따라 달렸습니다.

"그럴 줄 알았어. 너도 모험을 했구나! 그러니까 어서 다 말해! 그런데 네 목에 매달려 있는 그건 뭐지?"

루카는 대답하지 않고 계속 달렸습니다. 루카가 아버지 침실로 뛰어 들어가자, 곰돌이와 멍멍이도 하룬을 밀치고 나아갔습니다. 그들도 모험의 일부였고, 모험의 마지막 장면을 놓칠 생각이 전혀 없었습니다.

라시드 칼리파는 침대에 누워 있었습니다. 루카가 마지막으로 보았을 때처럼 입을 벌린 채 잠들어 있었고, 아직도 팔에는 여러 개의 튜브가 꽂혀 있었고, 침대 옆 모니터는 라시드의 심장이 아직 고동치고 있기는 하지만 아주아주 약하게 뛰고 있다는 것을 보여 주었습니다. 하지만 라시드는 행복해 보였습니다. 그가 사랑하는 이야기를 듣고 있기라도 한 것처럼 여전히 행복해 보였습니다. 그리고 침대 옆에는 루카의 어머니 소라야가 서 있었습니다. 소라야는 손가락을 입술에 대고 있었습니다. 루카는 방에 뛰어 들어가서 어머니를 본 순간, 어머니가 자신의 손가락 끝에 입을 맞춘 다음 그 손가락을 아버지의 입술에 대려 하고 있다는 것을 깨달았습니다. 어머니는 그러니까 아버지에게 작별 인사를 하고 있었던 것입니다.

"도대체 무슨 짓이냐? 미친 사람처럼 뛰어 들어오다니?" 소라야가 외쳤습니다. 그때 곰돌이와 멍멍이와 하룬도 방 안으로 뛰어 들어왔습니다. "모두 그만해. 이게 도대체 무슨 짓이야? 여기가 놀이터냐? 서커스장이야? 응?"

"엄마, 제발." 루카가 간청했습니다. "설명할 시간이 없어요. 그냥 내가 해야 할 일을 하게 내버려 두세요." 그러고는 어머니의 대답도 기다리지 않고 생명의 불로 타오르는 수달 감자 하나를 아버지의 벌어진 입 속에 쏙 집어넣었습니다. 입에 들어간 감자는 놀랍게도 당장 녹아 버렸습니다. 아버지의 입술 사이를 열심히 지켜보던 루카는 작은 불꽃이 아버지의 내장 속으로 들어가는 것을 보았습니다. 혀처럼 날름거리던 불꽃들은 사라졌고, 한동안은 아무 일도 일어나지 않았습니다. 루카는 가슴이 철렁 내려앉았습니다.

"세상에." 어머니가 투덜대고 있었습니다. "도대체 무슨 짓을 한 거냐? 바보같이……." 하지만 그때 어머니의 꾸중이 입술에서 사라졌습니다. 어머니만이 아니라 방에 있던 모두가 라시드의 얼굴에 화색이 돌아온 것을 보았기 때문입니다. 그 후 건강한 혈색이 그의 볼에 퍼졌습니다. 마치 당황해서 얼굴을 붉히고 있는 것 같았습니다. 침대 옆 모니터가 확실하고 규칙적인 맥박을 기록하기 시작했습니다.

라시드의 손이 움직이기 시작했습니다. 오른손이 느닷없이 뻗어 나와 루카를 간질이기 시작했습니다. 소라야는 그것을 보고 숨을 헐떡였습니다. 그 기적이 기쁘기도 했지만, 두려움도 느꼈기 때문입니다.

"저를 간질이지 마세요, 아버지." 루카는 기쁨에 가득 차서 말했습니다.

그러자 라시드 칼리파는 눈을 감은 채 말했습니다.

"내가 너를 간질이는 게 아니야. 아무버지가 간질이고 있지." 그러고는 왼손으로도 루카를 공격하려고 옆으로 돌아누웠습니다.

"아버지예요. 아버지가 저를 간질이고 계세요." 루카는 소리 내어 웃었습니다.

라시드 칼리파는 눈을 뜨고 활짝 웃으면서 천진하게 말했습니다.

"내가? 내가 너를 간질이고 있다고? 아니야. 그건 엉터리야."

라시드는 일어나 앉아서 기지개를 켜고 하품을 하고, 익살맞은 표정으로 어떻게 된 거냐고 묻는 듯한 눈길을 루카에게 던졌습니다.

"나는 너에 대해 정말 이상하기 짝이 없는 꿈을 꾸고 있었어." 라시드가 말했습니다. "그 꿈을 기억해 낼 수 있는지 보자. 너는 마법 세계로 모험을 하러 갔어. 그랬던 것 같아. 그런데 그 세계 전체가 산산조각으로 부서지고 있었어. 흐음. 그곳에는 코끼리 새들과 존경-쥐들, 그리고 맹세코 말하지만 진짜 날아다니는 양탄자가 있었고, 불 도둑이 되어 생명의 불을 훔치는 문제가 있었지. 너는 혹시 그 꿈에 대해 뭔가를 알고 있지 않을까? 가능성은 별로 없지만 혹시라도 내 기억의 공백을 네가 채워 줄 수 있지 않을까?"

"그럴 수도 있고 아닐 수도 있어요." 루카가 수줍게 말했습니다. "하지만 아버지는 벌써 알고 계실 거예요. 솔직히 말씀드리면, 아버지가 줄곧 저랑 함께 계시면서 저한테 조언도 해 주시고 무슨 일이 일어나면 그 내용을 알려 주시는 듯한 느낌이 들었어요. 아버지가 아니었다면 저는 어떻게 해야 할지 몰랐을 거예요."

"나도 같은 생각이다." 허풍 대왕이 말했습니다. "너의 그 작은 위업이 아니었다면 나는 지금 살아날 수 없었을 거야. 그건 확실해. 아니, 작지 않은 위업, 아니, 사실은 엄청나게 큰 위업이라고 말해야겠지. 그렇다고 네가 우쭐하기를 바라는 건 아니야. 하지만 생명의 불이라니. 정말 대단한 위업이야. 흐음, 수달 감자라고? 네 목에 달려 있는 그게 정말로 진짜 수달 단지냐?"

"둘이 무슨 이야기를 하고 있는지 난 전혀 모르겠어." 소라야 칼리파가 만족스럽게 말했습니다. "하지만 이 집에서 또다시 말도 안 되는 소리를 듣는 것도 좋은데."

하지만 그것으로 이야기가 끝난 게 아니었습니다. 루카가 마침내 일이 끝났다고 생각하고 긴장을 풀었을 때, 아버지의 침실 구석에서 솟아나는 불쾌한 거품 소리가 들렸습니다. 그곳에 나타난 생물을 보고 루카는 깜짝 놀랐습니다. 그것은 바로 아무버지였습니다. 티탄족 노인이 아무버지를 공간 깊숙한 곳으로 던졌을 때, 루카는 두 번 다시 그를 보지 않게 될 줄 알았습니다. 아무버지는 이제 주홍빛 부시 셔츠를 입고 있지도 않았고, 파나마 모자도 쓰고 있지 않았습니다. 라시드 칼리파가 기력을 되찾았기 때문에 아무버지는 혈색도 없고 얼굴도 없었습니다. 이 불쾌한 죽음은 어떻게든 자신을 추슬러서 인간의 형상과 비슷해지려고 애쓰는 게 분명했지만, 마치 아교로 만들어진 것처럼 끈적끈적하고 뒤틀리고 흉측해 보이는 게 고작이었습니다.

"나를 그렇게 쉽게 없애 버리진 못해." 그 형체가 쉭쉭거리는 소리로 말했습니다. "그 이유는 너도 알 거야. 내가 없어지려면 누군가가 죽어야 해. 처음에 내가 말했지. 함정이 있다고. 바로 그거야. 나는 일단 생겨나면, 생명 하나를 삼킬 때까지는 떠나지 않아. 논의의 여지가 없어. 누군가가 죽어야 해."

"꺼져!" 루카가 외쳤습니다. "당신은 졌어. 우리 아버지는 이제 괜찮아. 거기가 어디든, 당신이 가야 할 곳으로 가 버려."

라시드와 소라야와 하룬이 놀라서 그를 바라보았습니다.

"누구한테 말하는 거냐?" 하룬이 물었습니다. "그 구석에는 아무것도 없어."

하지만 개 곰돌이와 곰 멍멍이는 그 생물을 잘 볼 수 있었고, 루카가 다시 입을 열기 전에 곰돌이가 끼어들었습니다.

"영원히 죽지 않는 존재가 그 불멸성을 포기하면 어때?" 곰돌이가 그 생물에게 물었습니다.

"곰돌이가 왜 저렇게 짖고 있는 거냐?" 소라야가 어리둥절하여 물었습니다. "무슨 일이 일어나고 있는지 알 수가 없구나."

"기억해?" 곰돌이가 루카에게 다급하게 물었습니다. "나는 천 살이 넘은 바라크라고 했잖아? 중국인의 저주 때문에 개로 변했다고 했잖아? 내가 그 말을 했을 때, 너는 내가 너의 개일 뿐이기를 바랐기 때문에 별로 좋아하지 않았어. 지금 내가 바라는 것도 그것뿐이야. 천 년이 지난 뒤에, 이제 다 끝났어. 과거가 다 뭐야! 누가 또 천 년을 살고 싶어 하겠어? 이젠 질렸어. 나는 단지 너의 개 곰돌이가 되고 싶어."

"그건 너무 큰 희생이야." 루카가 곰돌이의 충성심과 사심 없는 용기에 감동하여 말했습니다. "그런 희생을 치르라고 요구할 수는 없어."

"나한테 요구해 달라고 부탁하는 게 아니야." 곰돌이가 말했습니다.

"저 개는 내가 기억하는 것보다 훨씬 시끄럽군." 라시드가 말했습니다. "루카, 개를 좀 진정시킬 수 없니?"

"불멸성." 구석의 생물이 탐욕스럽게 말했습니다. "그래, 그래! 불멸성을 꿀꺽 삼키는 것! 불멸의 존재한테서 불멸성을 빨아들여 그걸로 나를 가득 채우고, 전에는 불멸이었던 존재를 언젠가는 죽을 수밖에 없는 형체 속에 남겨 두고 떠난다! 오, 그래. 그거 정말 기분 좋겠군."

"에헴, 나도 고백하고 싶은 게 있어." 멍멍이가 갑자기 말했습니다. 그 순간, 루카는 멍멍이가 전혀 곰 같지 않고 양처럼 수줍고 멋쩍어 보인다고 생각했습니다. "내가 한 이야기를 알고 있겠지? 내가 공기를 짜서 금을 만들 수 있는 왕자였다는 이야기 말이야. 그리고 새의 머리를 가진 도깨비 불불 데브에 대한 이야기도?"

"물론 기억해." 루카가 말했습니다.

"여보, 저것 보세요." 소라야가 말했습니다. "이제는 곰이 으르렁거리고 있어요. 그리고 루카는 곰과 이야기하고 있어요. 이 동물들은—그리고 당신 아들도—정말로 걷잡을 수 없게 되어가고 있다고요."

"그 이야기는 사실이 아니었어." 멍멍이는 부끄러워서 고개를 숙인 채 인정했습니다. "내가 공기를 짜서 만들어 낸 건 그 장황한 이야기, 털이 텁수룩한 개 이야기—아니, 털이 텁수룩한 곰 이야기라고 해야겠군. 그렇게 지루하고 얼빠진 이야기뿐이었어. 나는 그저 재미난 이야기를 해야 한다고 생각했을 뿐이야. 그때는 나한테 그걸 기대할 거라고 생각했거든. 더구나 여기 있는 곰돌이가 자신에 대해 그런 노래를 부른 뒤에는 더욱 그랬어. 나는 훌륭해 보이려고 그 이야기를 지어냈어. 그러지 말았어야 하는 건데. 정말 미안해."

"걱정하지 마." 루카가 말했습니다. "여기는 이야기꾼의 집이야. 그게 어떤 건지, 너도 지금쯤은 알 텐데. 여기서는 다들 항상 이야기를 지어내."

"그럼 그 문제는 해결됐네." 곰돌이가 말했습니다. "포기할 수 있는 불멸의 생명을 가진 것은 우리 가운데 하나뿐이고, 그 하나는 바로 나야." 곰돌이는 더 이상의 논의를 기다리지도 않고 생물이 웅크리고 있는 구석으로 달려가서 펄쩍 뛰어올랐습니다. 루카는 그 생물이 무시무시한 입 같은 것을 믿을 수 없을 만큼 크게 벌리는 것을 보았고, 그 입이 곰돌이를 삼키는 것을 보았습니다. 그 후 곰돌이는 다시 튀어나왔는데, 언뜻 보기에는 아까와 똑같아 보였지만 사실은 달랐습니다. 그리고 생물도 곰돌이와 같은 형상이 되어 있었습니다. 이제 그것은 아무버지가 아니라 아무곰돌이였습니다.

"아아아." 그 생물이 외쳤습니다. "아우, 황홀해! 황홀해!"

이어서 일종의 '거꾸로 섬광'이 터졌습니다. 마치 빛이 한 점에서 퍼져 나오는 것이 아니라 한 점으로 빨려 들어가고 있는 것 같았습니다. '후웁' 하는 소리와 함께 아무곰돌이는 자체적으로 파열되었고, 다음 순간에는 더 이상 거기에 있지 않았습니다.

"컹." 개 곰돌이가 꼬리를 흔들면서 말했습니다.

"그게 무슨 뜻이냐? '컹'이라니?" 루카가 물었습니다. "고양이가 네 혀를 가져가 버렸냐?"

"으르렁." 곰 멍멍이가 말했습니다.

"오오." 루카는 사정을 이해하고 말했습니다. "이제 마법이 정말로 끝났구나. 그렇지? 지금부터 너희는 나의 보통 개이고 보통 곰일 뿐이야. 나도 보통 나일 뿐이고."

"컹." 개 곰돌이가 말하고는 펄쩍 뛰어올라 루카의 얼굴을 날름 핥았습니다. 루카는 곰돌이를 힘껏 끌어안았습니다.

"네가 방금 그런 희생을 치렀으니, 아무도 개를 재수 없는 동물로 생각지 않게 하겠어. 네가 내 개가 된 날은 우리 모두에게 재수 좋은 날이었으니까."

"지금 무슨 일이 벌어지고 있는지, 누가 말 좀 해 줄래?" 소라야가 힘없이 말했습니다.

"괜찮아요, 엄마." 루카는 소라야를 힘껏 끌어안으면서 말했습니다. "진정하세요. 드디어 생활이 다시 정상으로 돌아오고 있어요."

"너한테는 정상적인 게 하나도 없어." 어머니가 루카의 정수리에 입을 맞추면서 대답했습니다. "그리고 정상적인 생활이라고? 우리 모두 알다시피, 우리 가족한테 그런 건 있지 않아."

그 서늘한 저녁, 칼리파네 집의 평평한 지붕 위에 저녁 식탁이 차려졌습니다. 별빛 아래—그렇습니다, 별들이 다시 얼굴을 내밀었습니다—차려진 식탁에서 잔치가 열렸습니다. 그들은 천천히 구운 맛있는 고기, 프라이팬에 재빨리 볶은 채소, 새콤한 피클, 사탕, 차가운 석류 주스와 뜨거운 차를 먹고 마셨지만, 그보다 더 희귀한 음식과 음료—행복 수프, 홍분 카레, 안도의 아이스크림—도 즐겼습니다. 식탁 한복판에 놓인 수달 단지 속에는 남은 수달 감자 다섯 개가 생명의 불로 은은하게 타오르고 있었습니다.

"그러니까 네가 좋아하게 된 그 또 다른 소라야가⋯⋯" 소라야 칼리파가 좀 지나치게 상냥한 말투로 말했습니다. "건강한 사람이 수달 감자를 먹으면 장수를 누릴 수 있고, 어쩌면 영생을 누릴 수도 있다고 말했다는 거지?"

루카는 고개를 저었습니다.

"아니에요, 엄마. 그렇게 말한 건 오트의 욕설 여왕이 아니라 최고신 라였어요."

전설적인 허풍 대왕과 함께 평생을 살았는데도 소라야 칼리파는 상상으로 지어낸 그 기발한 이야기들을 전적으로 좋아하지는 않았습니다. 그런데 이제는 이야기꾼 남편만이 아니라 두 아들의 허무맹랑한 이야기도 참아야 했습니다. 하지만 오늘 밤에 그녀는 정말로 애쓰고 있었습니다.

"그런데 그 최고신 라는⋯⋯" 그녀가 말을 시작하자, 루카가 그녀 대신 문장을 끝맺었습니다. "저한테 직접 말했어요. 상형문자로 말했지만, 라타타트라는 말하는 다람쥐가 통역해 주었어요."

"그래, 괜찮아." 소라야가 말했습니다. "끝이 좋으면 다 좋은 거야. 그리고 이 수달 감자라는 것들은 그냥 식품 창고에 넣어 둘게. 이걸 어떻게 할지는 나중에 결정하면 돼."

루카는 자신과 형, 어머니와 아버지가 모두 영원히 살 수 있다면 어떨까 하고 생각했습니다. 그 생각은 신 난다기보다 오히려 무섭게 느껴졌습니다. 어쩌면 그의 개 곰돌이가 옳았는지도 모릅니다. 불멸성이나 그 가능성조차 없이 지내는 편이 더 나았습니다. 그렇습니다. 칼리파 가족이 모두 수달 감자의 존재를 서서히 잊을 수 있도록 소라야가 수달 감자들을 어딘가에 감추어 두는 편이 나을 것입니다. 그러면 단지 속에 들어 있는 감자들은 누군가에게 먹히는 날을 기다리는 데 마침내 싫증이 나서, 경계를 넘어 마법 세계로 슬며시 되돌아갈지도 모릅니다. 현실 세계는 다시 현실이 되고, 삶은 그냥 삶이 되고, 그것으로 충분하고도 남을 것입니다.

밤하늘은 별로 가득했습니다.

"우리 모두 알다시피……" 라시드 칼리파가 말했습니다. "이따금 별들이 춤을 추기 시작하고, 그러면 어떤 일도 일어날 수 있어. 하지만 어떤 날 밤에는 모든 것이 제자리에 그냥 머물러 있는 것을 보는 게 좋아. 그러면 우리 모두 긴장을 풀고 느긋하게 쉴 수 있으니까."

"내 발의 긴장을 풀어야겠어요." 소라야가 말했습니다. "별들은 춤을 추지 않을지도 모르지만, 우리는 분명히 춤을 출 테니까."

소라야가 손뼉을 쳤습니다. 그러자 당장 멍멍이가 뒷발로 일어나서 아프리카의 고무장화 춤을 추기 시작했습니다. 곰돌이도 벌떡 일어나 '인기 가요'를 울부짖는 소리로 부르기 시작했습니다. 칼리파 가족은 모두 일어나 활발하게 춤을 추면서 개를 따라 노래를 부르기 시작했습니다. 그러니 우리는, 서늘한 밤에 움직이지 않고 변하지 않는 별들 아래에서 자기네 집 지붕 위에 올라가 노래하며 춤추는 칼리파 가족―구원받은 아버지, 다정한 어머니, 형, 엄청난 모험을 마치고 행운의 개와 형제 같은 곰과 함께 집에 돌아온 소년―을 거기에 놓아두고 이만 떠나기로 합시다.

옮긴이의
덧붙임

살만 루슈디는 인도가 영국의 지배로부터 독립하기 두 달 전
인 1947년 6월에 뭄바이의 유복한 이슬람교도 집안에서 태어났
습니다. 14세 때인 1961년에 '럭비 스쿨'(영국의 유명한 사립 중학
교)에 입학했지만 동급생들한테 왕따를 당했습니다. 인종차별
때문이기도 했지만, 주된 이유는 운동을 못했기 때문이라고 합
니다.

인도와 파키스탄이 분리 독립할 때 이슬람교도는 대부분 파
키스탄으로 이주했지만, 루슈디 가족은 인도에 남는 쪽을 택했
습니다. 그런데 외가 쪽 대부분이 파키스탄으로 떠나 버렸고 친
구들도 마찬가지였기 때문에, 루슈디 가족도 1964년에 마침내

파키스탄의 카라치로 이주하게 되었습니다. 하지만 이슬람 율법을 엄격하게 지키는 '맑고 깨끗한 나라'(파키스탄)는 소년 루슈디에게 그다지 매력적인 나라가 아니었습니다.

이듬해인 1965년에 방학을 맞아 집에 돌아왔을 때 제2차 인도-파키스탄 전쟁이 일어나 루슈디는 몹시 고민했습니다. 인도 국경을 넘어 파키스탄에 온 지는 얼마 되지 않았고, 오랫동안 살아온 고향 인도를 도저히 미워할 수 없었다고 합니다. 부모님은 그를 비행기에 태워 영국으로 보냈고, 그는 케임브리지 대학교의 킹스 칼리지에 입학했습니다. 대학에서는 역사를 전공하고 연극 활동에 참가했습니다. 대학을 졸업한 뒤에는 극단에 배우로 들어갔지만 1년 만에 그만두고, 광고회사에 다니면서 소설을 쓰기 시작했습니다.

사실 루슈디는 어릴 적부터 작가가 되는 게 꿈이었습니다. 그가 태어나기 전에 세상을 떠난 할아버지는 뛰어난 우르두어(페르시아어와 아라비아어가 혼합된 언어로, 인도의 이슬람교도들이 주로 사용합니다) 시인이었고, 아들과 마찬가지로 케임브리지 대학교 킹스 칼리지를 졸업한 아버지도 '대단히 문학적이고 지성적인 사람'으로 우르드어 문학과 서구 문학 연구자였습니다. 게다가 부모님이 둘 다 이야기꾼이었는데, 어머니는 '족보의 천재'라고 불릴 만큼 조상과 역사에 해박해서, 어머니의 이야기는 끝이 없었다고 합니다. 아버지는 밤마다 『아라비안나이트』를 약간 개작한 이야기를 루슈디가 잠들 때까지 들려주곤 했습니다. 루슈디를 근래에 보기 드문 이야기꾼 작가로 키운 것은 이처럼 어릴 적부터 친숙해진 『아라비안나이트』와 인도 설화의 무궁무진한 세계였던 것입니다.

데뷔작 『그리머스』(1975년)는 SF(공상 과학 소설)와 민담을 뒤섞은 우화 소설로, 별로 성공하지 못했습니다. 그러나 1981년에 발표한 두 번째 소설 『한밤의 아이들』은 가브리엘 가르시아 마르케스(1982년에 노벨 문학상을 받은 콜롬비아의 소설가)의 『백 년 동안의 고독』과 함께 '마술적 사실주의'의 대표작으로 꼽힐 만큼 뛰어난 작품입니다.

1983년에 『부끄러움』을 발표하고, 1988년에 네 번째 소설 『악마의 시』를 발표했는데, 이 작품은 루슈디에게 세계적인 명성과 고난을 함께 안겨 주었습니다. 인도의 뭄바이를 떠난 점보제트기가 영국 해협 상공에서 폭발하고, 두 남자가 바다에 떨어져 살아남습니다. 어떤 섬에 도착한 두 사람에게 이상한 변화가 일어납니다. 한 사람은 머리에 후광이 생겨 천사가 되고, 또 한 사람은 머리에 뿔이 돋아나 악마가 됩니다. 이들은 함께 순례 여행을 하면서 온갖 사건을 겪지만, 선과 악의 경계는 점점 희미해집니다. 서양의 평론가들은 이 작품을 호평했지만, 이슬람교도들은 발끈했습니다. 루슈디가 이 책에서 이슬람교의 창시자인 예언자 무함마드를 모독했다고 생각한 것이지요. 이듬해에는 당시 이란의 최고 지도자였던 아야툴라 호메이니가 루슈디에게 '파트와'(죽음의 선고)를 내렸습니다. 이 '파트와'는 이슬람교도들에게 지상명령이었고, 또한 그에게는 100만 달러의 현상금까지 내걸렸습니다. 신변의 위험 때문에 루슈디는 잠적할 수밖에 없었고, 이때부터 시작된 은둔과 망명의 생활은 1998년에 모함마드 하타미 이란 대통령이 '파트와'를 공식 철회할 때까지 계속되었습니다.

1990년에 루슈디는 『하룬과 이야기 바다』를 발표했는데, 이 책은 사실 작가가 은둔 생활에 짓눌린 상황 속에서, 아들 자파르(당시 11세)에게 읽어 줄 이야기로 지은 것입니다. 그래서 동화의 형식을 빌려 태어났지만, 그 내용은 매우 복잡하고 깊은 의미를 가지고 있습니다.

이야기하는 능력을 잃어버린 이야기꾼과 모든 이야기의 원천인 상상력의 바다를 봉쇄하려고 애쓰는 독재자—이들의 투쟁은 얼핏 보면 단순한 선악의 대결 같지만, 좀 더 깊이 들여다보면 언론의 자유, 창작의 자유에 대한 우화로 읽힙니다. 루슈디는 자신의 처지를 곱씹으면서 그런 상황을 설정한 게 분명합니다. 소설 때문에 목숨의 위협까지 받아야 했던 그로서는 당연하고도 자연스러운 절규요 항변이었을 것입니다.

그 후 20년이 지난 2010년에 루슈디는 자파르보다 18년 뒤에 태어난 둘째 아들 밀란(당시 12세)을 위해『루카와 생명의 불』을 썼습니다. 전작과의 관계는 명백합니다. 작가는 이렇게 말하고 있습니다.

"20년도 더 지난 옛날, 맏아들 자파르가 자기도 읽을 수 있는 책을 써 달라고 말했을 때, 나에게 너무나 어두운 시기였던 만큼 나는 책에다 빛을 가득 채우고 싶었고, 해피엔딩을 주려고 애썼다.『하룬과 이야기 바다』는 그 결과물이다.

둘째 아들 밀란은『하룬과 이야기 바다』를 읽자마자 자기를 위해서도 책을 한 권 써 달라고 졸라 대기 시작했다.『루카와 생명의 불』은 그 고집에서 태어났다. 이 책은 전작의 속편이 아니라 자매편이다. 같은 가족이 두 책의 핵심을 이루고 있고, 두 책에서 모두 아들이 아버지를 구해야 한다. 하지만 이런 유사점을 제외하면 두 책은 전혀 다른 환경 속에 존재한다. 이번에도 책은 내 생활의 현실, 그리고 아이와 나의 관계를 밑바탕으로 삼고 있다. 하룬이 자파르의 중간 이름인 것과 마찬가지로, 루카는 밀란의 중간 이름이다."

『하룬과 이야기 바다』는 작가의 생명이 위험에 처했을 때 태어났고, 이야기 자체가 오염되고 있는 세계에서 이야기꾼 아버지가 잃어버린 이야기 능력을 구하려는 하룬의 모험은 그 위기에 반응하는 우화였습니다.

『루카와 생명의 불』은 그와는 다르지만 그에 못지않게 중요한 위험에 대한 반응입니다. 환갑 나이가 지난 아버지는 어린 아들이 자라서 어른이 되는 것을 보지 못하고 죽을지도 모른다는 위기감을 느꼈기 때문이지요. 『하룬과 이야기 바다』에서는 위협받고 있는 것이 이야기 능력이었지만, 『루카와 생명의 불』에서는 이야기꾼 자체가 위험한 상태입니다. 루카의 아버지 라시드는 활력이 떨어지더니, 끝내는 깊이 잠들어 깨어나지 못하게 되고, 생명은 점점 꺼져 가고 있는 것입니다.

아버지를 구할 수 있는 길은 '마법 세계'에 가서 '지식의 산' 꼭대기에서 타오르고 있는 '생명의 불'을 훔쳐 오는 것뿐입니다. 루카는 그것이 불가능에 가까운 일이라는 것을 알면서도, 잠자리에서 아버지한테 자주 들은 그 마법 세계로 떠납니다. 사람의 말을 하게 된 곰 '멍멍이'와 개 '곰돌이', 그리고 아버지와 똑같은 모습의 유령 '아무버지'와 함께 비디오 게임처럼 생사가 걸린 모험을 떠나는 것이지요. 말할 나위도 없는 일이지만, 이 여행은 기묘한 사건들과 장애물, 생명을 위협하는 온갖 위험으로 가득 차 있습니다. 다행히 컴퓨터 게임의 '가상현실'처럼 루카는 일정한 개수의 생명을 가지고 있어서, 그 생명을 다 잃을 때까지는 게임이 끝나지 않습니다.

또한 이 여행 도중에 루카는 삶과 죽음이라는 주제를 탐구할 뿐만 아니라, 작가가 평생 동안 생각한 것들—상상 세계와 현실 세계의 관계, 권위주의와 자유의 관계, 진짜와 가짜의 관계, 우리 자신과 우리가 창조한 신들의 관계—을 우화적으로 탐구하기도 합니다. 이런 주제가 어린 독자들에게는 버거울지 모르지만, 나이 든 독자들에게는 더욱 만족스러운 독후감을 안겨 줄지 모릅니다. 그래서 작가도 이런 말을 하고 있습니다.

"『하룬과 이야기 바다』과 마찬가지로 『루카와 생명의 불』에서도 '성인' 문학과 '아동' 문학의 경계를 허무는 것이 이야기를 쓰는 나의 목적이었다. 나는 루카와 하룬을 각각 유리병에 든 메시지로 생각했다. 어린이는 이 책을 읽고 아이들이 흔히 책에서 추구하는 즐거움과 만족감을 얻을지도 모른다. 하지만 그 아이가 나중에 자라서 그 책을 다시 읽으면, 그 책을 전과는 다르게 보고 전에 느꼈던 만족감 대신(또는 그 만족감과 더불어) 어른스러운 만족감을 느낄지도 모른다."

문학동네 청소년 15

루카와 생명의 불

초판인쇄 2012년 10월 8일
초판발행 2012년 10월 15일

지은이 살만 루슈디
옮긴이 김석희
펴낸이 강병선
책임편집 홍지희
편집 원선화 이복희
디자인 선우정
마케팅 신정민 서유경 정소영 강병주
온라인 마케팅 김희숙 김상만 이원주
제작 안정숙 서동관 임현식
제작처 영신사

펴낸곳 (주)문학동네
출판등록 1993년 10월 22일 제406-2003-000045호
주소 413-756 경기도 파주시 문발동 파주출판도시 513-8
전자우편 kids@munhak.com
홈페이지 www.munhak.com
카페 cafe.naver.com/kidsmunhak
트위터 @kidsmunhak
대표전화 (031)955-8888
팩스 (031)955-8855
문의전화 (031)955-8890(마케팅) (02)3144-3242(편집)

ISBN 978-89-546-1907-3   03840

· 이 도서의 국립중앙도서관 출판시도서목록(CIP)은 e-CIP 홈페이지(http://www.nl.go.kr/ecip)에서
이용하실 수 있습니다.(CIP제어번호 : CIP2012004433)